Chris Ryan • Agent 21

cbt

© Sam Barker

DER AUTOR

Chris Ryan wurde 1961 in Newcastle, England, geboren. Zehn Jahre lang war er für die SAS, die britische Eliteeinsatztruppe, tätig. Er war an verschiedenen militärischen und verdeckten Operationen beteiligt und Leiter eines Anti-Terror-Teams. In den letzten Jahren verfasste er mehrere Actionthriller, die sofort Einzug in die Bestsellerlisten hielten. AGENT 21 ist sein erster Jugendbuch-Thriller.

Chris Ryan

Agent 21

IM ZEICHEN DES TODES

Aus dem Englischen
von Tanja Ohlsen

cbt ist der Jugendbuchverlag
in der Verlagsgruppe Random House

MIX
Papier aus verantwor-
tungsvollen Quellen
FSC® C014496

Verlagsgruppe Random House FSC® N001967
Das für dieses Buch verwendete
FSC®-zertifizierte Papier *München Super Extra*
liefert Arctic Paper Mochenwangen GmbH.

2. Auflage
Erstmals als cbt Taschenbuch Dezember 2012
Gesetzt nach den Regeln der Rechtschreibreform
© Chris Ryan 2011
Die englische Originalausgabe erschien 2011 unter
dem Titel »AGENT 21« bei Doubleday, an imprint
of Random House Children's Books. London.
© 2012 der deutschsprachigen Ausgabe bei cbt/ cbj
Verlag, München
in der Verlagsgruppe Random House GmbH
Übersetzung: Tanja Ohlsen
Lektorat: Luitgard Distel
Umschlaggestaltung: init.büro für gestaltung, Biele-
feld, unter Verwendung des Originalumschlags
Cover illustrations © The Random House Group Ltd
im · Herstellung: kw
Satz: ·Buch-Werkstatt GmbH, Bad Aibling
Druck: GGP Media GmbH, Pößneck
ISBN 978-3-570-30835-6
Printed in Germany

www.cbj-verlag.de

Inhalt

Prolog

Sie brauchten nicht lange, um zu sterben. Es dauert nie lange. Nicht wenn man es richtig macht.

Al und Janet Darke hatten sich auf ihren Urlaub gefreut. Vielleicht wäre Lagos in Nigeria nicht unbedingt ihre erste Wahl gewesen, aber da die Universität, an der sie arbeiteten, ihnen die Reise zu einer internationalen Klimakonferenz bezahlte, wollten sie die Gelegenheit nutzen und sich danach noch ein wenig das Land ansehen.

Sie waren ein ruhiges Paar, das lieber für sich blieb. Als sie mit dem Taxi vom Flughafen in die geschäftige, laute, dreckige Stadt Lagos fuhren, waren sie beide etwas eingeschüchtert. Stoßstange an Stoßstange standen die Autos im Stau und vor lauter Abgasen bekamen die Darkes kaum Luft. Einige der Häuser, an denen sie vorbeikamen, sahen recht beeindruckend aus, während andere lediglich aus Wellblech zusammengezimmert waren. Und überall waren Tausende von Menschen unterwegs. Dagegen wirkte die Oxford Street zu Weihnachten wie eine einsame Insel.

Als sie in ihrem Hotel ankamen – einem noblen Hotel Intercontinental mitten in der Innenstadt –, verkrochen sie sich eine Weile auf ihrem Zimmer, um sich an die Hitze zu gewöhnen und daran, an einem fremden

Ort zu sein. Sie gönnten sich eine Dusche und etwas zu essen.

»Zak würde es hier gefallen«, sagte Janet, als sie auf dem Balkon standen und auf das Chaos hinunterblickten.

»Wenn Zak hier wäre«, erwiderte Al, »dann wäre er schon da draußen unterwegs, um alles auszukundschaften. Du kennst ihn doch.«

Janet lächelte. Ja, sie kannte ihn.

Es fühlte sich seltsam an, dass sie ohne ihren Sohn gefahren waren. Aber es war der 22. April, und die Schule hatte gerade erst wieder angefangen, sodass sie kaum eine andere Wahl gehabt hatten. Dabei hätten Zak ein paar Wochen weniger Schule wohl kaum geschadet. Er war ein kluger Junge. Geschickt und clever. Er war ein Junge, der auf sich selbst aufpassen konnte. Und anscheinend hatte es ihm nichts ausgemacht, bei Janets Schwester und ihrer Familie zu bleiben. Vivian und Godfrey waren vielleicht etwas streng, aber mit seiner Cousine Ellie kam Zak gut aus. Seine Eltern waren überzeugt, dass er sich wohlfühlen würde.

Etwa um sieben Uhr abends ging die Sonne unter – ein blutroter Ball, der Lagos mit seiner Glut überzog, bevor es in Dunkelheit getaucht wurde. Al und Janet zogen sich zum Essen um und machten sich bereit, die anderen Konferenzteilnehmer kennenzulernen, die aus aller Herren Länder angereist waren. Sie würden niemanden kennen, auch keinen der elf weiteren Briten – daher waren sie froh, einander zu haben.

Der Speisesaal war grandios. Bei seinem Anblick hätte man niemals vermutet, dass sich weniger als zwei Kilometer entfernt einer der elendsten Slums der Welt befand, in dem die Menschen so arm waren, dass sie die Straße als Klo benutzen mussten. Hier gab es gestärkte weiße Tischdecken, Mineralwasser in Flaschen und Körbchen mit verlockend frisch gebackenen Brötchen. An fünf großen runden Tischen waren je zehn Plätze gedeckt und neben dem Eingang hing ein Sitzplan aus. Als Janet und Al ihn sich ansahen, stellten sie erleichtert fest, dass sie nebeneinandersaßen. Zu Janets rechter Seite saß ein Professor aus Helsinki, an Als linker ein amerikanischer Journalist. Sie nahmen sich ein Glas Wein von einem Tablett, das ein elegant gekleideter Kellner ihnen anbot, und gingen dann zu ihren Plätzen.

Der finnische Professor machte einen verschrobenen Eindruck. Er hatte einen Glatzkopf, aber einen weißen Rauschebart. Er saß bereits, sprang aber auf, als sie sich näherten und er Janet erblickte. »Erlauben Sie«, sagte er und zog ihr den Stuhl zurecht. »Mein Name ist Jenssen. Freut mich, Sie kennenzulernen … Dr. Darke«, fügte er nach einem Blick auf Janets Tischkarte hinzu.

»Ganz meinerseits, Professor Jenssen«, erwiderte Janet lächelnd.

Der amerikanische Journalist kam erst, als alle anderen schon saßen und die Kellner bereits begonnen hatten, die Vorspeise zu servieren. Er war unglaublich dick und der Schweiß lief ihm in Strömen übers Gesicht.

»Afrika«, stöhnte er, als er sich auf seinen Stuhl fallen ließ. »Jedes Mal schwöre ich mir, nie wieder herzukommen. Vielleicht sollte ich ein wenig mehr auf mich hören.«

Vielleicht, dachte Al Darke, doch das sagte er nicht laut. Stattdessen bedankte er sich bei dem Kellner, der gerade einen Teller vor ihm abgestellt hatte. Wie ein Fächer breiteten sich bunte Obstscheiben darauf aus und eine Art Dressing war darübergeträufelt.

»Das sieht köstlich aus«, stellte er fest.

»Ich gebe Ihnen drei Tage«, meinte der Journalist, »dann betteln Sie um einen Cheeseburger.« Dennoch langte er kräftig zu, wie Al belustigt feststellte.

Al selbst hatte seine Vorspeise zur Hälfte gegessen, als er plötzlich bemerkte, dass ihm die Nase lief. Verlegen griff er nach seiner Serviette. Als er sie sich vors Gesicht hielt, spürte er, wie seine Augen zu tränen begannen, und sein Blick trübte sich. Er drehte sich zu Janet. Auch ihre Augen waren feucht und ihre Pupillen so klein wie Stecknadelköpfe.

»Was ist …?«, begann Al, doch ein Hustenanfall schnürte ihm so den Brustkorb zu, dass er nach Luft ringen musste.

»Al …« Janet sah ihn ängstlich an.

Als Nächstes kam der Schmerz – ein schrecklicher, scharf stechender Schmerz hinter den Augen und in der Kehle. Al wurde schwindelig. Er sah sich im Saal um. Etwa die Hälfte der Gäste war aufgesprungen, und so, wie sie sich die Köpfe und Kehlen hielten, war es offensichtlich, dass sie an den gleichen Symptomen litten wie er. Am anderen Ende des Raums war jemand zusammengebrochen. Al sah die Kellner herumschwirren wie ein aufgeregter Bienenschwarm. Sie hatten genauso wenig eine Ahnung, was passierte, wie die Gäste.

Al sank auf seinem Stuhl zusammen. Er konnte nichts dagegen tun. Es war, als hätten seine Muskeln sich in Wackelpudding verwandelt, und er verlor jegliche Kontrolle über sie, selbst um zu atmen. Sein Blick fiel auf die halb gegessenen Früchte. Die leuchtenden Farben der Mangos und Papayas wirkten zehnmal kräftiger als zuvor und brannten sich in seine Netzhaut. Er wandte sich an seine Frau.

»Das Essen …«, sagte er.

Janet Darke hörte ihn nicht. Der Saal drehte sich um sie, und die Menschen darin schrien, aber sie konnte sich nur auf diese schreckliche Übelkeit konzentrieren. Sie wollte sich übergeben, aber selbst dazu fehlte ihr die Kraft.

Al und Janet waren nicht die Ersten, die starben. Der Professor aus Helsinki war bereits über dem Tisch zusammengebrochen, das Gesicht in dem halb leeren Obstteller, und der amerikanische Journalist wand sich am Boden. Doch sie wussten, dass es unvermeidlich war. Mit letzter Kraft streckten sie die Arme aus und verschränkten ihre Hände.

Als die nigerianische Polizei eine halbe Stunde später eintraf, mussten sie die Finger von Al und Janet Darke mit Gewalt voneinander lösen, bevor sie die Leichen wegbringen konnten.

Teil eins

Der Schatten

»Darke!«

Kichern wurde im Klassenzimmer laut.

»DARKE!«

Zak sah auf. Er hatte aus dem Fenster gestarrt, wo die späte Nachmittagssonne den Sportplatz der Schule beleuchtete. Er hielt einen Stift in der Hand und drehte ihn gedankenverloren zwischen den Fingern. Auf seinem Tisch lag eine Leiterplatte mit Transistoren und Dioden, die an einen kleinen Lautsprecher angeschlossen war.

»Zachary Darke«, näselte sein Physiklehrer Mr Peters. Peters hatte unreine Haut, eine Brille mit eckigen Gläsern und einen grauenvollen Geschmack, was Kleidung anging. Er war erst seit knapp sechs Wochen Lehrer an der Camden Highschool im Norden von London, aber er hatte es in dieser Zeit geschafft, sich bei fast jedermann unbeliebt zu machen. »Du hast noch zehn Minuten, um mit deiner Aufgabe fertig zu werden. Ich denke nicht, dass es dir dabei viel helfen wird, aus dem Fenster zu starren ...«

Lärm unterbrach ihn. Zak hatte einen Schalter betätigt und Lady Gagas »Just Dance« erfüllte den Raum. Schließlich hatte der Physiklehrer ihnen aufgetragen, ein Transistorradio zu bauen.

Peters war ein absoluter Albtraum. Er liebte es, seiner Klasse quasi unlösbare Aufgaben zu stellen und dann zuzusehen, wie sie sich damit abmühten und es doch nicht schafften. Alle bis auf Zak. Er war ziemlich gut in solchen Dingen, doch selbst das schien Peters nicht zu beeindrucken. Auch die Witzbolde in der letzten Reihe, die das Lied mitsangen, beeindruckten ihn nicht. Sein pockennarbiger Hals wurde ganz rot.

»Mach das aus, Junge.«

»Ja, Sir«, antwortete Zak. Dann starrte er wieder aus dem Fenster.

Mr Peters trat an Zaks Tisch. Der Junge war im letzten Jahr gewachsen. Er war mittlerweile sogar größer als einige der Lehrer. Das hieß, dass manche von ihnen – so wie Peters – meinten, sich aufplustern zu müssen, wenn sie mit ihm sprachen.

»Angeberei ist kein schöner Wesenszug, Darke«, sagte Peters.

»Ich habe nicht angegeben, Sir. Ich habe nur …«

»Ruhe! Ich will kein Wort mehr von dir hören!«

»Ja, Sir«, antwortete Zak und widmete sich wieder seinen Gedanken.

Und es gab eine Menge Gedanken, denen er nachhängen konnte.

Als die Polizei vor sechs Monaten bei seinem Onkel und seiner Tante aufgetaucht war, um ihm mitzuteilen, was mit seinen Eltern geschehen war, hatten sie gesagt, es sei eine Lebensmittelvergiftung gewesen. Ein akuter Fall, ein schrecklicher Unfall. Es hatte an diesem Abend jeden im Speisesaal getroffen. Fünfzig Menschen. Eine

Zeit lang hatte Zak ihnen geglaubt. Warum auch nicht? Es war in den Nachrichten gekommen, und er war viel zu geschockt und traurig gewesen, um weiter darüber nachzudenken.

Doch als die Zeit verstrich und die nigerianischen Behörden sich weigerten, die Leichen seiner Eltern zur Bestattung freizugeben, war Zak misstrauisch geworden. Wenn es nur eine Lebensmittelvergiftung war, warum dann diese Verzögerung? Warum konnten sie seine Mutter und seinen Vater nicht einfach zurückschicken, damit sie eine anständige Beerdigung bekamen? Und welches Gift war so stark, dass es fünfzig Leute auf einmal tötete? Zak hatte im Internet recherchiert. Es gab Botulismus; *E. coli* vielleicht. Aber Mum und Dad waren gesund gewesen. Von diesen Bakterien wäre ihnen vielleicht furchtbar schlecht geworden, aber wären sie daran gestorben? Und alle anderen, die mit ihnen aßen, ebenfalls? Unwahrscheinlich.

Nach der Schule ging er mit seiner Cousine Ellie nach Hause. Sie war eine Klasse über ihm, aber sie verstanden sich gut. Zusammen nach Hause zu gehen, war trotzdem etwas Neues. Normalerweise fuhr Zak überall mit dem Skateboard hin, das ihm seine Eltern zu seinem dreizehnten Geburtstag geschenkt hatten. Im Augenblick war ihm jedoch nicht danach, es zu benutzen, daher ging er lieber zu Fuß.

Ellie plauderte los, wie sie es immer tat. Seine Cousine war ein hochgewachsenes hübsches Mädchen mit langen honigfarbenen Haaren und einem offenen, freundlichen Gesicht, das den meisten Menschen auf

Anhieb sympathisch war. Zak hörte sie wohl, aber er hörte ihr nicht wirklich zu. Etwas anderes hatte seine Aufmerksamkeit erregt.

Seit zwei Wochen, vielleicht auch drei, hatte Zak ein ganz merkwürdiges Gefühl. Mehr als einmal hatte er geglaubt, er würde verrückt. Er wusste, dass ihm nicht wirklich jemand folgte, aber es passierte fast jeden Tag – manchmal sogar zweimal am Tag: Er ging die Straße entlang, kaufte etwas in einem Laden oder tat sonst irgendetwas und hatte dieses vertraute unangenehme Gefühl. Ein Brennen im Nacken. Ein Kribbeln.

Zuerst hatte er sich umgedreht. Aber er hatte nie jemanden gesehen. Oder er hatte jede Menge Leute gesehen, die vorbeigingen oder einfach umherliefen. Nach einer Weile gab er es auf, sich umzudrehen. Stattdessen versuchte er beim Gehen seine Umgebung aus den Augenwinkeln im Blick zu behalten. Damit hatte er mehr Erfolg. Gelegentlich hatte er es gespürt, dass jemand auf der anderen Straßenseite ging oder am Schultor stand. Doch immer, wenn er direkt hinsah, war die Person weg. Es war, als hätten sie einen sechsten Sinn … auch wenn Zak der gesunde Menschenverstand sagte, dass das unmöglich war.

Dieses vertraute Gefühl hatte er auch jetzt. Sie gingen die Camden Road entlang. Der Feierabendverkehr setzte gerade ein und auf den Gehwegen wimmelte es von Schulkindern. Doch da war noch etwas – ein dunkler Schatten am Rand seines Gesichtsfeldes, der auf der gegenüberliegenden Straßenseite in die gleiche Richtung unterwegs war.

Zak sah starr geradeaus und lauschte jetzt Ellies Worten.

»… und dann habe ich ihr gesagt, dass ich auf keinen Fall gehe, wenn …«

»Ellie, sch!«

Sie sah ihn an. »Du bist ganz schön unhöflich!«

»Tut mir leid. Aber siehst du die Abzweigung da rechts vor uns?«

Ellie blickte auf, um zu sehen, was er meinte. Etwa fünfzehn Meter vor ihnen ging es in eine schmale gepflasterte Seitenstraße. »Jasmine Mews?«

»Wenn wir dort sind, biegen wir ein, rennen wie der Teufel bis ans Ende und verstecken uns.«

»Warum?«, wollte Ellie wissen. »Was ist los, Zak?«

»Nur so zum Spaß«, sagte Zak. »Ich möchte jemandem einen Streich spielen. Machst du mit?«

Ellie zuckte mit den Achseln. »Na gut«, meinte sie.

Sie gingen normal weiter. Als sie die Abzweigung erreichten, bogen sie scharf ab, und sobald sie von der Hauptstraße nicht mehr zu sehen waren, rannten sie die Pflasterstraße entlang.

Nur wenige Autos parkten hier vor den kleinen, cottageähnlichen Häusern. Am Ende der Straße trafen sie auf eine weitere Gasse, in die sie links einbogen und außer Atem stehen blieben. Zak presste das Gesicht an die Mauer und spähte um die Ecke.

Er sah einen Mann. Aus der Entfernung konnte er ihn nicht genau erkennen, aber er war ziemlich groß, vielleicht um die sechzig, braun gebrannt und hatte zottelige schulterlange Haare. Der Mann blieb gerade so lange am anderen Ende der Gasse stehen, bis er erkannt hatte, dass sie leer war. Dann drehte er sich schnell um und ging weg.

Zak spürte, wie Ellie ihm auf die Schulter tippte. »Und, was siehst du?«, flüsterte sie.

»Ich weiß es nicht«, gab Zak zurück, und seine Stimme schien wie aus weiter Ferne zu kommen. »Ich weiß es wirklich nicht.«

Der nächste Tag war ein Samstag. Zak wachte früh auf. Das passierte ihm zurzeit immer. Seit dem Tod seiner Eltern schlief er schlecht.

Er zog sich an und ging nach unten.

Zu seiner Überraschung war seine Tante bereits auf. Sie stand mit einem Haarnetz und einer Zigarette in der Hand in der kleinen Küche und setzte Wasser auf. Sie sah über die Schulter, erkannte Zak und wandte sich wieder ihrem Tee zu. Kein »Guten Morgen«. Nichts. Achselzuckend ging er zur Treppe zurück.

Sein Onkel und seine Tante – Vivian und Godfrey Lewis – wollten ihn nicht hier haben und sie scheuten sich keineswegs, ihn das spüren zu lassen. Nachdem seine Eltern in Nigeria gestorben waren, hatten sie sich bereit erklärt, ihn aufzunehmen. Er hatte die Wahl zwischen ihnen gehabt und seinem anderen Cousin Ben, der in Macclesfield wohnte. Aber Zak wollte eigentlich nicht nach Norden ziehen, und Ben hatte die Angewohnheit, in alle möglichen Schwierigkeiten zu geraten. Also blieb er bei Vivian und Godfrey, und es verging kein Tag, an dem sie ihm nicht auf die eine oder andere Weise zeigten, dass er in dem kleinen Reihenhaus Nr. 63 im Acacia Drive nicht wirklich willkommen war.

»Zak!« Seine Tante war unten an die Treppe getreten.

Er wandte sich zu ihr um.

»Wir fahren mit Ellie heute weg. Erst zum Mittagessen und dann ins Kino. Es macht dir doch nichts aus, oder?«

Zak versuchte, nicht enttäuscht dreinzusehen. »Nee«, meinte er, »schon in Ordnung, Tante Vivian.« Dann stieg er weiter die Treppe hinauf.

Ellie stand noch im Pyjama in ihrer Zimmertür. Offensichtlich hatte sie ihre Mum gehört, denn als Zak vorbeiging, hauchte sie ihm ein »Tut mir leid!« zu.

Er lächelte ihr zu – es war schließlich nicht ihre Schuld – und ging weiter zu seinem Zimmer.

Jemand tippte ihm auf die Schulter. Ellie war ihm gefolgt, und als er sich umdrehte, umarmte sie ihn. »Ich wünschte, du könntest mitkommen«, sagte sie.

Zak lächelte. In Ellies Gegenwart fühlte er sich immer gleich besser. »Schon okay«, erwiderte er. »Amüsier dich, ja?«

Ellie und ihre Eltern gingen um halb zehn. Es wurde ruhig im Haus. Zak verbrachte einige Zeit am Familiencomputer – er hatte ein paar Plug-ins installiert, die seine Browserhistorie verbargen, nur für den Fall, dass er Ärger bekommen sollte, weil er ihn benutzte. Doch da draußen die Sonne schien und er sich eingesperrt fühlte, entschied er sich, einen Spaziergang zu machen.

Am Ende der Straße war eine Tankstelle und mit seinem letzten Kleingeld kaufte Zak sich eine Cola. Das wenige Geld, das seine Eltern besessen hatten, hatte er geerbt, aber es war in Treuhandfonds angelegt und sein Onkel und seine Tante waren nicht gerade großzügig – zumindest nicht, wenn es um Zak ging.

Er schlenderte durch den Park. Dort herrschte viel Betrieb – eine Menge jüngerer Kinder spielte Fußball oder tobte auf den Schaukeln herum. Ein paar Leute gingen mit ihren Hunden spazieren. Zak setzte sich etwas abseits im Halbschatten eines Baumes auf eine Holzbank. Langsam trank er seine Cola und sah zu, wie die Leute ihren Samstagmorgen genossen.

Zak wusste nicht, wie lange der Mann schon dort gestanden hatte, als er ihn bemerkte. Er stand etwa fünfzig Meter entfernt allein am Parkzaun und musterte Zak. Seine Haare reichten ihm bis auf die Schultern und sein sonnengebräuntes Gesicht war faltig. Es gab keinen Zweifel. Es war derselbe Mann, der ihm und Ellie am Tag zuvor gefolgt war.

Zak spürte, wie er die Coladose leicht quetschte. Zum einen wollte er am liebsten aufspringen und weglaufen, zum anderen wollte er sitzen bleiben und den Kerl niederstarren.

Zum anderen gewann.

Seine Haut begann zu kribbeln, als der Mann auf ihn zukam. Obwohl es heiß war, trug er einen dicken Mantel, in dessen Taschen er seine Hände vergraben hatte. Er sah Zak nicht direkt an, sondern blickte irgendwo anders hin, und als er sich neben ihm auf der

Bank niederließ, schien er Zak kaum wahrzunehmen. Er nahm ein silbernes Etui aus der Tasche und zündete sich einen dünnen schwarzen Zigarillo an. Der süßliche Geruch von Kirschtabak erfüllte die Luft.

Zak machte auf cool. Er nahm erst einen Schluck Cola, dann sagte er: »Möchten Sie mir sagen, warum sie ›Verfolgen Sie den Jungen!‹ gespielt haben?«

»Es ist ein schöner Tag, Zak. Ein schöner Tag für einen Spaziergang.«

Zak versuchte, nicht allzu überrascht auszusehen, dass der Mann seinen Namen kannte.

»Sagen Sie mir, was sie von mir wollen, oder ich bin weg.«

Erst jetzt sah der Mann ihn direkt an. Er hatte durchdringende grüne Augen, die trotz seiner ledrigen braunen Haut und der langen grauen Haare recht jung wirkten. Und auch er sah leicht überrascht aus. »Es steht dir selbstverständlich frei, zu gehen, wann immer du willst, Zak.«

Es entstand eine Pause.

»Also? Warum?«, wollte Zak wissen.

»Warum was, Zak?«

»Warum sind Sie mir gefolgt?«

Der Mann lächelte. »Weil du mich interessierst, Zak. Das mit deinen Eltern tut mir übrigens sehr, sehr leid.«

»Sie scheinen eine Menge über mich zu wissen«, stellte Zak fest.

»Oh«, erwiderte der Mann, »das tue ich tatsächlich. Viel mehr, als du dir wohl vorstellen kannst. Übrigens herzlichen Glückwunsch zu deinem Erfolg gestern im

Physikunterricht. Soweit ich weiß, warst du der Einzige, der es geschafft hat, ein Transistorradio zu basteln. In bestimmten Berufen sind gute elektrotechnische Kenntnisse sehr nützlich.«

Er zog eine Augenbraue hoch, als er das sagte, und Zak fühlte sich irgendwie unbehaglich. Er trank den Rest seiner Cola aus, zerdrückte die Dose und stand auf. »Ich gehe jetzt«, verkündete er. »Hören Sie auf, mir nachzulaufen, sonst rufe ich die Polizei und sage ihnen, ich hätte einen Stalker.«

Der alte Mann neigte den Kopf, als wollte er sagen: *Das ist deine Entscheidung.*

Zak erhob sich.

»Nur noch eines, Zak.« Die Stimme des Mannes ließ ihn innehalten, aber er drehte sich nicht um. »Wenn du den wahren Grund wissen möchtest, warum deine Eltern gestorben sind, dann werden wir uns wohl ein wenig länger unterhalten müssen.«

Zak sah sich nicht um. Er sagte nichts. Aber er ging auch nicht weiter.

»Ich werde morgen wieder hier sein«, fuhr der Mann fort. »Um halb zwölf. Denk darüber nach.«

Irgendwo im Park kreischten Kinder vor Vergnügen. Eine Wolke verdeckte kurz die Sonne und zog dann weiter. Zak nahm alles wie in Zeitlupe wahr, während die Worte des alten Mannes in seinem Kopf widerhallten.

Er drehte sich um.

Die Holzbank war leer. Und als er sich umschaute, um zu sehen, wohin der Fremde gegangen war, konnte er ihn nirgendwo entdecken.

Zwei Lektionen

Zaks Zimmer war winzig, sodass gerade ein Bett und ein Nachttisch, ein Wecker und ein gerahmtes Bild seiner Eltern hineinpasste. Er hatte keinen Schreibtisch, an dem er seine Schularbeiten machen konnte, und da er nicht am Küchentisch arbeiten durfte, musste er sie auf dem Boden liegend machen. Die Tapete war alt und geblümt – ein Muster, dass vielleicht einer Achtzigjährigen gefallen hätte.

Er schlief unruhig in dieser Nacht. Es war schwer, zu sagen, was ihn am meisten beschäftigte: dass der alte Mann ihm gefolgt war, dass er seinen Namen gekannt hatte oder dass er etwas bestätigt hatte, was Zak bereits die ganze Zeit vermutete – dass der Tod seiner Eltern nicht das war, was er schien. Mehr als einmal hatte er in den frühen Morgenstunden gedacht, dass er einfach verrückt geworden war. Er hatte mal etwas darüber gelesen: Wenn einem etwas wirklich Schlimmes passierte, begann man, sich Dinge einzubilden. Vielleicht war der alte Mann genau das – eine Fantasiegestalt. Eine Einbildung.

Aber tief in seinem Inneren wusste Zak, dass er nicht verrückt war. Er wusste, was er gesehen und gehört hatte. Er wusste aber auch, dass ihm – abgesehen von Ellie vielleicht – niemand glauben würde, und irgendetwas warnte ihn davor, sie in diese Sache mit hineinzuziehen.

Morgens, als es schon hell wurde, nickte er schließlich ein und erwachte mit einem Ruck, als es an seiner Tür klopfte. Sein Wecker zeigte 10 Uhr.

»Ja?«

Die Tür öffnete sich und Ellie erschien. »Kann ich reinkommen?«

»Klar«, erwiderte Zak und setzte sich auf.

Sie brachte ihm Toast und eine Tasse Tee. Zak wusste, dass sie wiedergutzumachen versuchte, dass ihre Eltern ihn gestern nicht mitgenommen hatten.

»Das musst du nicht machen«, sagte er.

»Weiß ich. Ich dachte nur, wir könnten heute vielleicht …?«

»Ich habe schon etwas vor«, unterbrach Zak sie.

Ellie wurde rot. »Okay«, sagte sie und stand auf.

»Ich bin aber nachmittags wieder da«, fuhr Zak fort. »Dann könnten wir ja etwas unternehmen.«

Ellies Blick wurde wärmer. Lächelnd flüsterte sie: »Gestern war es *total langweilig*. Ich dachte, das würde dich interessieren.« Sie verließ das Zimmer.

Zak zog sich an: Jeans, Turnschuhe und ein schwarzes Sweatshirt mit Kapuze. Normalerweise trug er einen Kapuzensweater, weil ihm der Stil gefiel. Heute war er froh, sein Gesicht verbergen zu können. Warum, wusste er selbst nicht.

Auf der Auffahrt vor dem Haus beugte sich Onkel Godfrey über die offene Motorhaube seines Ford Mondeo und inspizierte den Motor.

»Läuft er nicht?«, erkundigte sich Zak.

Sein Onkel blickte auf. »Mach dir mal keine Sorgen deswegen, Zachary. Ich kriege das schon hin.« Er schwang sich auf den Fahrersitz und drehte den Schlüssel im Zündschloss. Der Wagen hustete und spuckte und verstummte dann. Er versuchte es erneut – mit demselben Resultat.

Zak warf einen Blick auf den Motor. Er brauchte nur ein paar Sekunden, um herauszufinden, woran es lag, dass der Motor nicht ansprang – eine der Zündkerzen war locker. Hinter der aufgeklappten Motorhaube verborgen fasste Zak nach der Zündkerze und schraubte sie mit eineinhalb Drehungen wieder fest. Er zog gerade die Hand zurück, als sein Onkel erneut startete und der Motor schnurrend ansprang.

»Ich habe doch gesagt, ich kriege das hin«, stellte sein Onkel zufrieden fest, als er ausstieg. »Und du, steh hier nicht herum und glotze. Hast du denn nichts zu tun?«

Zak erlaubte sich ein kurzes Lächeln. »Doch«, sagte er und wischte sich im Weggehen die ölige Hand an der Jeans ab. »Doch, das habe ich.«

Er ging frühzeitig in den Park. Er war nicht sicher, warum, es schien ihm einfach richtig. Es war noch mehr los als am Tag zuvor – es war ein warmer, sonniger Sonntagmorgen. Er mied die Bank. Stattdessen ging er zu einer Baumgruppe etwa dreißig Meter weiter. Sie war nicht dicht, aber einer der Baumstämme war kräftig genug, sodass er sich dahinter verstecken und die Bank im Auge behalten konnte.

Er sah auf die Uhr. 11:21 Uhr. Keine Spur von dem Mann. Das Kreischen der spielenden Kinder auf den Schaukeln und Rutschen erfüllte die Luft. In den Bäumen sang ein Vogel, und er erkannte augenblicklich das Trillern eines Buchfinken, der in der Morgensonne sein Lied sang.

11:25 Uhr. Nichts. Zak wusste nicht, warum er nervös war. Der Kerl kam offensichtlich nicht. Es war dumm gewesen, überhaupt herzukommen.

Die Kinder spielten weiter.

11:30 Uhr. Auf die Bank setzten sich zwei Frauen mit Kinderwagen und unterhielten sich.

»Zak, du bist ein Idiot«, murmelte er, froh, dass er nicht direkt zu der Bank gegangen war, denn er hätte sich noch blöder gefühlt, wenn er jetzt dort ganz allein sitzen würde.

»Das würde ich nicht sagen.«

Zak wurde unbehaglich, als ihm der Geruch von Kirschtabak in die Nase stieg. Er wirbelte herum, und da stand er, etwa fünf Meter hinter ihm. Der Mann trug dieselbe Kleidung wie am Tag zuvor.

»Wie sind Sie hierhergekommen?«, fragte Zak. »Ich habe Sie nicht kommen hören.«

Der Mann schien nicht überrascht. »Das solltest du auch nicht.«

Zak wurde ärgerlich. »Warum sind Sie nicht zu der Bank gegangen, wie wir es ausgemacht hatten?«

Der Fremde hob eine Augenbraue. »Warum bist du es nicht?«, fragte er. Als Zak nicht antwortete, fuhr der Mann fort: »Du könntest das als deine erste Prüfung betrachten. Oder vielleicht auch als deine erste Lektion. Vertraue niemandem. Nach allem, was ich über dich erfahren habe, Zak, wäre ich ein wenig enttäuscht gewesen, wenn du ausgerechnet mir vertraut hättest. Jemandem, dessen Namen du nicht einmal kennst.«

»Ich gehe jetzt nach Hause«, erklärte Zak. »Ich habe genug von diesen Rätseln.«

Der Mann neigte den Kopf. »Das könntest du tun«, sagte er. »Nur dass das nicht wirklich dein Zuhause ist. Nicht wirklich.«

Zak blieb stehen. Ein kalter Schauer lief ihm bei den Worten des Mannes über den Rücken – nicht nur weil er so auch das über ihn wusste, sondern auch weil es die Wahrheit war.

»Möchtest du nicht meinen Namen wissen?«, sagte der Mann.

»Was für ein Spielchen spielen Sie?«

»Ich spiele nicht, Zak«, sagte der Fremde. »Erlaube mir, mich vorzustellen. Du kannst mich Michael nennen.«

Zak sah ihn an. »Was soll das bedeuten, ich *kann* Sie Michael nennen? Ist das Ihr Name oder nicht?«

Michael zog eine Augenbraue hoch. »Namen, Zak, sind wie Kleidungsstücke. Man kann sie leicht wechseln. Und nur weil jemand mehr als einen Namen hat, heißt das noch lange nicht, dass einer davon weniger echt ist. Ja, Michael ist mein richtiger Name. Zumindest einer davon.«

»Das ergibt keinen Sinn.«

»Jetzt vielleicht noch nicht. Aber wenn du für mich arbeitest, dann wird es das bald.«

Dieser verrückte alte Mann mit seinen Rätseln ging Zak allmählich auf die Nerven.

»Für Sie arbeiten?«, fragte er. »Wovon reden Sie? Ich stehe auf dem Arbeitsmarkt nicht zur Verfügung. Sie wissen schon, ich bin erst dreizehn und so.«

Zum ersten Mal lächelte Michael. »Auf dem Arbeitsmarkt? Sehr gut. Sehr gut, Zak.« Er strich sich eine Haarsträhne aus dem Gesicht und seine grünen Augen blitzten. Einen Augenblick lang sah er viel jünger aus. »Es wird mir ein Vergnügen sein, mit dir zu arbeiten. Mr Peters hat mir das schon prophezeit.«

»Wie bitte? Peters? Was hat der denn damit zu tun?«

»Eine ganze Menge, Zak. Mr Peters ist einer unserer fähigsten Leute und ein vorzüglicher Talentscout.« Sein Gesicht nahm einen besorgten Ausdruck an. »Du willst mich jetzt nicht auch nach *seinem* Namen fragen, oder?«

Zak dachte an seinen Physiklehrer – das zornige, verkniffene Gesicht, die fettige Haut, die schrecklichen Klamotten und seine nicht vorhandene Persönlichkeit. Dieser Mann war nur dazu fähig, Langeweile und Schikane zu verbreiten.

»Du scheinst überrascht, Zak. Es sollte dich lehren, dass nicht alle Menschen so sind, wie sie zu sein scheinen. Betrachte das als Lektion Nummer zwei, wenn du willst.«

»Ich habe in der Schule genug Lektionen zu lernen.«

»Natürlich«, erwiderte Michael. »Und den Berichten zufolge bist du ungewöhnlich gut darin. Aber diese Lektionen sind ziemlich beschränkt, findest du nicht auch? Deshalb haben wir Mr Peters eingeschleust. Er sollte herausfinden, wie du dich wohl machst, wenn wir dich in bestimmten Gebieten ausbilden, die Jungen in deinem Alter normalerweise nicht auf dem Stundenplan finden. Und es freut mich, sagen zu können, dass seine Berichte ausgesprochen positiv ausgefallen sind. Gehen wir ein Stück? Oder willst du wirklich verschwinden, ohne dir anzuhören, was ich dir zu sagen habe?«

Wieder trillerte der Buchfink aus den Bäumen.

»Gehen wir«, stimmte Zak zu.

Gemeinsam entfernten sie sich vom Spielplatz und spazierten durch den grünen Park.

»Ich will ganz offen zu dir sein«, begann Michael.

»Das wäre zur Abwechslung echt nett.« *Bislang waren Sie so offen wie eine eingeschnappte Auster,* dachte Zak.

»Ich arbeite für eine Regierungsbehörde. Für welche, brauchst du nicht zu wissen. Es würde dir auch nichts nützen, wenn ich es dir sage, weil du noch nie von ihr gehört hättest. Das hat kaum jemand. Selbst der Premierminister weiß nichts von uns. Wenn du dich also nach unserer Unterhaltung dafür entscheidest, nichts weiter mit uns zu tun haben zu wollen, rate ich dir, über alles zu schweigen, was ich dir erzählt habe. Über uns findet man nichts im Internet oder in den Zeitungen. Wenn du versuchst, die Leute davon zu überzeugen, dass es uns gibt, werden sie dich nur für verrückt halten.«

»Klingt eher, als seien Sie es, der verrückt ist.«

Michael schien ihn nicht zu hören – und wenn doch, ignorierte er Zaks Bemerkung und sprach einfach weiter.

»Bei uns bewirbt man sich nicht. Das geht nicht. Wir können ja schlecht Anzeigen in der Zeitung aufgeben. Wir müssen uns unser Personal suchen. Dafür haben wir Leute wie Mr Peters. Alle Schulen benötigen hin und wieder Aushilfslehrer, und das ist eine sehr nützliche Tarnung, um unsere Talentsucher dort hineinzubringen. Aber die Personen, die wir suchen, sind ein ganz spezieller Typ. Grob gesagt müssen sie einem ganz bestimmten Profil entsprechen.«

Michael blieb stehen und Zak ebenfalls. Sie sahen einander an.

»Du passt in dieses Profil«, erklärte der alte Mann. »Ziemlich genau sogar.«

Er ging weiter. Zak musste fast rennen, um mit ihm Schritt halten zu können.

»Wie meinen Sie das?«, fragte er. »Was für ein Profil?«

»Intelligent«, erwiderte Michael. »Oh, natürlich, du hast ziemlich gute Schulnoten, aber das meine ich nicht. Du hast eine besondere Begabung für bestimmte Fächer: Naturwissenschaft und Sprachen. Du bist körperlich fit, und wie du vor ein paar Minuten bewiesen hast, verfügst du über eine außerordentlich gute Intuition.« Er lächelte. »Du erinnerst mich ein wenig an mich selbst als jungen Mann.«

Zak spürte, wie er rot wurde, doch er sagte: »Damit könnten Sie so ziemlich jeden beschreiben.«

»Nicht ganz jeden, Zak. Aber du hast recht. Diese Eigenschaften allein reichen nicht aus, um dich sozusagen aus der Masse herausstechen zu lassen.«

»Warum führen wir dann dieses Gespräch?«, wollte Zak wissen.

Er spürte, dass Michael seine nächsten Worte sorgfältig wählte.

»Verzeih mir, Zak, aber wäre es falsch, wenn ich sage, dass es, seit deine Eltern tot sind, nur sehr wenige Menschen gibt, die dich tatsächlich ... *vermissen* würden?«

In Zaks Innerem breitete sich plötzlich ein Gefühl der Leere aus. Schweigend gingen sie weiter. Tief drinnen wusste er, dass das stimmte. Außer Ellie und ihren Eltern hatte er keine Familie in der Nähe und keine richtigen Freunde. Zak war immer eher ein Einzelgänger gewesen. Er wusste, dass die Leute ihn so sahen und ihn deshalb in Ruhe ließen.

»Dein Onkel und deine Tante sind nicht gerade begeisterte Pflegeeltern, was?«, fuhr Michael fort.

»Ja«, antwortete Zak, »das kann man so sagen.«

»Nach den mir zur Verfügung stehenden Informationen ist das kein sehr glückliches Arrangement, oder?«, sprach Michael weiter.

»Ihnen stehen eine Menge Informationen zur Verfügung, nicht wahr?«

»Allerdings«, bestätigte Michael. »So ist es.«

Erneut schwiegen sie, während sie weitergingen.

Zak war gegen seinen Willen interessiert. Zumindest so weit, dass er ein paar eigene Fragen zu stellen begann.

»Was meinen Sie damit, dass ich ›für Sie arbeiten‹ soll?«

»Die Pflichten sind unterschiedlich«, antwortete Michael, und Zak hatte das Gefühl, als weiche er der Frage aus.

»Spionage?«, fragte er. Besser, er wusste gleich, woran er war.

Michael sah starr geradeaus, während er weiterging, und sein Gesichtsausdruck änderte sich nicht.

»Diesen Begriff verwenden wir nicht«, erklärte er. »Aber ja, Informationsbeschaffung spielt eine Rolle. Doch wenn du unser Angebot annimmst, wirst du noch viele andere Fähigkeiten erlernen.«

»Was denn zum Beispiel?«

»Fähigkeiten«, wiederholte Michael. »Weißt du, es gibt Situationen, in denen ein junger Mann wie du uns von großem Nutzen sein kann. Das ist nicht ungefährlich. Es ist wichtig, dass du in der Lage bist, mit diesen Risiken fertigzuwerden. Und dich in Situationen behaupten kannst, wenn du undercover auf dich allein gestellt bist und dir nur deine Ausbildung als Hilfsmittel zur Verfügung steht.«

Während Michael sprach, schob sich eine Wolke vor die helle Mittagssonne, wie am Tag vorher. Zak schauderte leicht, wusste aber nicht, ob das am Schatten lag oder an Michaels Worten. Sie hatten das Ende des Parks erreicht, wo der Eisenzaun mit den scharfen Spitzen auf ein Tor zulief, durch das man auf die Hauptstraße gelangte.

»Wenn du dich entschließt, dieses Angebot anzunehmen, Zak, dann musst du wissen, worauf du dich einlässt. Dein Leben wird sich verändern. Du wirst die Menschen, die du kennst, nie wiedersehen. Zak Darke wird verschwinden.«

»Ich kann nicht einfach verschwinden.«

»Darum würden wir uns kümmern. Vielleicht magst du ja dein Leben so, wie es jetzt ist. Vielleicht erscheint dir deine Zukunft rosig. Vielleicht ist der Acacia Drive 63 mit seinen geblümten Tapeten der Schlüssel zu deinem Glück. Wenn das so ist, dann bitte ich dich, alles zu vergessen, was ich heute gesagt habe. Wenn nicht, nun, dann solltest du sorgfältig darüber nachdenken. Denn wenn du dich einmal entschieden hast, diesen Weg einzuschlagen, dann gibt es kein Zurück mehr. Auf keinen Fall.«

Zak sah sich um. Sie waren ein ganzes Stück gelaufen – der Spielplatz lag ein paar Hundert Meter hinter ihnen und das Geschrei der spielenden Kinder war vom Verkehrslärm abgelöst worden.

»Ich bin nicht interessiert«, erklärte er. »Ehrlich gesagt glaube ich Ihnen nicht, was Sie mir erzählt haben. Also hören Sie auf, mir nachzulaufen, wenn Sie nicht wollen, dass ich zur Polizei gehe.«

Michael tat so, als habe er Zak nicht gehört. Zum ersten Mal nahm der alte Mann eine Hand aus der Manteltasche. Er hielt ihm eine Visitenkarte hin. Sie war ganz schlicht, nur eine Telefonnummer war mit Schwarz auf eine Seite gedruckt. Kein Name, nichts.

»Du musst deine Entscheidung nicht jetzt sofort treffen«, sagte er. »Auch nicht morgen oder nächste Woche. Triff sie dann, wenn du bereit bist, falls du es je bist.« Er hielt Zak die Karte hin, bis dieser sie schließlich ergriff. Als er sie in die Hosentasche steckte, fuhr Michael leichthin fort, als sei ihm das gerade erst eingefallen: »Natürlich hat es auch gewisse Vorteile, für uns zu arbeiten, Zak. Wir bringen Dinge über Menschen in Erfahrung. Informationen.« Er sah Zak direkt an und sein Blick schien ihn zu durchbohren. »Du könntest zum Beispiel den wahren Grund erfahren, warum deine Eltern sterben mussten.«

Zak starrte ihn an.

Der alte Mann sah zum Himmel hinauf, gerade als die Sonne wieder hervorkam.

»Was für ein schöner Tag«, stellte er plötzlich fröhlich fest. »Ich glaube, ich werde noch ein wenig spazieren gehen. Du wirst mich nicht mehr sehen oder von mir hören, es sei denn, du entschließt dich, diese Nummer anzurufen.«

Ohne ein weiteres Wort drehte Michael sich um und ging den Weg zurück, den sie gekommen waren. Zak sah ihm nach, bis er in der Menschenmenge am Spielplatz verschwunden war und er ihn nicht mehr sehen konnte.

Familienangelegenheiten

Den Rest des Tages streifte Zak unruhig im Norden von London herum. Völlig aufgewühlt erinnerte er sich an Teile seines Gesprächs mit dem Mann, der sich selbst Michael nannte.

Ich arbeite für eine Regierungsbehörde ... Wenn du versuchst, die Leute davon zu überzeugen, dass es uns gibt, werden sie dich nur für verrückt halten ... Es gibt Situationen, in denen ein junger Mann wie du uns von großem Nutzen sein kann ... Du könntest den wahren Grund erfahren, warum deine Eltern sterben mussten ...

Diese letzte Feststellung hallte am lautesten durch seinen Kopf.

Als er später am Nachmittag wieder zum Acacia Drive zurückkehrte, fiel ihm etwas auf. Seit Michael weggegangen war, hatte er zu keinem Zeitpunkt mehr das Gefühl gehabt, verfolgt zu werden. Als er mit dem Rücken zur Tür von Nummer 63 stand, war alles so, wie es sein sollte. Niemand beobachtete ihn. Er ging direkt in sein Zimmer, wo er über die Ereignisse des Tages nachgrübelte, bis es Zeit zum Schlafen war.

Am folgenden Tag schlug das Wetter um. Graue Wolken und Nieselregen. Ellie hatte eine Erkältung und ging daher nicht zur Schule. So entschloss sich Zak, mit dem Skateboard zu fahren. Er war stolzer Besitzer eines Element-Boards mit Ricta-Rädern – das letzte Geschenk, das ihm seine Eltern gekauft hatten. Seine Eltern hatten nie viel Geld gehabt, deshalb war Zak überrascht gewesen, ein cooles Board zu bekommen. Er kümmerte sich jetzt sorgsam darum und bewahrte es unter seinem Bett auf, vor allem, da Tante Vivian jedes Mal, wenn sie es sah, die Augen verdrehte und es als »dieses dreckige Ding« bezeichnete.

Vor dem Haus warf sich Zak die Schultasche über die Schulter und fuhr los. Am Ende des Acacia Drives bog er rechts ab und rollte ein paar Minuten später die Camden Road hinunter, geschickt den Fußgängern ausweichend. Doch als er gerade an der Jasmine Mews vorbei war, bremste er plötzlich. Zwei Jungen hatten ihn entdeckt und verstellten ihm den Weg. Zak rutschte das Herz in die Hose. Marcus Varley und Jason Ford waren beide in seiner Klasse und hatten die Angewohnheit, andere zu schikanieren. Zak war einer der wenigen gewesen, der sich gegen sie behauptet hatte, aber das hatte sie nicht weiter beeindruckt. Daher hielt er sich nun lieber von ihnen fern. Sie grinsten breit und das war immer ein schlechtes Zeichen.

Zak ließ das Board in seine Hand hochschnellen und reckte das Kinn vor. Wenn diese beiden Kerle glaubten, ihn einschüchtern zu können, dann waren sie auf dem Holzweg.

»Stimmt etwas nicht, Jungs?«, fragte er.

»Her mit dem Skateboard, Darke«, sagte Varley.

Zak verdrehte die Augen. Eines war sicher: Niemand würde diese beiden bitten, etwas Gefährliches oder Schwieriges zu tun. In einer Situation, in der es auf Köpfchen und Fitness ankam, waren sie so nutzlos wie ein Teekessel aus Schokolade.

»Nehmt es nicht persönlich, Jungs, aber da würde ich eher meinen Kopf ins Klo stecken.«

Jason Ford grinste hämisch. »Das würde sich machen lassen«, sagte er und zog etwas aus seiner Tasche. Es war ein Messer – etwa zehn Zentimeter lang und scharf glänzend. »Her damit!«

»Sei kein Idiot, Jason!«, stieß Zak hervor. »Das ist kein Spielzeug.«

»Was ist los, Darke? Schiss? Her mit dem Board!«

Vorsichtig stellte Zak das Skateboard wieder auf den Boden und trat zurück. Die beiden Jungen grinsten sich erneut an und Jason stieg auf das Board. Man sah sofort, dass er das noch nie gemacht hatte. Er breitete die Arme aus, um das Gleichgewicht zu halten, und wedelte dabei mit dem Messer in der Luft herum.

»Sei vorsichtig«, mahnte Zak.

»Halt's Maul, Darke!«

Was dann geschah, war eigentlich Marcus' Schuld. Er glaubte offenbar, es sei witzig, Jason einen kleinen Schubs zu geben. Da er vorher nicht auf die Straße sah, hatte er den Gelenkbus nicht bemerkt, der auf sie zukam.

»Nicht, Marcus!«, schrie Zak, doch es war zu spät.

Jason rollte rückwärts, und als das Skateboard den Bordstein erreichte, stürzte er und fiel auf den Rücken.

Der Bus war nur noch zehn Meter entfernt und hupte gellend. Marcus war erstarrt und der auf der Straße liegende Jason stierte nur entsetzt das Fahrzeug an.

Es war also an Zak, zu reagieren. Er sprang vom Gehweg, zerrte Jason am Kragen hoch und stieß ihn von der Straße. Wieder hupte der Bus und Zak sprang ebenfalls auf den Gehweg, gerade noch rechtzeitig, um mitanzusehen, wie die Räder des Busses sein Skateboard zu Kleinholz verarbeiteten.

»NEIN!«, schrie er und Tränen schossen ihm in die Augen. »Mein Board!« *Das Board, das mir meine Eltern geschenkt haben!*, fügte er im Stillen hinzu. *Ihr letztes Geschenk …!*

Er wirbelte herum. Marcus sah aus, als wolle er am liebsten wegrennen, während Jason kreidebleich am Boden lag. Das Messer hatte er fallen lassen und es lag ein paar Meter weiter auf dem Gehweg.

Als Zak es aufhob, begann Jason zu stammeln: »Gib es mir wieder, Kumpel … es gehört mir nicht. Es ist das von meinem Bruder, und wenn er denkt, ich hätte es geklaut …«

Zak betrachtete die Reste seines Skateboards und kämpfte mit den Tränen. Es war zwecklos, die Teile einzusammeln. Es war hinüber. Stattdessen ging er am Straßenrand in die Hocke und hielt das Messer über die Schlitze eines Gullys.

»Was ist los, Jason?«, zischte er zwischen zusammengebissenen Zähnen hervor, bemüht, sich seine Gefühle nicht anmerken zu lassen. »Schiss?«

Er ließ das Messer fallen, wartete, bis er es platschen hörte, und richtete sich wieder auf.

»Wir sehen uns im Unterricht«, knurrte er den beiden Jungen zu und setzte seinen Weg zu Fuß fort.

Er erreichte die Schule gerade, als es klingelte, und eilte durch die vollen Gänge zu seiner ersten Stunde: Physik. Beinahe freute er sich darauf, Mr Peters wiederzusehen, um ihn niederzustarren und aus seiner Reaktion zu erfahren, ob Michaels Aussage über den Lehrer zutraf oder nicht. Zak konnte gut in den Gesichtern anderer Menschen lesen. Doch als er ins Klassenzimmer trat, erwartete ihn eine Überraschung. Peters war nicht da. Stattdessen stand der Vizedirektor Mr Jobs – oder Jobsworth, wie er genannt wurde – an der Tafel.

»Also, Leute! Setzt euch!«, versuchte Jobsworth den Lärm der Schüler zu übertönen, die zu ihren Plätzen unterwegs waren. »*Setzt* euch!« Er sah sich in der Klasse um. »Hat jemand Marcus Varley oder Jason Ford gesehen?«

Zak hielt den Mund.

»Wo ist Peters, Sir?«, rief jemand aus den hinteren Reihen und ein paar Schüler lachten.

»Für dich *Mr* Peters«, verwies Jobsworth ihn. »Und ich muss euch leider mitteilen, dass er in Familienangelegenheiten wegmusste. Wir wissen auch nicht, wann oder ob er zurückkommt.«

Diese Neuigkeiten schienen niemanden in der Klasse sonderlich zu kümmern. Niemanden außer Zak, der sich wie vom Donner gerührt auf seinen Platz setzte.

Natürlich, es war logisch. Wenn Michael die Wahrheit über Peters gesagt hatte, war er nur an der Schule gewesen, um Zak zu beurteilen, und es gab keinen Grund mehr für ihn, länger zu bleiben.

Zak hob die Hand.

»Was gibt es, Darke?«

»Was für Familienangelegenheiten, Sir?«

Jobsworth schien die Frage zu kränken. »Gehörst du zu seiner Familie, Darke?«

»Nein, Sir.«

»Dann geht dich das auch nichts an, oder? Also, was habt ihr in der letzten Stunde gemacht?«

Die Klasse stöhnte auf. »Transistorradios gebaut, Sir.«

Jobsworth riss erstaunt die Augen auf. »Transistorradios? Das müsst ihr doch erst in zwei Jahren können.« Offensichtlich war er verärgert.

»Na ja, wir haben es auch nicht geschafft«, warf jemand ein.

»Außer *Darke*«, fügte jemand anderes hinzu und fügte dann leiser hinzu: »Streber!«

Gelächter erklang, das Zak ignorierte.

»*Ruhe!*«, schrie Jobsworth. »Und schlagt die Bücher auf Seite fünfzehn auf!«

Und damit begann der Unterricht.

Der Tag zog sich dahin und Zak war froh, als die Schule endlich aus war. Aber trotzdem trödelte er auf dem Weg zurück zum Acacia Drive 63. Michaels Stimme hallte in seinem Kopf wider. *Es ist nicht wirklich dein Zuhause. Nicht wirklich.*

Stimmt, dachte Zak, *ist es nicht. Es ist nur der Ort, wo ich lebe – wenn man das leben nennen kann.* Er musste an sein Skateboard denken und wurde traurig. Seine Gedanken schweiften wie so oft zu seinen Eltern. *Du könntest den wahren Grund erfahren, warum deine Eltern sterben mussten ...*

Im Haus seines Onkels und seiner Tante herrschte Stille. Sie waren noch nicht von der Arbeit zurück und Ellie schlief. Zak ließ sich vor dem Computer nieder und öffnete einen Internetbrowser. Er war froh, dass er es so eingerichtet hatte, dass niemand seine Suche verfolgen konnte. Er googelte *geheime Regierungsabteilungen*. Doch alles, was er fand, waren wirre Seiten mit abstrusen Verschwörungstheorien. Er versuchte, Mr Peters aufzuspüren, und sogar Michael. Damit hatte er natürlich keinen Erfolg, denn schließlich waren die beiden nicht einfach bei Facebook registriert. Daher endete diese Internetsitzung wie alle anderen: bei den verschiedenen Berichten über die tragische Lebensmittelvergiftung in Nigeria, die seinen Eltern das Leben gekostet hatte.

Nur dass es keine Lebensmittelvergiftung gewesen war. Wenn der merkwürdige alte Mann die Wahrheit sagte, war der Grund ein anderer gewesen.

Wieder in seinem Zimmer setzte er sich aufs Bett und betrachtete das gerahmte Bild seiner Eltern. Sie sahen darauf sehr glücklich aus und Zak spürte, wie er zornig wurde. Sie sollten nicht tot sein. An dieser Sache war mehr dran, als ihm irgendjemand sagen wollte. Und er wurde auch zornig auf Michael, wer auch immer der war. Er hätte ihm gleich sagen sollen, was passiert war ...

Zak fischte die Visitenkarte aus der Hosentasche. Mittlerweile war sie ein wenig abgestoßen und zerknautscht. Ganze fünf Minuten starrte er die Nummer an. Es würde bestimmt nichts schaden, dort mal anzurufen ...

Sobald er seine Entscheidung gefällt hatte, handelte er schnell. Sein Onkel und seine Tante waren noch fort, deshalb lief er nach unten und nahm das schnurlose Telefon von dem Tischchen im Salon. Sein altes, klobiges Handy hatte vor ein paar Wochen den Geist aufgegeben, und seine Pflegeeltern hatten es nicht für nötig befunden, es zu ersetzen. Er holte tief Luft und wählte die Nummer.

Es klingelte nicht. Es klickte nur und dann herrschte Schweigen.

»Äh ... hallo?«, fragte Zak.

Keine Antwort.

»Äh ... hier ist Zak. Zak Darke.« Er kam sich ein wenig blöd vor.

»*Hast du dich entschieden?*«

Die Stimme war leise. Und sie klang seltsam. Als ob sie irgendwie verfremdet würde. Auf jeden Fall klang sie nicht wie Michael.

Zak schloss die Augen und sagte: »Ja, das habe ich.«

Völlig emotionslos fuhr die Stimme fort: »*Wenn du dich von irgendjemandem verabschieden willst, dann tu es jetzt. Du wirst diejenigen heute das letzte Mal sehen. So ist es besser für sie und für dich. Aber du darfst auf keinen Fall – ich wiederhole: auf gar keinen Fall – andeuten, dass du weggehst. Wir werden dich heute Abend holen.«*

»Was soll das bedeuten, Sie kommen mich holen? Wann ...?«

Doch die Stimme war verstummt.

Vor dem Wohnzimmer erklangen Geräusche. Sie kamen nach Hause. Schuldbewusst legte Zak das Telefon auf das Tischchen zurück, als Tante Vivian auch schon hereinkam.

»Mit wem hast du gesprochen?«, wollte sie wissen und zog ärgerlich die Augenbrauen zusammen.

»Mit niemandem.«

»Lüg mich nicht an, Zachary. Ich habe doch gesehen, wie du das Telefon weggelegt hast. Mit wem hast du gesprochen?«

»Mit der Zeitansage.« Er tippte auf seine Armbanduhr. »Sie geht nach.«

Seine Tante kniff die Augen zusammen. »Das ist teuer! Das ziehe ich dir vom Taschengeld ab!«

Zak spürte, wie er wütend wurde, doch er beherrschte sich. »Na gut«, sagte er. »Tut mir leid.«

Er ging hinaus und die Treppe hinauf. Oben angekommen stellte er fest, dass seine Hände zitterten, und er brauchte mehrere tiefe Atemzüge, um sich zu beruhigen.

Ellies Tür, die zuvor geschlossen gewesen war, war nun leicht angelehnt. Er klopfte leise.

»Komm rein«, rief seine Cousine.

Ellie saß im Bett und las ein Buch. »Hi!«

Zak nickte ihr zu.

»Wie geht's dir?«, fragte er mit leicht belegter Stimme.

»So lala«, gab Ellie zurück. Dann kniff sie die Augen zusammen. »Und dir?«

»Na ja … gut«, sagte er. »Denke ich.«

»Was ist los? Du siehst aus, als hättest du ein Gespenst gesehen.«

Er lächelte zögernd, setzte sich dann auf den Rand ihres Bettes und nahm ihre Hand. »Ellie, ich wollte mich nur mal bei dir bedanken. Für alles. Dass du dich um mich gekümmert hast.«

Sie sah ihn verwundert an, sagte aber nichts.

»Ich wollte dir nur sagen, dass ich schon zurechtkomme.«

»Das weiß ich, Zak. Geht es dir wirklich gut?«

Zak runzelte die Stirn. Da war er nicht sicher. Er hatte das Gefühl, sich in einem reißenden Fluss zu befinden und nichts tun zu können, als sich von der Strömung mitreißen zu lassen. Aus dem Wasser herauszukommen, war unmöglich.

»Kann ich dir vertrauen?«, fragte er.

»Natürlich kannst du das, Zak. Du machst mir Angst. Was ist passiert?«

»Es wird erst noch etwas passieren«, hörte er sich selbst sagen. »Frag mich nicht, was. Ich will nur, dass du weißt, dass ich in Sicherheit bin.«

»Wovon redest du?«

»Das weiß ich auch nicht«, antwortete Zak. »Noch nicht. Aber dieses Gespräch hat nie stattgefunden, okay? Sag deinen Eltern nichts davon und sonst auch niemandem. Das ist zu deiner eigenen Sicherheit und zu ihrer.«

Er sah Tränen in Ellies Augen stehen. »Zak, du machst mir wirklich Angst. Was ist denn nur los?«

Aber er konnte es ihr nicht sagen. Er lehnte sich vor, legte ihr die Hand auf die Schulter und küsste sie leicht auf die Wange. Dann ging er in sein Zimmer zurück.

Dort konnte er nur noch eines tun. Warten …

Ein Dieb in der Nacht

Es war still geworden im Haus.

Zak hatte gewartet, bis er seinen Onkel und seine Tante zu Bett gehen hörte. Sie hatten noch einmal nach Ellie gesehen, aber nicht nach ihm, das Licht an der Treppe ausgeschaltet und sich in ihr Zimmer zurückgezogen.

Weitere zehn Minuten blieb er still liegen, dann stand er auf und wechselte seinen Pyjama gegen warme Sachen. Als er angezogen war, schlüpfte er unter die Bettdecke zurück und beobachtete auf der Seite liegend die Leuchtziffern seines Nachttischweckers.

So lag er und wartete unruhig.

Mitternacht kam und ging. Das Haus knackte und ächzte wie immer. Zak erinnerte sich, dass er als kleiner Junge Angst vor den Geräuschen des Hauses gehabt hatte, in dem er aufgewachsen war, bis ihm sein Dad erklärt hatte, dass das nur die Balken waren, die sich zusammenzogen, wenn die Temperatur fiel.

Ein Uhr. Er war so hellwach, als wäre es Mittag. Vor Aufregung war sein Mund ganz trocken.

Doch dann wurde es zwei Uhr. Die Nacht verging und nichts passierte. Langsam kam sich Zak blöd vor. Vielleicht sollte er einfach einschlafen und das Ganze vergessen …

Es war acht Minuten vor drei, als er etwas hörte.

Zuerst glaubte er, es sei nur das Haus gewesen, das wieder knackte, und starrte weiter die Uhr an. Doch als er das Geräusch ein zweites Mal hörte, fiel ihm auf, dass es anders war. Außerdem stellte er fest, dass es seinem Zimmer näher kam.

Er setzte sich auf und schlug die Bettdecke zurück. Plötzlich ging sein Atem schwer und sein Puls raste. Als er sah, wie sich die Tür öffnete, schauderte er, wobei er nicht recht wusste, ob vor Angst oder vor Aufregung. Wahrscheinlich ein wenig von beidem …

Lautlos trat eine Gestalt ein und schloss die Tür hinter sich. Das einzige Licht im Zimmer stammte von den Leuchtziffern des Weckers, daher konnte Zak den Eindringling nicht besonders gut erkennen – er konnte nur sehen, dass er groß war, dunkle Kleidung trug und eine Skimaske auf dem Kopf hatte.

»Mach den Wecker aus.« Die Stimme des Mannes war so leise, dass es kaum ein Hauch war.

»Warum?«, fragte Zak.

»Du musst im Dunkeln sehen können. Die Uhr beeinträchtigt dein Nachtsichtvermögen. Schalte sie aus und stell keine weiteren Fragen.«

Zak betätigte einen Schalter an dem Wecker und der Raum versank in völliger Dunkelheit.

Dann hörte er wieder die Stimme des Mannes. »Nimm deinen Schlafanzug.«

Zak wagte nicht, zu fragen, warum. Er nahm seinen Schlafanzug und griff in der Dunkelheit unvermittelt auch noch nach dem Bild seiner Eltern.

»Lass das«, hauchte der Mann.

»Auf keinen Fall«, gab Zak zurück. »Ich …« Er konnte den Satz nicht beenden. Der Mann trat auf ihn zu, packte ihn an der Hand und zwang ihn, das Bild wieder auf den Nachttisch zu stellen.

»Gehen wir«, flüsterte er dann. »Und keinen Laut!«

Zaks Augen hatten sich mittlerweile an die Dunkelheit gewöhnt, aber als sie vorsichtig das Zimmer verließen, sah er, dass die Badezimmertür offen stand und ihnen das Licht einer Straßenlaterne, die durch das Fenster schien, den Weg wies.

Unten an der Treppe blieb Zak stehen.

Selbst in der Dunkelheit erkannte er das Chaos, das dort herrschte. Im Flur stand eine Kommode mit Mützen, Schals und ähnlichen Utensilien. Doch jetzt lag ihr Inhalt überall auf dem Boden verstreut, als hätte sie jemand auf der Suche nach etwas durchwühlt.

»Komm schon«, hauchte der Mann und eilte den Gang entlang zur Haustür. Während Zak ihm folgte, warf er einen Blick ins Wohnzimmer. Das Beistelltischchen stand auf dem Kopf, der Fernseher war weg. Alles war geplündert.

Die Tür stand offen und der Mann winkte ihm ungeduldig zu. Zak trat, immer noch mit dem Schlafanzug unter dem Arm, in die kühle Morgenluft. Der Eindringling schloss die Tür so leise, dass Zak es nicht einmal klicken hörte. Erst jetzt nahm er die Skimaske ab. Er war vielleicht Ende zwanzig und hatte ein kantiges Gesicht und dichte blonde Haare. Seine Nase war platt und seine Stirn schien ständig gerunzelt zu sein.

Er nickte Zak zu, ohne zu lächeln, wandte sich dann schnell um und ging die Straße entlang.

Zak folgte ihm. Sie mussten nicht weit gehen. Der Mann blieb neben einem zwanzig Meter entfernt geparkten Wagen stehen – einem weißen Lieferwagen mit Milchglasscheiben im hinteren Teil und einem Schild an der Seite, auf dem stand: »Klempner-Notdienst 24-Stunden-Service«.

»Und ich dachte, Leute wie Sie fahren Aston Martin«, bemerkte Zak. Er versuchte, selbstbewusst zu klingen, aber seine Stimme zitterte ein wenig.

»Leute wie ich«, gab der Mann zurück, »fahren alles, was sie unauffällig erscheinen lässt. Dafür eignen sich Aston Martins nicht.«

Er öffnete die hintere Tür, und Zak sah den Fernseher der Familie auf dem Rücken liegen, zusammen mit dem DVD-Spieler und verschiedenen anderen Gegenständen, die er nicht identifizieren konnte.

»Haben Sie das alles gerade eben rausgeschafft?«, fragte er.

»Steig ein.«

»Ich habe Sie nicht einbrechen hören.«

»Ich bin leise. Jetzt steig ein.«

Einen Moment lang zögerte Zak und sah sich über die Schulter hinweg nach dem Haus um, das er gerade verlassen hatte. Die Straßenlaterne davor flackerte ein wenig. Acacia Drive 63 badete in ihrem gelben Licht. Zak verspürte keine Verbundenheit mit dem Haus, aber jetzt, da es Zeit war, zu gehen, wollte ein Teil von ihm zurück zu den vertrauten Blümchentapeten. Zurück zu seinem normalen Leben. In diesen Lieferwagen zu steigen, bedeutete, einen Schritt ins Unbekannte zu wagen …

»Warum sollte ich meinen Pyjama mitnehmen?«, fragte er plötzlich nervös.

Der Mann erklärte es ihm nicht, legte ihm nur eine Hand auf den Rücken und schob in sanft, aber bestimmt in den Wagen. Hinter ihm schloss sich die Tür und wieder wurde es stockfinster um ihn herum. Einen Augenblick später sprang der Motor an und der Wagen fuhr los. Zak versuchte ein Zittern zu unterdrücken …

Er konnte nicht sagen, wie lange sie fuhren. Das war in der Dunkelheit schwer zu schätzen. Er saß in einer Ecke des Wagens, umklammerte seine Knie und versuchte zu verstehen, was gerade passiert war. Wenn Ellie und ihre Eltern aufwachten, würden sie als Erstes merken, dass sie ausgeraubt worden waren. Er konnte sich ihre Reaktionen gut vorstellen: Tante Vivian würde kreischen, Onkel Godfrey herumbrüllen. Es tat ihm leid, dass auch Ellie davon betroffen sein würde. Es tat ihm leid und er fühlte sich schuldig. Er wusste nicht, wie lange es dauern würde, bis sie merkten, dass er ebenfalls weg war, und er wusste auch nicht, was sie darüber denken würden. Vielleicht, dass er alles gestohlen hatte?

Im Dunkeln kniff er die Augen zusammen. Nein. Vielleicht würden sie das anfangs denken, aber wenn sie sahen, dass auch sein Schlafanzug verschwunden war, würden sie ihre Meinung ändern. Denn wenn er vorgehabt hätte, das Haus auszuräumen und dann zu verschwinden, hätte er das kaum im Pyjama getan.

Der Lieferwagen, der bislang öfter die Spur gewechselt hatte, wurde plötzlich schneller, und Zak vermutete, dass sie jetzt auf einer Autobahn fuhren. Etwa eine halbe Stunde dauerte es, bis er spürte, dass sie von der Schnellstraße abfuhren und wieder langsamer wurden. Dann bogen sie noch mehrfach ab, bis sie anhielten. Das Motorengeräusch erstarb, aber neben dem Lieferwagen erklang ein neues, ziemlich lautes, mechanisches Geräusch. Als die Tür aufging, wurde es noch lauter, und als Zak hinausspähte, erkannte er, was es war.

Ein Hubschrauber. Ihm wurde etwas mulmig.

»Komm raus«, verlangte der Blonde. »Schnell.«

Zak stieg aus und sofort flatterten seine widerspenstigen Haare im Wind der Rotorblätter. Es war immer noch dunkel und sie standen mitten auf einem großen Feld. Nirgendwo war ein Haus zu sehen. Neben seinem Entführer stand ein zweiter Mann, wesentlich kleiner und mit einer Strickmütze.

»Wo sind wir hier?«, rief Zak über den Lärm des Hubschraubers.

»Steig einfach in den Heli!«, schrie der Mann. »Sofort!«

»Kommen Sie mit?«, fragte er.

Der Mann nickte und deutete auf den Helikopter. Die Seitentür stand offen, aber drinnen war niemand zu sehen außer dem Piloten. Zak stolperte auf ihn zu, den Kopf gesenkt, und presste seine Hände auf die Ohren. Der Mann folgte ihm und schloss die Tür, sobald sie drinnen waren. Der kleinere Mann trat vor den Helikopter, signalisierte dem Piloten mit erhobenen Daumen grünes Licht und rannte dann zum Lieferwagen zurück.

Im Heli setzte sich Zak auf einen der leeren Plätze in der Kabine. Der Pilot drehte sich um und machte ihm ein Zeichen, sich anzuschnallen. Sobald der Sitzgurt einrastete, stieg der Hubschrauber in die Luft.

»Wohin fliegen wir?«, wollte Zak wissen. Er musste schreien, um den Lärm zu übertönen. Er hatte noch nie in einem Hubschrauber gesessen und fühlte sich schutzlos, als der Boden unter ihnen zurückblieb.

Aber weder der Pilot noch sein ständig stirnrunzelnder blonder Begleiter antworteten. Sie blickten einfach nur geradeaus, angeleuchtet von den Lichtern am Armaturenbrett des Helikopters. Hatte sich Zak zuvor bereits unwohl gefühlt, so verstärkte sich dieses Gefühl jetzt noch. Doch es war zu spät für einen Rückzieher. Mit einer Bewegung des Steuerknüppels zog der Pilot den Hubschrauber in eine Rechtskurve. Dann richtete er ihn wieder auf und sie flogen weiter durch die Nacht.

Zak hatte keinerlei Orientierung. Durch das Fenster des Hubschraubers konnte er die Lichter der Städte sehen, über die sie hinwegflogen, aber er hatte keine Ahnung, welche Städte das waren oder in welche Richtung sie flogen. Erst als nach ein paar Stunden Flug der Morgen dämmerte, fand Zak es heraus. Die ersten Lichtschimmer kamen von rechts. Da er wusste, dass die Sonne im Osten aufging, mussten sie nach Norden fliegen.

Am Boden unter ihnen konnte er Berge und Seen erkennen. Er rief sich eine Karte des Landes ins Gedächtnis. Flogen sie über den Lake District? Oder befanden sie sich noch weiter im Norden, über dem schottischen Hochland? Als er vor sich die gezackte Küstenlinie erkannte, wusste er, dass es Schottland war. Der Heli flog übers Meer – im Zwielicht des Morgengrauens wirkte es grau und bedrohlich. Zak schauderte, besonders als er merkte, dass der Hubschrauber an Höhe verlor und er die weißen Schaumkronen auf dem aufgewühlten Wasser deutlich erkennen konnte.

Dann sah er Land: eine senkrechte, raue Steilküste mit Heideland darüber. Der Helikopter flog tief, so tief, dass die Hecken in seinem Fahrtwind flatterten – bis er an Geschwindigkeit verlor und landete. Das Brummen der Maschine wurde leiser, und auch wenn die Rotorblätter sich weiterdrehten, war zu sehen, dass sie langsamer wurden.

Der Blonde öffnete die Seitentür und sprang hinaus. Dann drehte er sich um und reichte Zak die Hand, um ihm herauszuhelfen. Zak ignorierte sie, kletterte allein hinaus und rannte mit ihm aus dem Wind der Rotorblätter. Dann blieben sie stehen und er schaute sich um.

Es war der trostloseste Ort, den Zak je gesehen hatte. Und das fahle graue Dämmerlicht schmeichelte der nichtssagenden Umgebung nicht gerade. Es gab keine Bäume, sondern, so weit er sehen konnte, nur Heide, deren Monotonie gelegentlich von ein paar aus der Erde ragenden Felsen unterbrochen wurde. Und in der Ferne, etwa eineinhalb Kilometer vor ihnen, hob sich ein einzelnes Haus einsam und bedrohlich vor dem grauen Himmel ab.

Es begann zu nieseln und der Blonde zeigte auf das Haus. »Dort wollen wir hin.« Mit einem Blick auf den Himmel fügte er hinzu: »Wir rennen.«

Ohne auf eine Antwort von Zak zu warten, begann er auf das Haus zuzutraben.

Der Nieselregen wurde allmählich immer stärker. Der Hubschrauber, der kaum mehr als dreißig Sekunden am Boden gestanden hatte, hob wieder ab und ließ Zak auf der verlassenen Heide zurück, wo er langsam nass wurde. Der Blonde war bereits hundert Meter weit gelaufen und erweckte nicht den Anschein, als wolle er warten. Also zog sich Zak die Kapuze über den Kopf und rannte ihm nach.

Nach einer Minute hatte er ihn eingeholt.

»Schon gut«, sagte der Blonde, als Zak neben ihm lief. »Mach langsam, das ist kein Wettrennen. Du musst lernen, deine Energie einzuteilen, wenn du läufst. Ein paar Hundert Meter kann jeder rennen, aber für eine erfolgreiche Flucht muss man lernen, auch größere Distanzen zu überwinden.«

Zak sah über die Schulter. »Vor wem flüchte ich denn?«

»Vor niemandem«, bekam er zur Antwort. »Noch nicht.«

Schweigend liefen sie weiter.

Nach etwa zehn Minuten hatten sie das Haus erreicht und Zak war bereits völlig durchnässt. Er beugte sich vor, um wieder zu Atem zu kommen. Der Blonde war zwar genauso nass, schien aber nicht im Mindesten angestrengt. Er stieg einige Treppenstufen aus Stein zu einer Tür mit einem hölzernen Türbogen hinauf. Auf der einen Seite der Tür befand sich ein elektronisches Tastenfeld, das an diesem großen, alten Haus irgendwie fehl am Platz wirkte. Der Mann tippte eine Nummer ein und Zak richtete sich gerade noch rechtzeitig auf, um zu sehen, wie ein roter Lichtstrahl aus dem Gerät schoss und seine Netzhaut scannte.

Einen Augenblick passierte gar nichts, dann öffnete sich die schwere Tür mit einem Zischen. In der Türöffnung erschien eine Gestalt, groß, mit tief gefurchtem, wettergegerbtem Gesicht und langem grauem Haar, das ihm bis auf die Schultern fiel.

»Michael«, murmelte Zak.

»Hallo Zak, hallo Raf«, begrüßte er sie. »Schön, dass ihr beide sicher hier angekommen seid. Ich nehme an, alles verlief nach Plan? Ich könnte mir vorstellen, dass ihr trockene Sachen und etwas Heißes zu trinken gebrauchen könnt.«

Damit drehte er sich um und verschwand im Haus.

Raf sah Zak an. »Nach dir«, sagte er höflich.

Zak stieg die steinerne Treppe hinauf. »Zu freundlich«, erwiderte er. Er war froh, dem Regen zu entfliehen.

Dann wirbelte er herum. Die schwere Tür hatte sich zischend hinter ihm geschlossen. Er konnte sich des Gefühls nicht verwehren, dass ihn gerade jemand eingesperrt hatte.

Schutzengel

Zak fand sich in einer großen Eingangshalle mit hoher Decke und Schachbrettmuster am Boden wieder. In einem riesigen Kamin loderte ein helles Holzfeuer. Er und Raf hielten geradewegs darauf zu und ein paar Sekunden später begannen ihre Sachen in der Hitze zu dampfen.

»Wo sind wir hier?«, fragte Zak.

Michael sah sich liebevoll um. »St. Peter's House«, erwiderte er. »Die Insel selbst ...«

»Wir sind auf einer Insel?«

»Ja, sicher«, antwortete Michael. Er ging zu einem Tisch auf der anderen Seite des Raumes und nahm zwei große weiße Tassen, eine für Zak, die andere für Raf.

Zak nahm einen Schluck. Heißes Wasser, sonst nichts. Er verzog das Gesicht, was Michael bemerkte.

»Trink es. Flüssigkeit ist wichtig«, riet ihm der alte Mann. »Die Insel selbst hat keinen offiziellen Namen – zumindest keinen, den man auf einer Karte finden würde. Hier wohnt niemand, aber die Einheimischen auf dem Festland nennen sie St. Peter's Crag. Ein Name ist so gut wie der andere. Oder hatte ich das schon einmal erwähnt?« Er strich sich eine Haarsträhne aus der Stirn.

»Sie haben trockene Sachen erwähnt«, erinnerte Zak ihn. Obwohl das Feuer warm war, zitterte er.

Michael sah Raf an und bat ihn: »Bring ihn zu seinem Zimmer.«

Raf nickte.

Am Ende der Halle führte eine kunstvoll verzierte Holztreppe an der Wand nach oben. Zak folgte Raf hinauf und dann einen langen Gang mit eichenholzvertäfelten Wänden und einem dicken, altmodischen Teppich hinunter. Im Abstand von etwa zehn Metern befanden sich schwere Holztüren mit modernen weißen Türgriffen an den Seiten sowie eine Tür am Ende des Gangs. Diese Tür öffnete Raf und trat zur Seite, um Zak eintreten zu lassen.

Es war ein kleines Zimmer, wenn auch wesentlich größer als das im Haus seines Onkels und seiner Tante. In einer Ecke stand ein Bett mit frischen weißen Laken. Daneben stand ein Kleiderständer, an dem zehn oder zwölf Jeans von Zaks Lieblingsmarke und dunkle Kapuzenpullover hingen. Auf dem Boden darunter standen mehrere Paar neue Turnschuhe. An einer der nackten weißen Wände hing ein riesiger Flachbildfernseher – bestimmt fünfzig Zoll, vermutete Zak, wenn nicht mehr – und darunter stand ein Glastisch mit einer Spielekonsole.

»Die ist modifiziert worden«, erklärte Raf, als er bemerkte, wie Zak die Konsole betrachtete. »Spezielle Strategie- und Reflexübungen.«

»Nicht *Modern Warfare?*«, fragte Zak.

»Für *moderne Kriegsführung* braucht man keine Spielekonsole.« Raf ging zum Bildschirm und berührte ihn mit einem Finger, worauf er sofort flackernd zum

Leben erwachte und einen einfachen Webbrowser zeigte. »Du hast Internetzugang, aber es gibt eine Firewall, die verhindert, dass du E-Mails schicken oder mit der Außenwelt kommunizieren kannst. Du kannst dir die Zeit sparen, zu versuchen, sie zu hacken. Es wird dir nicht gelingen.«

»Was bin ich?«, wollte Zak wissen. »Ein Gefangener?«

»Die Wände hier sind nicht dazu da, um Leute daran zu hindern, rauszugehen«, erklärte Raf, »sondern um andere nicht hereinzulassen.«

Zak hielt das nicht gerade für einen beruhigenden Kommentar.

Gegenüber dem Fernseher befand sich eine weitere Tür, die zu einem hellen, modernen Badezimmer führte, in dem automatisch das Licht anging, als Zak es betrat.

»Dusch erst mal«, riet ihm Raf, »und zieh dir ein paar trockene Sachen an. Wir kommen dich dann in einer halben Stunde abholen.«

Es tat gut, aus den klammen Sachen herauszukommen und das heiße Wasser auf seinem Rücken zu spüren, aber sein Unbehagen blieb. Wo war er hier? Was war das für ein Ort? Er hatte das Gefühl, eine Million Meilen weit weg von allem zu sein und in der Macht dieser merkwürdigen Leute. Unwillkürlich fragte er sich, ob er nicht einen furchtbaren Fehler begangen hatte …

Zak versuchte, gar nicht darüber nachzudenken, woher sie seine genaue Kleidergröße kannten, aber die Jeans, der Pullover und die Turnschuhe passten perfekt.

Als er angezogen war, berührte er den Bildschirm, so wie Raf es getan hatte. Er schaltete sich ein und dieses Mal starrte Zak auf die am oberen Bildrand eingeblendete Uhrzeit. 7:58 Uhr. Innerhalb von knapp fünf Stunden hatte sich seine Welt total verändert.

Er dachte an Ellie. Wahrscheinlich war sie schon wach – sie alle waren bestimmt mittlerweile wach und hatten entdeckt, was passiert war. Sie wussten bereits, dass er weg war. In Zak erwachten Schuldgefühle. Doch dann dachte er daran, weshalb er hier war. Wegen seiner Eltern. Er machte ein finsteres Gesicht.

Zak schätzte, dass ihm noch zehn Minuten blieben, bis Raf ihn wieder holen würde, und er wollte herausfinden, was sich hinter den anderen Türen auf dem Gang verbarg. Er war nicht sicher, ob die Tür zu seinem Zimmer nicht ins Schloss fallen würde, wenn er hinausging, daher nahm er einen der Turnschuhe und klemmte ihn in den Türspalt.

Die beiden nächsten Türen lagen sich etwa zehn Meter entfernt von seiner direkt gegenüber. Er probierte es erst auf der rechten Seite, packte den weißen Türknauf und versuchte ihn zu drehen. Es tat sich nichts – die Tür war verschlossen. Zak wunderte sich, weil es weder ein Schlüsselloch noch ein Tastenfeld gab. So wie er das sah, konnte man die Tür nur von innen öffnen. Das Gleiche galt für die gegenüberliegende Tür. Zak presste sein Ohr ans Holz und lauschte, ob er von drinnen etwas hören konnte.

Nichts.

Dann ... Schritte.

Sie kamen die Treppe am Ende des Gangs herauf. Zak wandte sich schuldbewusst nach ihnen um und lief in sein Zimmer zurück. Er war sich nicht sicher, ob er die Tür rechtzeitig geschlossen hatte, und spürte, wie er rot wurde. Als Raf klopfte und eintrat, ließ er sich jedoch nicht anmerken, ob er Zaks Herumschleichen draußen bemerkt hatte.

Wie Zak hatte auch Raf sich umgezogen. Er trug allerdings weiterhin schwarz – schwarze Jeans, schwarzen Rollkragenpullover, schwarze Stiefel.

»Bereit?«, fragte er.

»Ja, ich denke schon«, antwortete Zak. Allerdings hatte er keine Ahnung, wofür.

Raf führte ihn zurück in ein Zimmer im Erdgeschoss. Es war groß, mit bodentiefen Fenstern, durch die Zak das Meer grau und bedrohlich in der Ferne ausmachen konnte – eine für ihn unüberwindbare Grenze. In der Mitte des Raums stand ein riesiger Eichenschreibtisch und in der Luft hing der schwere Duft des Kirschtabaks. Michael rauchte einen seiner dünnen Zigarillos, doch er war nicht allein. Vor einem der Fenster stand eine Frau. Sie war Anfang zwanzig und hatte schulterlanges weißblondes Haar und große stahlblaue Augen. Wie Raf war sie ganz in Schwarz gekleidet und lächelte Zak offen und freundlich an, als er eintrat.

»Schön, zu sehen, dass Raf dich gut hierher gebracht hat, Zak«, sagte sie. »Ich hätte es gern selbst gemacht – wir Mädels sind besser darin, nachts herumzuschleichen.« Sie zwinkerte ihm zu. »Raf meint, das liege daran, dass wir hinterhältiger sind, aber das ist ein so fieses Wort. *Raffinierter* klingt doch viel besser, meinst du nicht auch?«

Michael unterbrach sie. »Zak, darf ich dir Gabriella vorstellen? Gabriella, Zak.«

Die Frau trat vor. Sie bewegte sich wie eine Katze – elegant und lautlos. Als sie an Michael vorbeikam, streifte ihre Hand zart über seinen Arm, und Zak bemerkte ihren babyrosa Nagellack. »Michael ist ja so höflich. Er ist wie ein Großvater, nicht wahr? Nun, vielleicht ist er ja ein Großvater. Das werden wir wohl nie erfahren.« Sie stand jetzt genau vor Zak und streckte ihm die Hand entgegen. »Nenn mich Gabs, Kleiner, das tun hier alle.«

Zak schüttelte ihr zurückhaltend die Hand. »Schön, dich kennenzulernen, Gabs.«

Gabs rollte mit den Augen. »Er ist zum Anbeißen«, bemerkte sie. »Weißt du, Zak, wenn Raf ein Gesicht hätte wie deines, könnte er jedermann hereinlegen.« Sie zwinkerte Raf zu. »Natürlich würden wir ihn für nichts auf der Welt ändern wollen.«

Rafs Stirnrunzeln vertiefte sich, doch er sagte nichts.

»Das reicht, Gabriella«, warf Michael ein. »Wir haben keine Zeit für Spielchen. Zak hat noch einiges zu lernen.« Er ging an den Schreibtisch und zog eine Schublade auf, nahm ein Blatt Papier heraus und legte es auf den Tisch. »Sieh dir das mal an, Zak, und sag mir, was du davon hältst.«

Zak nahm das Blatt. Es war der Ausdruck eines Zeitungsartikels. Die Überschrift in fetten schwarzen

Buchstaben war ziemlich beunruhigend und der Rest nicht weniger.

Bei Einbruch entführter Junge vermutlich tot

Der Teenager, der seit einem Einbruch in das Haus seines Onkels und seiner Tante Montagnacht in Camden vermisst wird, ist nach Polizeiangaben vermutlich tot. Es wird angenommen, dass Zachary Darke (13), der nach dem tragischen Tod seiner Eltern vor sechs Monaten bei Verwandten lebte, die Einbrecher im Haus überraschte. Die Polizei glaubt, dass er einen der Eindringlinge möglicherweise erkannt hat und entführt wurde, damit er seine Identität nicht verraten kann.

Zak schauderte. Es war, als starre er auf seinen eigenen Grabstein.

Er sah sich nach den anderen um. Michaels braunes Gesicht war ausdruckslos. Auch Raf zeigte keinerlei Regung, er stand mit gekreuzten Armen neben ihm. Nur Gabs schien besorgt. In ihren großen blauen Augen leuchtete Mitgefühl und ihr Mund war leicht geöffnet.

»Wir werden das in etwa einer Woche in die Zeitung bringen«, erklärte Michael. »Ist dir das recht?«

»Ob es mir recht ist, tot zu sein?«, fragte Zak. »Nicht wirklich. Kriege ich eine Beerdigung?«

»Nun, deine Leiche wird wohl nicht so bald gefunden werden. Dabei fällt mir ein – ich brauche ein Haar von dir. Du musst nicht beunruhigt sein, Zak, das ist alles ganz einfach. Wir halten nach einer passenden Leiche Ausschau, die etwa gleich groß und ähnlich gebaut ist wie du. Natürlich angemessen verstümmelt, damit sie nicht identifizierbar ist. Wir haben die Möglichkeit, dafür zu sorgen, dass deine DNS mit der des Verstorbenen vertauscht wird, und dazu brauche ich ein Haar von dir. Und um deine Frage zu beantworten, ja, ich bin sicher, du wirst eine Beerdigung bekommen. Allerdings würde ich dir empfehlen, dort lieber keine Nachforschungen anzustellen. Man weiß nie, was man bei solchen Gelegenheiten zu hören bekommt. Allerdings sind deine Familie und deine Freunde nicht die Einzigen, die sich von Zak Darke verabschieden müssen. Du musst es auch.«

Daraufhin nahm er noch etwas anderes aus der Schublade: einen schlichten braunen, gepolsterten Umschlag, den er Zak gab.

Zak leerte den Inhalt auf dem Schreibtisch aus. Es waren fünf Dokumente. Ein roter Reisepass mit leicht abgestoßenen Ecken, eine alte Geburtsurkunde, eine abgelaufene Bibliothekskarte, der Ausdruck einiger E-Mails, die ein paar Jahre zurückreichten, und ein Mobiltelefonvertrag. Sowohl auf dem Pass als auch auf dem Bibliotheksausweis waren Fotos. Zak hatte keine Ahnung, wann diese Fotos gemacht worden waren, aber die Person kannte er nur zu gut. Er war es. Eine jüngere Version, aber eindeutig er.

Er warf einen Blick auf den Namen auf den Ausweisen. Zak Darke stand nirgendwo. Es war, als sei Zak Darke völlig ausgelöscht worden und jemand anderes hätte seinen Platz eingenommen.

»Darf ich dich mit Harry Gold bekannt machen?«, sagte Michael. »Dein neues Ich.«

Zak starrte weiter die Dokumente an. Er fühlte sich

äußerst unbehaglich und hörte nur halb zu, als Michael fortfuhr.

»Wenn ich sage, *dein neues Ich,* dann meine ich, *eines* davon. Ein Teil deiner Ausbildung wird sein, schnell und gründlich eine neue Identität anzunehmen. Harry Gold hat kein aufregendes Leben geführt, aber selbst langweilige Leben beinhalten eine Menge Fakten. Du musst alles über ihn wissen, nicht nur die wesentlichen Dinge – wo er wohnt und in welche Schule er geht –, sondern auch die Kleinigkeiten. Welches Essen er mag, was er gern im Fernsehen sieht. Diese Details haben wir in öffentlichen Datenbanken abgelegt, damit Harry wie eine reale Person wirkt. Wenn jemand vermutet, du bist nicht der, für den du dich ausgibst, wird er dir Fragen über eine dieser unwichtigen Nebensächlichkeiten stellen. Und man könnte sagen, dass das einer der Tests ist, bei dem nur zehn von zehn Punkten reichen. Hast du das verstanden?«

Zak nickte.

»Nur vier Menschen auf der ganzen Welt werden deine wahre Identität kennen, Zak, und drei davon befinden sich hier in diesem Raum.«

»Und wer ist der vierte?«, wollte Zak wissen.

Michael fuhr fort, ohne darauf einzugehen. »Es wird notwendig sein, dass auch andere Menschen von deiner Existenz erfahren, aber sie brauchen deine wahre Identität nicht zu kennen. Sie werden dich nur unter dem Codenamen Agent 21 kennen.«

»Warum 21?«, erkundigte sich Zak. »Was ist mit den Agenten 1 bis 20 passiert?«

Michael lächelte dünn und wieder fuhr er fort, als hätte Zak nichts gesagt. »In den nächsten paar Wochen wirst du dich einem strikten Trainingsplan unterziehen. Raf und Gabs werden deine neuen Lehrer sein. Abgesehen von ihnen und mir wirst du lediglich ab und zu einem alten Mann namens Stan begegnen. Er wohnt in einer Hütte am Strand und sorgt dafür, dass niemand unbemerkt auf diese Insel gelangt. Gelegentlich holt er auch Proviant – schließlich wollen wir dich hier nicht verhungern lassen. Wenn du jemand anderen siehst, solltest du dir Sorgen machen. Verstanden?«

Zak blinzelte. Das ging ihm alles zu schnell. Viel zu schnell. Er hatte keine Ahnung, wer diese Leute waren. Er hatte keine Ahnung, ob er ihnen vertrauen konnte, und er begann sich zu fragen, ob er nicht einen furchtbaren Fehler gemacht hatte.

»Ich will nach Hause«, sagte er.

Die anderen sahen sich lange an.

»Das sagen Leute in deiner Situation anfangs oft«, erklärte Michael ruhig. »Aber das ist natürlich ausgeschlossen und das hast du von Anfang an gewusst, nicht wahr?«

Da Zak nicht antwortete, fuhr Michael fort, als sei nichts gewesen.

»Gut. Hör auf Raf und Gabs, Zak. Alles, was sie dir beibringen, könnte dir eines Tages das Leben retten.« Er sah Zak fest in die Augen. »Ich hoffe nur, dass du so schnell lernst, wie es heißt.«

Zak sah alle drei nacheinander an. Sie erwiderten seinen Blick todernst.

Das hoffe ich auch, dachte Zak, *das hoffe ich wirklich.* Aber er sagte es nicht.

Er steckte die Dokumente zurück in den Briefumschlag und sagte: »Haben Sie nicht etwas vergessen?«

Michael zog eine Augenbraue hoch.

»Als wir uns im Park getroffen haben, sagten Sie, Sie würden mir etwas über meine Eltern erzählen.«

Über den Raum senkte sich Schweigen. Er spürte, wie Raf und Gabs sich kurz einen Blick zuwarfen. Michael wandte sich ab und trat ans Fenster, wo er aufs Meer hinaussah.

»Im Lauf der Zeit wirst du einsehen, dass zu viele Informationen gefährlich sein können«, sagte er.

»Auf keinen Fall!«, brauste Zak auf. »Sie haben gesagt …«

Michael drehte sich um und hob beschwichtigend eine Hand. »Bitte, Zak, lass mich ausreden. Zu viele Informationen können gefährlich sein. Zu wenige ebenfalls. Wichtig ist, dass du weißt, welche du *brauchst.*«

»Ich *brauche* die Information über meine Eltern!«

»Und die wirst du auch bekommen«, versprach Michael ruhig. »Wenn der richtige Zeitpunkt dafür gekommen ist.«

»*Nein!*«, schrie Zak. »Wir hatten eine Abmachung! Sie haben gesagt, Sie würden es mir erzählen. Und das sollten Sie besser auch, sonst bin ich nämlich weg. Es ist mir egal, was Sie sagen!«

»Weg?«, fragte Michael. »Und wie willst du das anstellen, Zak? Ich weiß, dass du ein cleverer Junge bist, aber es würde mich überraschen, wenn das Fliegen von

Hubschraubern bereits zu deinen Fähigkeiten zählt. Und das Meer ist ein wenig zu unruhig zum Schwimmen.«

Zaks Magen zog sich zusammen.

»Und selbst wenn du es zurückschaffst, was willst du dann den Leuten erzählen?«, fuhr Michael fort. »Das mit uns werden sie dir sicher nicht glauben, und wenn du nichts Überzeugendes vorbringen kannst, fürchte ich, dass sie wahrscheinlich auf den Gedanken kommen werden, du wärst an dem Einbruch in das Haus deines Onkels und deiner Tante beteiligt gewesen.«

Zak starrte ihn ungläubig an, doch Michael vermied den Blickkontakt.

»Ich bezweifle allerdings, dass dich deine Verwandten in diesem Fall wieder aufnehmen werden. Du würdest wohl in eine Pflegefamilie kommen und bestimmt gibt es auch einige ausgezeichnete Kinderheime, aber ich bin mir nicht sicher, ob das wirklich besser ist als der Acacia Drive 63. Oder was glaubst du?«

Zak starrte ihn weiterhin an. Er konnte nicht fassen, was er hörte. Michael hatte ihn hereingelegt und es gab kein Entrinnen.

Michael sprach so gelassen weiter, als redete er über das Wetter. »Ich habe Raphael und Gabriella angewiesen, deine Schwächen herauszufinden und deine Stärken auszubauen. Wir haben hier alles, was dazu notwendig ist. Ich kann dir genauso gut auch gleich sagen, dass du in diesem Haus nur Zugang zu den Räumen hast, für die du eine Freigabe besitzt.«

»Warum?«

»Nun«, antwortete Michael, »es klingt vielleicht ein wenig melodramatisch, wenn ich sage, dass dieses Haus seine Geheimnisse hat, aber so ist es. Alle Räume, für die du keine Zugangsberechtigung hast, wirst du nicht betreten können – wie du es bei den beiden Türen vor deinem eigenen Zimmer feststellen konntest.«

Zak warf ihm einen raschen Blick zu und Michael lächelte.

»Alle Türknäufe sind mit einer Fingerabdruckidentifizierung ausgestattet«, erklärte er. »Nur Leute, deren Fingerabdrücke für diese Tür freigegeben sind, können bestimmte Räume betreten. Darüber hinaus wird mit dieser Technik auch die Temperatur und der Puls dessen geprüft, der die Tür berührt. Kannst du dir vorstellen, warum?«

Zak schüttelte den Kopf.

»Nun, Zak«, erklärte Michael, »es dauert nicht lange, die Hand vom Arm einer autorisierten Person zu trennen und sich damit Zugang zu den verbotenen Bereichen zu verschaffen. Die Pulsmessung stellt sicher, dass sich die Hand noch … hm … im Besitz ihres Eigentümers befindet.« Der alte Mann machte eine Pause, bevor er fortfuhr. »Vielleicht kommt es dir so vor, als wären wir unfair dir gegenüber. Aber das ist weit gefehlt. Unser einziges Ziel ist es, dich zu schützen, bis du selbst in der Lage dazu bist. Da draußen in der Welt spielen sehr viele Leute nicht nach den Regeln, die für normale Menschen gelten. Du bist jetzt schon ihr Feind. Wenn sie dich in die Finger bekommen könnten, würden sie es tun. An keinem Ort ist es absolut sicher.« Er sah sich um. »Nicht mal hier. Daran solltest du immer denken und während deiner Ausbildung hart arbeiten. Es ist schließlich nur zu deinem Besten.«

Schweigen senkte sich erneut über den Raum, während die drei Erwachsenen ihn ansahen. Um es zu brechen, wandte sich Michael an Gabs. »Vielleicht solltest du Zak in sein Zimmer zurückbringen, Gabriella. Unser Freund muss über vieles nachdenken, und ich glaube, etwas Schlaf täte ihm auch gut.«

»Ruh dich etwas aus, Kleiner«, hatte Gabs ihm geraten, nachdem sie ihn wieder zu seinem Zimmer geführt hatte. »Du hast es nötig. Und schau nicht so besorgt drein, Zak. Michael kann gelegentlich etwas schroff sein, aber im Grunde genommen ist er ein Schatz. Und wir werden gut auf dich aufpassen.« Sie hatte ihm eine Hand auf die Schulter gelegt, sie leicht gedrückt und war dann gegangen.

Zak saß auf der Bettkante und versuchte zu verstehen, was geschehen war. Er fühlte sich körperlich und geistig erschöpft. Und er hatte das Gefühl, hereingelegt worden zu sein. Michael hatte ihn nicht gezwungen, herzukommen, das stimmte; aber er hatte es ihm unmöglich gemacht, wieder zu gehen.

Und dann waren da noch Raf und Gabs. Raphael und Gabriella …

Zak runzelte die Stirn. Etwas, woran er sich dumpf erinnerte, nagte an ihm. Er stand auf und berührte den Bildschirm an der Wand. Sofort erschien der Webbrowser. Nach einem weiteren Tippen tauchte eine virtuelle

Tastatur am unteren Rand auf. Zak begann zu schreiben. Zuerst widmete er seine Aufmerksamkeit Raphael und fand bald die gesuchte Information.

RAPHAEL – ENGEL DER HEILUNG

Er speicherte die Information ab und suchte dann nicht nach Gabriella, sondern nach …

GABRIEL – GÖTTLICHER BOTE, BEWAHRER VON WAHRHEIT UND GERECHTIGKEIT

Raf und Gabs waren nicht ihre richtigen Namen. Das überraschte ihn nicht wirklich. Und es überraschte ihn auch nicht, als er weitersuchte und auf Folgendes stieß:

MICHAEL – DER GROSSE ERZENGEL

Zak verzog das Gesicht. Raf und Gabs sollten also seine Schutzengel sein, während Michael ihr Anführer war. Jedenfalls sahen sie sich wohl gern so.

Zak schienen sie eher wie seine Kerkermeister.

Calaca

Sechstausend Meilen entfernt in Mittelamerika

Es war noch früh am Morgen, doch die Sonne stach bereits erbarmungslos vom Himmel. Alle Autos in Mexico City hatten die Fenster fest geschlossen und die Klimaanlagen liefen auf Hochtouren – auch in dem schwarzen Range Rover, der langsam aus der Stadt herausfuhr. Während viele andere Autos sich genervt gegenseitig anhupten, fuhr der Range Rover bedächtig und vorsichtig. Sein Fahrer wartete geduldig an roten Ampeln, und wenn sich ein anderer Wagen vordrängelte – was häufig geschah –, ließ er ihn gewähren. Er tat nichts, um Aufmerksamkeit zu erregen. Das wäre dumm gewesen.

Je weiter sich der Range Rover vom Stadtzentrum von Mexico City entfernte, desto geringer wurde das Verkehrsaufkommen. Der Fahrer konnte schneller fahren, doch er hielt sich immer noch gewissenhaft an die Geschwindigkeitsbegrenzung, während er in südliche Richtung auf der Straße nach Cuernavaca unterwegs war. Doch nach fünfundvierzig Minuten bog er nach rechts auf eine schmale, gewundene Straße ab. Das Fahrzeug kam durch winzige Dörfer, wo die Bewohner ihm interessiert nachsahen. So große Autos waren vielleicht in der Hauptstadt häufig, hier draußen aber ziemlich selten. Die einzigen Autos, die diese armen Dorfbewohner fuhren, waren staubverkrustet und mindestens zwanzig Jahre alt.

»Stopp!«

Die Anweisung kam von dem Mann auf dem Rücksitz. Es war gut, dass der Rover dunkel getönte Scheiben hatte, sonst hätte er eine Menge Aufmerksamkeit erregt. Er war schließlich ein bemerkenswerter Mann. Er war unglaublich hager und hatte irgendwann sein rechtes Auge verloren. Er sprach nie darüber, wie das passiert war, aber die meisten Menschen, die ihn trafen, gingen davon aus, dass es eine Gewalttat gewesen war.

Gewalt erzeugte Gegengewalt und er war ein gewalttätiger Mensch.

Über dem fehlenden Auge war die Haut zusammengewachsen. Es hatte sich eine feine Narbe gebildet, so fein, dass man sie nicht bemerkte, wenn man nicht wusste, dass sie da war. Für viele Menschen sah der Mann auf dem Rücksitz des Range Rovers daher so aus, als wäre er nur mit einem Auge geboren worden. Sein Schädel war rasiert, um zu verbergen, dass er kahl wurde, doch er trug einen Dreitagebart. Und trotz der Klimaanlage schwitzte er ungemein. Wie immer.

Sein Name war Adan Ramirez, aber hinter seinem Rücken nannte man ihn *Calaca* – »das Skelett«. Man sprach ihn jedoch besser mit »Señor« an.

Der Range Rover blieb stehen und der Fahrer drehte sich zu Calaca um. »Hier, Señor?«

Calaca blickte aus dem getönten Fenster. Die Straße wand sich nicht länger, sondern verlief schnurgerade.

Sie zog sich etwa vier Kilometer in beide Richtungen und es waren keine anderen Autos zu sehen.

Er nickte dem Fahrer zu.

»Soll ich es tun, Señor?«, fragte der Fahrer.

Calaca schüttelte den Kopf und erwiderte: »Nein. Sie warten hier.«

Er drückte die Tür auf und schob sich in die brutale Hitze hinaus, was ihn gleich noch mehr schwitzen ließ. Dann trat er an den Kofferraum des Range Rovers und öffnete ihn. Während er den Inhalt betrachtete, kräuselten sich seine Lippen.

Da lag ein Mann. Er war geknebelt und an Händen und Füßen gefesselt. Wegen des plötzlichen grellen Sonnenlichts kniff er die Augen zusammen, bevor er sie blinzelnd wieder öffnete. Als er sah, wer da auf ihn hinunterblickte, begann er quiekende Geräusche auszustoßen. Er kannte Calacas Ruf und wusste, was er zu befürchten hatte.

Calaca ignorierte die Geräusche. Er packte den Mann an den Haaren und zerrte ihn aus dem Range Rover. Mit einem dumpfen Schlag landete er auf dem Boden. Calaca trat ihn.

»Zur Seite, los!«, befahl er.

Da der Mann nicht aufstehen konnte, wand er sich wie ein Wurm an den Straßenrand. Calaca bückte sich und zog ihm den Knebel aus dem Mund.

»Hast du noch etwas zu sagen?«, flüsterte er.

»B-b-bitte!«, flehte der Mann. »Ich tue alles, was Sie wollen! *Bitte!*«

Doch Calaca schüttelte den Kopf. »Dafür ist es zu

spät. Du hast meinen Boss bestohlen. Und du weißt, was das bedeutet, oder?«

Der entsetzte Mann schüttelte wie wahnsinnig den Kopf. »Das war ich nicht! Sie haben den Falschen!« Er stöhnte auf, als Calaca eine Pistole aus der Tasche zog.

»Sag mir die Wahrheit«, verlangte er.

»Ich schwöre es Ihnen, Señor, da gibt es nichts zu erzählen!«

»Ich zähle bis drei. Sag mir die Wahrheit, dann lasse ich vielleicht Gnade walten. Eins …«

Der Mann auf dem Boden zitterte. »*Bitte*, Señor …«

»Zwei …«

»Ich bin der Falsche!«

Eine schreckliche Pause folgte.

»Drei.«

Calaca legte an.

»*Señor!*«, schrie der Mann. »Es tut mir leid! Bitte, ich bitte um Vergebung. Verschonen Sie mich! Bitte, verschonen Sie mich!«

Der Einäugige nickte und ein leises Lächeln umspielte seine Lippen. Als er sprach, klang er fast zufrieden.

»Das«, sagte er, »ist von Cesar Martinez Toledo. Das passiert, wenn man ihn betrügt. Und du kannst davon ausgehen, dass deiner Familie das gleiche Schicksal blüht.«

Ohne ein weiteres Wort schoss Calaca.

Geladen und gesichert

Es war mitten in der Nacht, als Zak schlagartig wach wurde. Ein paar Sekunden lang war er verwirrt. Da er nicht wusste, wo er war, sah er sich nach den Leuchtziffern seines Weckers um, der im Acacia Drive auf seinem Nachttisch gestanden hatte. Dann bemerkte er Raf, der in der Türöffnung seines Zimmers stand, und beim Anblick seines plattnasigen, düsteren Gesichts, vom Mondschein erhellt, wurde ihm mulmig zumute.

»Aufwachen«, sagte Raf.

Zak setzte sich auf. Es war seine erste Nacht auf der Insel, und er hatte das Gefühl, eben erst eingeschlafen zu sein.

»Wie spät ist es?«, fragte er. »Was ist los?«

»Mitternacht. Zieh dich an, wir gehen raus.«

»Muss ich gehen?«, fragte Zak plötzlich hoffnungsvoll.

»Natürlich nicht.«

Gabs wartete in der Eingangshalle auf sie. Sie lächelte ihm zu, als er hinter Raf hereinkam.

»Du siehst müde aus, Kleiner«, bemerkte sie, wobei sie sich mit einer Hand unbewusst durch die weißblonden Haare fuhr.

»Echt komisch«, erwiderte Zak, »so um Mitternacht.« Er sah sich um. »Wo ist Michael?«

»Michael ist abgereist«, erklärte Gabs. »Du wirst ihn eine Zeit lang nicht sehen.«

»Also bin ich allein mit meinen Schutzengeln?«

Gabs und Raf sahen sich an. »Dafür hast du ja nicht lange gebraucht«, meinte Gabs. Sie hielt etwas hoch. »Leg das hier an.«

»Was ist das?«

»Eine Augenbinde, Kleiner.«

Zak wich einen Schritt zurück. »Auf keinen Fall«, weigerte er sich und sah die beiden Erwachsenen nervös an.

Gabs lächelte ihn weiter an. »Was glaubst du, was wir vorhaben, Zak? Dich entführen?«

»Das habt ihr doch schon.«

Raf ging zu Gabs, nahm die Augenbinde und näherte sich dann Zak. »Ehrlich gesagt, Zak, haben wir das nicht. Es war deine Entscheidung, hierherzukommen, und je eher du das akzeptierst, desto besser. Und wenn du glaubst, wir würden dir die Augen verbinden, weil wir dir etwas antun wollen, dann überleg doch mal. Das hier ist kein Film. Wenn dich jemand umbringen will – und es besteht durchaus die Möglichkeit, dass das einmal der Fall sein wird –, dann wird er es einfach tun. Es wird keine James-Bond-Theatralik geben.« Er reichte Zak die Augenbinde. »Leg sie an.«

Gabs hatte sich neben ihn gestellt. »Du musst anfangen, uns zu vertrauen«, sagte sie. »Und warum nicht gleich heute?«

Zak sah von einem zum anderen. Beide waren schwarz gekleidet und machten ähnlich ernste Gesichter. Zak starrte einen Moment zu Boden, dann legte er zögernd die Augenbinde an.

Gleich darauf hörte er, wie die Haustür aufging. Raf nahm seine Hand. »Komm mit«, verlangte er, und seine Stimme war so fest wie sein Griff.

Sie verließen das Haus und Zak suchte sich vorsichtig seinen Weg. Dann begannen sie zu laufen. Zuerst war es schwierig – der Boden fühlte sich uneben und trügerisch an, und er stolperte mehrmals, doch Raf stützte ihn jedes Mal. Bald hatte er aber den Bogen raus, und sie kamen schneller voran, auch wenn der schneidende Wind immer kälter wurde. Nach etwa einer Stunde blieben sie stehen.

»Du kannst die Binde jetzt abnehmen«, erklärte Raf.

Zak zog sie herunter. Blinzelnd sah er sich um. Sie standen mitten auf der kahlen Heidelandschaft, und obwohl der fast volle Mond hell genug schien, dass er Schatten warf, konnte Zak nicht besonders weit sehen. Er schauderte.

»Weißt du, wo du bist?«, fragte Raf.

»Am Arsch der Welt«, gab Zak zurück.

»Und wie kommst du von hier nach Hause?«

»Immer der Nase nach, nehme ich an.«

Raf schien wenig beeindruckt. »Ich glaube, das kannst du besser. Stell dir vor, du musst zu einem Treffpunkt und du weißt nur, dass er etwa drei Kilometer nordwestlich liegt. Wie gehst du vor?«

Zak überlegte einen Moment. »Vielleicht habe ich ein GPS auf meinem Handy?«

»Okay«, sagte Raf. »GPS ist gut, aber du kannst dich

nicht darauf verlassen. Was machst du, wenn der Akku leer ist? Oder du bist in einen Graben gestolpert und das Handy ist nass geworden? Sagen wir mal, du hast kein GPS.«

Zak nagte an seiner Unterlippe. Langsam begann er sich auf die Sache einzulassen. »Karte und Kompass?«

»Du befindest dich in einer Gegend mit einer Menge unterirdischer Erzvorkommen, die deinen Kompass beeinträchtigen.«

»Gibt es das?«

»Sicher.«

»Dann weiß ich nicht, wie … Warte mal.«

Er legte den Kopf in den Nacken.

Die Sterne schienen erstaunlich hell. An diesem gottverlassenen Ort gab es keine Lichtverschmutzung, deshalb glühten sie wie Feuer.

»Gut gemacht, Zak«, sagte Raf leise. »Lange bevor es Karten gab, ganz zu schweigen von GPS, haben die Menschen sich an den Sternen orientiert. Uns stehen alle möglichen modernen Hilfsmittel zur Verfügung, aber das bedeutet nicht, dass man die alten Methoden ganz vergessen sollte. Möglicherweise wird eine Zeit kommen, in der du sie brauchen kannst.« Er legte Zak eine Hand auf die Schulter und deutete nach oben. »Siehst du dieses Sternbild dort?«, fragte er. »Es sieht aus wie eine Pfanne mit nach oben gebogenem Griff.«

»Ich sehe es.«

»Das ist der Kleine Bär. Manche nennen ihn auch den Kleinen Wagen. Der dritte Stern am Griff – der helle – das ist der Polarstern. Der Nordstern. Wenn du darauf zugehst, gehst du immer nach Norden. Und so kannst du deinen jeweiligen Weg finden. Aber manchmal kann man den Kleinen Bären nicht sehen.«

»Wie findet man dann den Nordstern?«, fragte Zak.

Raf deutete auf eine weitere pfannenähnliche Konstellation. »Das ist der Große Bär oder der Große Wagen.« Dann ließ er seinen Zeigefinger über den Himmel wandern und wies auf ein W-förmiges Sternbild. »Das ist Kassiopeia. Der Polarstern befindet sich ungefähr in der Mitte zwischen den beiden Sternbildern. Verstanden?«

Zak nickte.

»Gut. Diese Sterne sollten für dich zu so etwas wie Freunden werden. Man weiß nie, wann man ihre Hilfe braucht. Diese Technik funktioniert nur auf der nördlichen Hemisphäre. Weißt du, was das bedeutet?«

»Nördlich des Äquators«, nickte Zak.

»Genau. Auf der südlichen Hemisphäre musst du nach einem Sternbild Ausschau halten, das das Kreuz des Südens genannt wird und dir den Weg nach Süden weist. Ich werde es dir später auf einer Karte zeigen.« Er hielt inne. »Gabs hatte recht, weißt du«, sagte er dann. »Du musst anfangen, uns zu vertrauen.«

»Michael meinte, ich dürfe niemandem trauen.«

»Nun, wir sind die Ausnahmen, die die Regel bestätigen. Ich weiß, dass du sauer auf Michael bist, aber lass nicht zu, dass dir das im Weg steht. Wir sind hier, um dich auszubilden und dir zu helfen. Das können wir nicht, wenn du uns bekämpfst.«

Zak wusste, dass Raf recht hatte. Er sah seinen Schutzengel an. »Nur eine Sache«, bat er.

»Was denn?«

»Können wir diese mitternächtlichen Weckrufe in Zukunft sein lassen?«

Rafs ständiges Stirnrunzeln wurde etwas weicher. »Abgemacht«, erklärte er und reichte Zak die Hand, der sie ernst schüttelte.

Doch plötzlich klang er wieder schroff. »Und jetzt mach die Augen zu und dreh dich dreimal im Kreis. Mit geschlossenen Augen.« Seine Stimme schien sich zu entfernen. »Das Haus liegt etwa drei Kilometer südöstlich. Wir sehen uns dort!«

Als Zak die Augen wieder aufmachte, war sein Lehrer verschwunden.

»Raf!«, schrie er. »*Raf!*«

Keine Antwort. Zak verspürte einen Anflug von Panik. Er war auf sich allein gestellt.

Es war unglaublich trostlos, so ganz allein hier draußen. Der Wind zerzauste seine Haare und in der Ferne konnte er die Wellen an den Strand krachen hören. Er schauderte. Zum ersten Mal, seit er auf der Insel war, verspürte er den verzweifelten Wunsch, wieder innerhalb von St. Peter's House zu sein.

Ruhig bleiben, sagte er sich selbst. *Denk an das, was Raf dir beigebracht hat ...*

Er sah zum Himmel hinauf. Einen Augenblick brauchte er, um sich zu orientieren und den Polarstern wiederzufinden. *Südöstlich,* hatte Raf gesagt. Er blickte direkt auf den Nordstern und drehte sich dann um

180 Grad. Das war Süden. Jetzt breitete er die Arme im rechten Winkel aus, sodass der rechte Arm vor ihm nach Süden und der linke nach Osten zeigte. Südosten lag genau dazwischen. In diese Richtung lief Zak los. Alle paar Minuten blieb er stehen und überprüfte seine Position zum Nordstern. Wenn er feststellte, dass er von seinem Kurs abgewichen war, korrigierte er ihn, bevor er weiterlief.

Nach etwa fünf Minuten hörte Zak etwas – oder er glaubte zumindest, etwas gehört zu haben. Es war nicht laut, nur ein Rascheln in der Nähe. Er stellte fest, dass er den Atem anhielt, nachdem er stehen geblieben war, sich umsah und versuchte, mit den Augen das Dunkel um ihn herum zu durchdringen.

»Raf? *Raf?* Bist du das?«

Keine Antwort. Nur Stille.

»Wahrscheinlich bilde ich mir das nur ein«, murmelte er leise, doch er spürte, wie ihn ein Schauer überlief, der nichts mit der kalten Nachtluft zu tun hatte. Rasch überprüfte er seine Position und lief weiter nach Südosten. Nur diesmal ein wenig schneller …

Nach zwanzig Minuten sah er das Haus. Das warme Licht aus den Fenstern schien geradezu einladend.

Raf erwartete ihn an der Tür. Gabs war nirgends zu sehen.

Raf warf einen Blick auf seine Uhr. »Zweiundzwanzig Minuten«, stellte er fest. Von seiner Kameradschaftlichkeit war keine Spur mehr übrig. Er klang im Gegenteil ziemlich frostig. »Wir müssen ernsthaft an deiner Fitness arbeiten.«

»Bist du direkt hierhergekommen?«, fragte Zak.

»Natürlich«, erwiderte Raf. »Warum?«

»Ach nichts.«

Raf zuckte mit den Achseln. »Geh jetzt ins Bett«, empfahl er ihm. »Wir fangen morgen in aller Frühe an.«

Raf hatte nicht gescherzt, als er gesagt hatte, sie würden an seiner Fitness arbeiten. Er und Gabs weckten Zak um sechs Uhr am nächsten Morgen. Sie boten ihm ein energiereiches Frühstück – Bananen und Haferbrei –, das sie in einer blinkenden Küche im hinteren Teil des Hauses zu sich nahmen. Dann gaben sie ihm Laufkleidung, die er anziehen sollte.

Es war ein klarer, frischer Morgen, und die ersten Kilometer, während deren er mit Raf und Gabs Schritt zu halten versuchte, machten fast Spaß. Doch sie behielten ihr zügiges Tempo bei und bald begannen seine Muskeln zu brennen.

»Bleib dran!«, schrie Raf, als Zak zurückfiel.

Er biss die Zähne zusammen, versuchte den Schmerz zu ignorieren und lief wieder schneller.

»15 Kilometer«, erklärte Raf, als sie zum Haus zurückkamen. Er und Gabs schwitzten kaum. »Das machen wir jetzt jeden Tag und jede Woche steigern wir uns um fünf Kilometer. Geh dich umziehen. Den Rest des Tages hast du Unterricht.«

Sie begannen mit Spanischunterricht. Dann Mandarin. Und dann Arabisch. Sowohl Raf als auch Gabs sprachen diese Sprachen fließend. Während Zak sich mit dem arabischen Alphabet abmühte, lächelte Gabs ihn an.

»In ein paar Wochen sprichst du es wie ein Einheimischer, Kleiner«, versprach sie.

Zak war sich da nicht so sicher.

Die Zeit verging und aus Tagen wurden Wochen. Routine stellte sich ein. Nach einer Weile hatte Zak fast vergessen, warum er hier war und wie das Leben gewesen war, das er zurückgelassen hatte. Seine Ausbildung war alles und sie nahm seine ganze Zeit in Anspruch. Wenn er nicht joggte, stemmte er Gewichte. Wenn er keine Gewichte stemmte, lernte er Sprachen. Wenn er keine Sprachen lernte, wurde er in der Kunst der Navigation unterwiesen.

Jeden Abend vor dem Schlafengehen gab Raf ihm ein Blatt Papier mit Fakten über Harry Gold, Zaks neues Ich. Jeden Abend musste er sie lernen. Harry Golds Leben unterschied sich nicht sehr von Zaks. Auch er hatte seine Eltern verloren – seine Mutter hatte eine seltene Art von Krebs gehabt, sein Vater starb an einem Lungenleiden, unter dem er sein ganzes Leben gelitten hatte. Auch er war ein Einzelkind, das bei Verwandten lebte. Als Zak Gabs darauf hinwies, lächelte sie.

»Natürlich, Kleiner«, sagte sie. »Die besten Verkleidungen sind die, bei denen man sich nicht zu sehr verstellen muss.«

Er überlegte, ob er sie noch einmal nach seinen eigenen Eltern fragen sollte, hatte aber den Eindruck, als würde Gabs in dieser Hinsicht nicht entgegenkommender sein als Michael.

Es gab eine Menge zu lernen. Nach einer Woche

konnte Zak Harrys persönliche Angaben auswendig herunterbeten, nach zwei wusste er, wo Harry in den letzten zehn Jahren Urlaub gemacht hatte, und nach drei konnte er die Namen seiner übrigen imaginären Familie nennen bis hin zu den obskursten Cousins, die in Eastbourne wohnten, oder dem Großonkel, der vor fünfzehn Jahren nach Mexiko ausgewandert und nie wieder nach Großbritannien zurückgekehrt war. Einmal in der Woche löcherten Raf und Gabs ihn mit Fragen zu Harrys Vergangenheit, sodass sie ihm langsam in Fleisch und Blut überging.

Wenn Zak nicht seinen Körper oder Geist trainierte, schlief er wie ein Stein.

Nach vier Wochen, als er wie jeden Morgen um 6 Uhr durch ein Klopfen an seiner Tür aufwachte, erklang Rafs Stimme von draußen: »Vergiss die Laufsachen, heute machen wir etwas anderes.«

Zak schlüpfte in Jeans und Kapuzenpullover und trat hinaus.

»Komm mit«, sagte Raf.

»Wohin?«

»Das wirst du schon sehen.«

Er führte Zak in den Keller. Dort war er noch nie zuvor gewesen. Am Ende der Treppe befand sich eine Metalltür mit einem der weißen Türgriffe.

»Wir haben dir die Zugangsberechtigung für diesen Raum erteilt«, erklärte Raf. »Du kannst jederzeit hierherkommen und trainieren.«

»Was trainieren?«

»Schießen«, antwortete Raf, und die Tür öffnete sich.

Dahinter befand sich ein Schießstand. Er ähnelte einer Bowlingbahn, nur dass am Ende jeder Bahn keine Kegel standen, sondern Ziele, die wie menschliche Körper geformt waren und konzentrische Kreise auf der Brust hatten. Links befand sich ein Glastisch und darauf lagen eine Reihe von Waffen. Daneben stand Gabs, wie üblich schwarz gekleidet.

»Okay, Zak«, begann Raf. »Hier fängt es an, interessant zu werden.«

Gabs unterbrach ihn. »So etwas solltest du wirklich nicht zu ihm sagen, Raf.« Sie sah ihn mit ihren blauen Augen ernst an und fuhr sich mit der Hand durch das weißblonde Haar. »Hör mir gut zu, Zak. Wenn du erst einmal aktiv bist, wirst du dich in gefährlichen Situationen wiederfinden. Michael will dich nur deshalb als Agenten, weil du dir Zugang zu Orten verschaffen kannst, wo ein Erwachsener Misstrauen erregen würde. Doch nichts lässt die Leute mehr die Stirn runzeln als ein Jugendlicher mit einer Waffe. Daher wirst du recht selten irgendwo mit einer Schusswaffe hingeschickt werden. Aber du wirst sicherlich damit konfrontiert werden, daher musst du die gängigsten Typen erkennen und bedienen können.«

Zak nickte.

»Das hier ist kein Kinderspiel, Zak. Jede dieser Waffen kann dich auf der Stelle töten, wenn du sie nicht sachgemäß benutzt.« Sie warf Raf einen Blick zu und fragte: »Interessant genug für dich?«

Raf grummelte etwas und trat zu dem Tisch. Er nahm

die Waffe ganz links. »Das ist eine Handfeuerwaffe. Man nennt sie so, weil sie konstruiert wurde, um mit einer Hand bedient zu werden. Deine andere Hand stützt den Feuerarm. Man nennt sie auch Pistolen – das ist dasselbe. Sie sind klein, leicht und bequem zu tragen. Es gibt verschiedene Typen von Handfeuerwaffen, aber die, mit denen du am ehesten in Berührung kommen wirst, sind Revolver und halb automatische Waffen. Revolver haben eine rotierende Kammer, die in der Regel fünf bis acht Kugeln enthält. Halb automatische Waffen nutzen die Energie, die beim Abschuss einer Kugel freigesetzt wird, um die nächste in die Kammer zu laden. Man muss nur einmal den Hahn spannen, den Rest erledigt die Waffe. Alles verstanden?«

»Ich denke schon.«

»Das hier ist eine Browning Hi-Power. Es ist eine der geläufigsten halb automatischen Pistolen. Seitlich ist ein Sicherungshebel, der sich bei anderen Waffen aber direkt am Griff befindet, was bedeutet, dass sich nur ein Schuss lösen kann, wenn sie jemand in der Hand hält. Wenn die Waffe geladen ist und der Sicherheitshebel vorliegt, sagt man, sie ist geladen und gesichert. Für diese Pistole braucht man 9-mm-Geschosse – das bezeichnet die Größe der Kugeln – und sie hat dreizehn Schuss im Magazin. Alles klar?«

»Neun Millimeter, dreizehn Schuss«, wiederholte Zak. Er bekam schon Kopfschmerzen von all den Informationen, die er versuchte aufzunehmen.

Raf legte die Waffe zurück auf den Tisch und nahm die nächste – diesmal eine längere. »Das hier ist ein

Sturmgewehr«, fuhr er fort. »AK-47. Man nennt sie auch Kalaschnikow nach dem Mann, der sie entwickelt hat. Es ist das beliebteste Gewehr der Welt. Zu den anderen verbreiteten Sturmgewehren zählen das M16, der M4-Karabiner und der C4-Karabiner. Für das AK-47 verwendet man 7,62-mm-Geschosse – man nennt sie auch sieben-sechs-zweier oder dreißiger Kaliber. Der Sicherheitshebel an einem Sturmgewehr hat normalerweise drei Einstellungen: aus, halb automatisch und vollautomatisch. Auf *aus* ist die Waffe gesichert, auf *halb automatisch* wird bei jedem Drücken des Abzugs eine Kugel abgefeuert und auf *vollautomatisch* schießt die Waffe unter Dauerfeuer, bis man den Finger vom Abzug nimmt oder die Munition alle ist.«

Raf ging zu einer dritten Waffe über. »Das ist eine MP5 von Heckler & Koch. Eine Maschinenpistole. Maschinengewehre sind vollautomatisch, Maschinenpistolen feuern mit kleinkalibrigen Geschossen ähnlich wie Pistolen. Die MP5 feuert für gewöhnlich mit neunhundert Schuss pro Minute. Wenn du jemanden mit so etwas siehst, geh in Deckung.«

Zak nickte.

»Wir fangen mit der Handfeuerwaffe an«, bestimmte Raf. »Setz das hier auf.« Er reichte Zak Ohrenschützer und auch er und Gabs setzten welche auf. Zak sah, wie Gabs die Browning Hi-Power nahm und mit einem satten Klicken ein Magazin in den Lauf schob. Sie ging zu einem der Schießstände, entsicherte die Waffe und legte an. Dann gab sie drei Schüsse ab. Einer traf das Ziel genau in die Stirn, zwei weitere schlugen Löcher mitten in der Brust. Gabs legte den Sicherheitshebel wieder vor und reichte die Waffe weiter an Zak.

Zuerst hielt er sie ganz vorsichtig.

»Hab keine Angst davor, Kleiner«, sagte Gabs. »Du solltest Respekt vor deiner Waffe haben, aber denk immer daran, dass du das Kommando hast. Jetzt lös den Hebel und heb den Arm.«

Zak folgte ihren Anweisungen.

»Such dir einen guten Stand«, mahnte Gabs. »Wenn du schießt, gibt es einen Rückstoß. Darauf musst du vorbereitet sein. Nimm dir die Zeit zum Schießen, die du brauchst.«

Zak legte auf die Brust des Ziels an – aus irgendeinem Grund konnte er sich nicht dazu durchringen, einen Kopfschuss zu versuchen. Er holte tief Luft und drückte ab.

Der Rückschlag war stärker, als er erwartet hatte, und riss ihm den Arm nach oben rechts weg. Hoffnungsvoll blickte er auf das Ziel, doch das hatte nirgendwo einen Treffer abbekommen.

Raf und Gabs sahen einander an.

»Wir werden jeden Tag üben«, sagte Raf. »Bald wirst du ...«

Doch Zak hörte kaum hin. Er hatte bereits ein zweites Mal angelegt und diesmal wusste er, was ihn erwartete. Er machte sich bereit und feuerte erneut.

Diesmal schoss er nicht daneben. Ein kleines Loch erschien knapp über dem Herzen.

Zak legte den Sicherheitshebel vor, senkte die Waffe und nahm den Kopfhörer ab. Dann wandte er sich an seine Schutzengel. »Jeden Tag, ja?«, fragte er, während Raf und Gabs einen überraschten Blick wechselten. Dann trat Zak wieder an den Tisch und legte die Waffe ab.

Agent 17

Im Laufe der Wochen wurde Zaks Training immer intensiver. Die Läufe wurden länger, die Gewichte schwerer. In seinem Kopf schwirrten neues Wissen und neue Techniken herum. Spanisch, Arabisch und Mandarin sprach er so gut wie fließend, und er lernte, mit den ständigen blauen Flecken an beiden Schultern zu leben, wenn er mit dem Sturmgewehr übte. Raf brachte ihm mit einem alten Landrover das Autofahren bei und sie holperten über das unebene Gelände von St. Peter's Crag. »Versuch bitte, den Wagen nicht zu Schrott zu fahren«, forderte Raf und verzog dabei keine Miene. »Hierher kommt der Abschleppdienst nicht.« Anfangs ging es langsam, aber Raf war ein geduldiger Lehrer und nach ein paar Wochen fuhr Zak, als hätte er sein ganzes Leben lang nichts anderes getan.

Eines Tages rannte er mit Gabs zum östlichen Ende der Insel. Bevor sie sich auf den Rückweg machten, blieb sie stehen und sagte: »Warte, Zak, wir machen heute etwas anderes.«

Zak nickte. Er mochte Gabs. Sie war immer sehr direkt und ohne Umschweife. Wenn das Leben auf den Kopf gestellt wurde, dann brauchte man so jemanden.

Sie standen auf einer Klippe und es wehte ein frischer Wind. Gabs deutete aufs Meer hinaus. In der Ferne fuhr ein Tanker vorbei, der sich grau vor dem Horizont abhob.

»Siehst du dieses Schiff?«

»Ja.«

»Warum?«

Zak sah sie verwundert an. »Wie meinst du das? Weil ich Augen habe und es da ist. Wovon redest du, Gabs?«

»Also gut.« Sie lächelte ihn an. »Hast du, wenn du über die Insel gelaufen bist, jemals irgendwelche Tiere gesehen außer Vögel?«

Zak dachte nach. »Nein«, gab er zu.

»Warum nicht? Schließlich hast du doch Augen, und ich schwöre dir, sie sind da.«

»Worauf willst du hinaus?«

»Tarnung, Kleiner. Manchmal wirst du dich verstecken müssen. Dich tarnen. Entweder weil dich jemand jagt oder weil du jemanden beobachtest. Das kannst du nicht wirkungsvoll, wenn du nicht weißt, warum man Dinge sieht. Komm mit, ich erkläre es dir.«

Sie schlenderten von der Klippe fort.

»Das eine ist die Form«, erklärte Gabs. »Du weißt, dass das ein Schiff war, weil du weißt, wie ein Schiff aussieht. Ich weiß, wie ein Mensch aussieht. Wenn ich dich also beobachten wollte, könnte ich deinen ganzen menschlichen Umriss schnell erkennen. Wenn du dich hinhockst oder einen Teil deines Körpers versteckst, könnte ich dich schon nicht mehr so schnell entdecken. Dann gibt es den Schatten. Wenn du dich versteckst, musst du darauf achten, wohin dein Schatten fällt, sonst verrät er dich. Auch deine Silhouette ist verräterisch.

Vor einem gleichmäßigen Hintergrund wie dem Himmel oder einem Feld kann ich dich viel leichter erkennen, als wenn der Hintergrund uneinheitlich ist. Verstehst du das?«

Zak lächelte sie an. »Ich will nur wissen, warum du mich überhaupt finden willst.«

»Konzentriere dich, Kleiner, das ist wichtig.«

»Tut mir leid. Form, Schatten, Silhouette. Verstanden.«

»Das nächste ist die Oberfläche. Wenn sich die Oberfläche eines Objekts von seiner Umgebung stark unterscheidet, hebt es sich davon ab. Bei glänzenden Dingen ist es am schlimmsten. Wenn sie die Sonne reflektieren, sieht man sie meilenweit. Und der Abstand ist sehr wichtig.«

»Wie meinst du das?«

Gabs deutete nach vorn. »Siehst du die Steine auf dem Feld?«

Zak sah hin. Sie lagen überall. »Ja, ich sehe sie.«

»Sie liegen in unregelmäßigen Abständen. So ist die Natur. Nichts ist gleichmäßig. Denk immer daran, wenn du versuchst, mit dem Hintergrund zu verschmelzen. Und der letzte Punkt: Bewegung. Du kannst dich so gut tarnen, dass ich direkt vor dir stehen könnte und dich nicht bemerke. Doch sobald du dich bewegst … ist es aus.«

Gabs Ausdrucksweise beunruhigte ihn. »Ich wünschte, ich hätte das alles gewusst, als Michael mich in London verfolgt hat«, meinte er.

»Ich bin nicht sicher, ob dir das viel geholfen hätte«,

gab Gabs zurück. »Michael kann so gut wie jeden finden, auch wenn derjenige nicht gesehen werden will.«

»Ist er so gut?«, fragte Zak.

»Er ist der Beste«, bestätigte Gabs, und nicht der geringste Zweifel lag in ihrer Stimme.

Eine Weile gingen sie schweigend weiter.

»Gabs?«, fragte Zak dann. Etwas beschäftigte ihn, doch er wusste nicht recht, wie er es ansprechen sollte.

»Ja?«

»Diese Operationen, für die ich angeblich trainiere … Niemand sagt mir, worum es dabei geht. Weißt du, was mich erwartet?«

»Das liegt daran, dass wir es noch nicht wissen. Raf und ich jedenfalls nicht.«

»Und Michael? Weiß er es?«

»Vielleicht. Er würde es uns aber nicht sagen.«

Sie gingen noch ein Stück.

»Ich habe Angst«, gestand Zak.

»Gut«, entgegnete Gabs, aber sie sagte es nicht abfällig. Ihre Stimme klang sanft dabei.

»Wieso gut?«

»Angst ist ein wichtiges Gefühl, Zak. Man kann es nicht abstellen, aber wenn man sich eingesteht, dass man Angst hat, ist das der erste Schritt, sie zu kontrollieren. Wenn du deine Angst nicht kontrollieren kannst, dann kann sie dich daran hindern, die richtigen Entscheidungen zu treffen. Ein bisschen Angst ist gut. Dann bist du wachsam. Vertrau mir – in unserem Job willst du nicht zu gleichgültig sein.«

»Ich wünschte, ich wüsste, was unser Job ist.«

»Das wirst du erfahren, Zak. Wenn du dafür bereit bist. Du musst immer noch eine Menge lernen.«

Zak runzelte die Stirn. »Weißt du, was mir am meisten Angst macht?«

»Was denn, Kleiner?«

»Michael nennt mich Agent 21. Aber er hat mir nicht gesagt, was mit den Agenten 1 bis 20 passiert ist. Ich muss immer daran denken, dass sie … du weißt schon … wahrscheinlich tot sind.«

Gabs sah ihn einen Augenblick lang ernst an. »Würde es dir helfen, wenn du ein paar von ihnen triffst?«, fragte sie.

Zak nickte schweigend.

»Na dann«, sagte Gabs und streckte die Hand aus. »Agent 17, freut mich, dich kennenzulernen.«

Zak blinzelte. »Du meinst … du bist …«

»Natürlich! Und Raf ist mein Vorgänger, Agent 16. Aber ehrlich gesagt bevorzugen wir Gabs und Raf. Es ist persönlicher, findest du nicht auch? Im Ernst, Kleiner, du solltest nicht so überrascht schauen. Was hast du denn gedacht, was sie mit uns machen, wenn wir älter werden?« Sie zwinkerte. »Sollen wir einen netten Job in einem Gartencenter annehmen? Komm, es wird kalt. Laufen wir zurück. Heute Nachmittag erwartet dich das Morsealphabet.«

Ohne auf eine Antwort von ihm zu warten, lief sie los.

Den Rest des Tages regnete es. Zak war froh, dass sie drinnen blieben, auch wenn das Papier, das Raf und Gabs ihm gaben, ziemlich kompliziert aussah.

»Der Morsecode ist über hundert Jahre alt«, erklärte Raf. »Aber du wirst überrascht sein, wie nützlich er immer noch ist. Du weißt wahrscheinlich, wie man SOS morst?«

»Kurz, kurz, kurz, lang, lang lang, kurz, kurz, kurz.«

»Richtig. Aber wenn du den Code erst mal beherrschst, kannst du damit jede Nachricht übermitteln. Die meisten Piloten und Fluglotsen arbeiten mit ihm und die meisten Funker der Spezialeinheiten ebenfalls. Der Morsecode nutzt Rhythmen, um Nachrichten durch Geräusche oder Lichtsignale zu übermitteln – Folgen von kurzen und langen Elementen, die verschiedene Buchstaben darstellen. Das Blatt vor dir zeigt das Morsealphabet.«

Zak betrachtete es.

»Jeder Strich ist dreimal so lang wie ein Punkt«, fuhr Raf fort. »Mit etwas Übung solltest du bald in der Lage sein, Botschaften im Morsealphabet zu senden.«

»Lass mich raten«, meinte Zak. »Das Üben beginnt jetzt.«

Gabs lächelte Raf an. »So langsam weiß er, wie es läuft, was?«

Morsealphabet
Die internationalen Morsezeichen

A	·−	F	··−·	K	−·−
B	−···	G	−−·	L	·−··
C	−·−·	H	····	M	−−
D	−··	I	··	N	−·
E	·	J	·−−−	O	−−−

P	·—·	Y	—·——	7	——···
Q	——·—	Z	——··	8	———··
R	·—·	0	—————	9	————·
S	···	1	·————	Punkt	·—·—·—
T	—	2	··———	Komma	——··——
U	··—	3	···——	Fragezeichen	
V	···—	4	····—	··——··	
W	·——	5	·····		
X	—··—	6	—····		

Den Rest des Nachmittags übten sie den Morsecode. Nach zwei Stunden konnte Zak ihn auswendig. Nach weiteren zwei Stunden konnte er bereits einfache Nachrichten senden und entschlüsseln. Mehr als einmal bekam er mit, wie sich Gabs und Raf ansahen, offenbar beeindruckt, wie schnell er lernte. Doch als der Unterricht vorbei war, war er völlig erschöpft. Er entschuldigte sich und ging auf sein Zimmer.

Eine Weile lag er in seinem Bett und dachte nach. In den ersten paar Wochen an diesem Ort war er sauer gewesen. Sauer und wütend auf Michael und auch auf Gabs und Raf. Doch die Dinge hatten sich verändert. Irgendwie fühlte er sich besser, weil er wusste, dass seine Schutzengel verstanden, was er gerade durchmachte. Sie hatten hart gearbeitet, aber er stellte fest, dass ihm das nichts ausmachte. Es machte ihm Spaß. Die Dinge, die er hier an diesem abgelegenen Außenposten auf einer der britischen Inseln lernte, waren wesentlich interessanter als der Stoff an der Camden Highschool, wo er sich mit Irren wie Marcus Varley und Jason Ford hatte herumärgern müssen. Hätte er nicht Ellie vermisst und hätte ihn der Gedanke, was ihm in Zukunft bevorstand, nicht halb krank gemacht, wäre alles absolut in Ordnung gewesen.

Ein Klopfen an der Tür riss ihn aus seinen Gedanken. Zumindest hielt er es zuerst für ein Klopfen. Doch dann erkannte er, dass es mehr war. Ein Muster.

—·· ··· — · —· ·— —·—· ···· — —·——·· —·· ·—·· · ·· —· · ·—·

Zak lächelte. »Gute Nacht, Agent 17!«, rief er und machte sein Licht aus. Er wusste vielleicht nicht, was die Zukunft brachte, aber eines war sicher: Der morgige Tag würde genauso anstrengend werden wie der vergangene und er brauchte seinen Schlaf.

Einbruch

Das Komische daran, wenn man sehr beschäftigt war, war, dass man gar nicht merkte, wie schnell die Zeit verging. Weihnachten kam und ging, ohne dass es besonders gefeiert wurde, dann raste Zaks Geburtstag vorbei – ein Tag angefüllt mit Training, wie üblich.

Aber manche Tage waren anders als andere. Er war mittlerweile sechs Monate auf der Insel, als er eines Morgens um 5:30 Uhr aufwachte, eine halbe Stunde früher als gewöhnlich. Als er aufstand und ins Bad ging, fühlte er sich anders als sonst. Das Licht – kalt und weiß – sprang automatisch an, als er eintrat. Er sah in den Spiegel. Irgendwie wirkte sein Spiegelbild verändert. Älter. Die Muskeln an seinen Armen waren mehr geworden, sein Gesicht war glatt und fit. Seine Haare waren immer noch störrisch, doch von der vielen Zeit, die er draußen verbracht hatte, war seine Haut leicht gebräunt und um die Augen lag ein angespannter Zug. Zak bemerkte, dass er seinem Vater ein wenig ähnlich sah. Es war das erste Mal, dass ihm das auffiel.

Sein Dad. Bei dem Gedanken wurde ihm ganz flau im Magen, und plötzlich wusste er, warum er sich so merkwürdig fühlte. Er ging ins Zimmer zurück und tippte auf den Bildschirm an der Wand. Sofort schaltete er sich an und zeigte in der oberen rechten Ecke das Datum.

22. April.

Es war jetzt ein Jahr her, seit seine Eltern gestorben waren.

Die Monate waren so mit intensivem Training ausgefüllt gewesen, dass Zak kaum an sie gedacht hatte. Jedenfalls nicht richtig, auch wenn sie in seinem Hinterkopf stets bei ihm waren. Jetzt setzte er sich auf die Bettkante und starrte vor sich hin.

Die Tür ging auf. Zak warf einen Blick über die Schulter und erkannte Gabs. Sie trug ihre üblichen schwarzen Sachen und sah ihn mit ihren blauen Augen groß an.

»Ich dachte mir, dass du heute früher wach bist, Kleiner«, sagte sie.

Zak sah verlegen weg, als er spürte, wie ihm Tränen in die Augen stiegen.

»Raf und ich haben uns unterhalten«, fuhr sie fort. »Wir dachten, dass du dir den heutigen Tag vielleicht freinehmen möchtest.«

Zak sah aus dem Fenster. Das frühe Morgenlicht war grau und trübe und versprach einen kalten, unwirtlichen Tag. Doch er wusste, dass es ihm nicht helfen würde, in seinem Zimmer herumzusitzen, daher stand er auf und sagte: »Nein, ich will keinen freien Tag. Lass uns trainieren.«

Sie verbrachten den Morgen mit Erster Hilfe und übten Wiederbelebungsmaßnahmen, dann gingen sie zu Sprachen über. Schließlich beendeten sie den Tag auf dem Schießstand. Am Abend war Zak erschöpft. Er aß noch schnell zu Abend und ging früh ins Bett. Je schneller dieser Tag vorüber war, desto besser, hatte er entschieden.

Ein Geräusch weckte ihn. Zumindest hatte er das gedacht. Zak riss die Augen auf, und auch wenn er auf dem Rücken liegen blieb, waren all seine Sinne zum Zerreißen gespannt. Er hielt die Luft an, um sein Atemgeräusch auszublenden. Der Mond schien durchs Fenster und warf lange Schatten in den Raum.

Zak strengte seine Ohren an. Nichts. Nur tiefste Stille. Doch diese Stille währte nicht lange.

Als sie kamen, ging es ganz plötzlich und schnell. Mit einem Klirren zerbarsten die Fensterscheiben, und eine Gestalt schwang an einem Seil ins Zimmer, dicht gefolgt von zwei anderen. Einen Augenblick lang war Zak starr vor Schreck, doch dann reagierte er rasch. Er rollte sich auf der anderen Seite aus dem Bett und rannte zur Tür, seiner einzigen Fluchtmöglichkeit. Doch sie waren schneller. Alle drei Männer waren schwarz gekleidet und trugen Skimasken. Der erste packte ihn und drehte ihm einen Arm auf den Rücken.

Zak wurde schwindelig vor Angst.

»*Raf!*«, schrie er. »*Gabs! Hilfe!*«

Mit einem Mal hörte er lauten Motorenlärm und ein heller Scheinwerfer leuchtete durch das zerbrochene Fenster. Sein Angreifer zog eine Waffe – eine mattschwarze Glock 17 – und hielt sie Zak an den Kopf.

Zak wagte kaum zu atmen.

»Noch ein Wort!«, drohte der Mann, dessen Stimme gedämpft durch die Maske klang, »und es wird dein letztes sein!«

Das war zu viel für Zak. Er spürte, wie seine Knie weich wurden, und er konnte sich nur noch mühsam aufrecht halten.

Einer der beiden anderen Maskierten trat auf ihn zu. Er hielt eine Art Geschirr in den Händen, das er Zak über den Kopf zog und am Rücken festschnallte. Der Kerl mit der Glock stieß ihn zum Fenster und zog von draußen ein langes Seil mit einem Metallhaken am Ende herein. Diesen klinkte er in das Geschirr ein und setzte Zak erneut die Pistole an den Kopf.

»Spring!«, verlangte er.

Zak wurde es flau im Magen. Er spähte aus dem Fenster. Der Lärm war hier ohrenbetäubend, das Licht blendete ihn, aber er erkannte, was das da draußen war – etwa zwanzig Meter über seinem Fenster schwebte ein Hubschrauber.

»Ich sage es nicht noch einmal!«, drohte der Mann und stieß Zak gegen das gesplitterte Fenster. Er war grob, und zwar mit Absicht.

Zak hatte keine Wahl. Er stieg auf den Fensterrahmen, holte tief Luft und trat hinaus. Sein Magen hob sich, als er drei oder vier Meter in die Tiefe fiel. Doch dann durchfuhr ihn ein Ruck, der ihm den Atem nahm und ihn in der Luft kreiseln ließ. Instinktiv griff er nach dem Seil über ihm, doch er spürte bereits, wie er nach oben gezogen wurde. Keine zehn Sekunden später zog ihn ein weiterer Maskierter in den Helikopter.

»*Was soll das?*«, schrie Zak entsetzt. »*Wer seid ihr?*«

Keine Antwort. Eine der maskierten Gestalten löste sein Geschirr und stieß ihn zur anderen Seite des Helikopters.

»Hände hinter den Kopf und hinknien!«, schrie er.

Zak tat es.

Er wandte den Kopf, um durchs Seitenfenster sehen zu können. Der Scheinwerfer des Hubschraubers rotierte und beleuchtete den Boden unter ihnen wie der Suchscheinwerfer eines Gefängnisses auf der Suche nach einem entflohenen Sträfling.

»*Raf!*«, schrie Zak. »*Gabs! Helft mir!*«

Für ein paar Sekunden wurden zwei Gestalten am Boden angeleuchtet. Raf und Gabs hatten sich beide auf ein Knie niedergelassen und zielten mit ihren Waffen in den Händen auf den Chopper. Aber sie konnten natürlich nicht feuern, denn wenn sie den Hubschrauber abschossen, würde Zak mit abstürzen …

Er sah wieder zur anderen Seite des Hubschraubers. Die drei maskierten Männer, die ihn entführt hatten, wurden eben an Bord gezogen. Der Hubschrauber neigte sich plötzlich zur Seite und flog dann vom Haus weg.

Zak zitterte am ganzen Körper. Er zählte die Männer im Helikopter – es waren insgesamt sechs, ohne den Piloten, der als Einziger keine Skimaske trug. Doch das Nachtsichtgerät verdeckte seine Züge mindestens ebenso effektiv. Drei der anderen richteten ihre Sturmgewehre auf Zak.

»Wo bringt ihr mich hin?«, flüsterte Zak.

Niemand antwortete ihm.

Zak versuchte, trotz des Entsetzens klar zu denken. Was für Möglichkeiten hatte er? Was für Fluchtwege gab es? Er erinnerte sich an etwas, was Raf ihm ganz am Anfang gesagt hatte. *Wenn dich jemand umbringen will – und es besteht durchaus die Möglichkeit, dass das einmal der Fall sein wird –, dann wird er es einfach tun. Es wird keine James-Bond-Theatralik geben.* Er war noch nicht tot, was schon einmal etwas war. Es bedeutete, dass diese Leute, wer immer sie auch waren, ihn lebend wollten. Die auf ihn gerichteten Waffen waren nur als Drohung gedacht, aber er wollte dennoch lieber nichts Dummes tun.

Die Seitentür des Helikopters stand noch offen. Durch sie konnte Zak das sich auf dem Meer spiegelnde Mondlicht sehen. Es bedeutete, dass sie die Insel verlassen hatten, aber er hatte die Orientierung verloren und keine Ahnung, in welche Richtung sie flogen.

Er hob die Hände. »Ihr erschießt mich ja doch nicht«, schrie er über den Lärm des Hubschraubers hinweg und bemühte sich, zuversichtlich zu klingen. »Dann könnt ihr mir genauso gut auch sagen, wohin wir fliegen.«

Die Reaktion kam ohne Verzögerung und ohne Vorwarnung. Einer der Bewaffneten trat auf ihn zu, und einen entsetzlichen Augenblick lang glaubte Zak, er wolle ihn doch erschießen. Dann hob er die Waffe und schlug sie ihm kräftig zwischen die Schulterblätter.

Zak wurde schwindelig. Als er auf dem Boden auftraf, war er schon bewusstlos.

Das Erste, was Zak wahrnahm, als er zu sich kam, war Schmerz – ein Hämmern im Nacken, wo der Maskierte ihn getroffen hatte, und grausame Kopfschmerzen.

Als Zweites fiel ihm auf, dass er sich nicht bewegen konnte.

Und als Drittes, dass er fror.

Zak schlug die Augen auf. Er war mit einem dicken Strick an einen Stuhl gefesselt und trug nichts als Boxershorts und T-Shirt. Er versuchte den Stuhl zu verrutschen, aber er war am Boden befestigt. Der Raum, in dem er sich befand, war groß – etwa zwanzig mal zwanzig Meter. Fußboden und Wände waren aus Beton und er war leer bis auf einen großen Scheinwerfer auf einem Stativ, von dem ein langes Kabel zu einer Steckdose in der Wand führte. Der Scheinwerfer stand etwa fünf Meter von Zak entfernt. Dahinter bemerkte er eine einzelne Tür. Geschlossen.

Ein Zittern durchlief ihn.

Seine Kehle war wie ausgedörrt. Nachdem er etwa fünfzehn Minuten nervös abgewartet hatte, rief er: *»Hallo?«* Die Worte kratzten in seinem Hals und seine Stimme hallte von den kahlen Wänden wider.

Wieder umschloss ihn die Stille.

Die Zeit verging. Wie lange er so saß, konnte er nicht sagen. In seinem Kopf hörte er Gabs Stimme. *Wenn man sich eingesteht, dass man Angst hat, ist das der erste Schritt, sie zu kontrollieren.* Na, kein Problem. Er hatte Panik! Er versuchte, sich vorzustellen, warum er hier war, wer ihn entführt hatte. Michael hatte gesagt, dass es viele Leute gab, die ihn gern in die Finger bekommen würden, und dass sie nicht nach denselben Regeln spielten wie *normale* Menschen. Aber was sollte er diesen Leuten sagen? Gabs und Raf hatten die letzten sechs Monate mit ihm trainiert, aber er wusste rein gar nichts, was irgendwie von Bedeutung sein könnte …

Die Tür ging auf. Zak schrak zusammen. Zwei Männer traten ein, ein großer und ein kleiner, beide waren gleich gekleidet: schwarze Stiefel, schwarze Jeans, schwarze Oberteile, schwarze Handschuhe und schwarze Skimasken. Der größere schloss gerade die Tür hinter sich, als Zak fragte: »Wer seid ihr? Wo bin ich?«

Sie ignorierten ihn. Der Kleinere ging zu dem Scheinwerfer und schaltete ihn ein. Das grelle Licht zwang Zak, die Augen zu schließen, doch es war immerhin nah genug, um ein wenig Wärme abzugeben. Er versuchte, die Augen ein wenig zu öffnen, doch das Licht schien ihm direkt ins Gesicht. Es tat weh, hinzusehen, also ließ er sie geschlossen.

Hinter ihm hörte er eine Stimme, leise, gedämpft und ernst. »Wie heißt du?«

Zak wusste nicht, was ihn sagen ließ: »Harry Gold«, anstatt: »Zak Darke«. Wahrscheinlich Instinkt – kombiniert mit sechs Monaten Training. Seine Stimme zitterte und er hatte Angst, dass man ihm die Lüge anhören würde. Doch sein Inquisitor beschoss ihn weiter mit Fragen.

»Wo wohnst du?«

»Warum fragen Sie mich das?« Trotz der Hitze der Lampe zitterte er wieder.

»Wo wohnst du?«

»Antrobus Drive 125, Muswell Hill, London.«

»Was hast du auf St. Peter's Crag gemacht?«

»Verwandte besucht.«

»Auf einer verlassenen Insel?«

Zak presste den Mund fest zu.

Schweigen. Er hörte Schritte und einer der Männer schaltete das Licht aus. Zak öffnete die Augen, aber er war immer noch geblendet. Bis er wieder normal sehen konnte, waren die Männer gegangen und hatten die Tür hinter sich geschlossen. Zak blieb mit seiner Furcht allein.

Eine Stunde später kamen sie zurück und schalteten die Lampe wieder ein. Zak schloss erneut die Augen.

»Im Antrobus Drive 124 hat nie ein Harry Gold gewohnt«, sagte der Mann.

Diesen Trick durchschaute Zak augenblicklich. »Es ist Nummer 125.« Er hatte so viel Zeit damit verbracht, diese Informationen zu lernen, dass sie ihm jetzt leicht einfielen.

Sein Peiniger schien gar nicht beunruhigt, dass seine Falle nicht zugeschnappt war. »In 125 gibt es auch keinen Harry Gold.«

»Aber natürlich«, widersprach Zak. »Das ist mein Zuhause. Was soll das hier?«

Doch wieder bekam er keine Antwort. Die Männer machten lediglich das Licht aus und verließen ein zweites Mal den Raum.

Diesmal war Zak länger allein. Vielleicht fünf oder sechs Stunden. Er zitterte immer stärker, da er weiter fror und seine Angst wuchs. Außerdem wurde er müde und der Kopf sank ihm auf die Brust. Genau in diesem Moment öffnete sich die Tür und einer der Männer kam mit einem Eimer Wasser herein, den er Zak über den Kopf goss. Das Wasser war eiskalt, sodass er nach Luft schnappen musste. Als er wieder normal atmen konnte, war der Mann weg, und Zak war hellwach.

Danach verlor er jegliches Zeitgefühl. Die Männer kamen und gingen und stellten ihm ein ums andere Mal dieselben Fragen.

»Wo warst du die letzten sechs Monate?«

»Zu Hause …«

»Wer ist Agent 21?«

»Ich weiß nicht, wovon Sie reden …«

Immer wieder befragten sie ihn und behaupteten, er habe unterschiedliche Antworten gegeben – was er nicht hatte. Er verstand, was sie taten – sie versuchten ihn zu verwirren, sodass er sich widersprach –, und im Laufe der Zeit fand er es immer schwieriger, sich daran zu erinnern, was er ihnen erzählt hatte und was nicht. Sie kamen in unterschiedlichen Zeitabständen. Manchmal lagen nur zehn Minuten zwischen den Befragungen, manchmal eine Stunde. Und immer wenn ihn die Müdigkeit zu überwältigen drohte, war einer von ihnen mit einem Eimer Wasser zur Stelle, um ihn aufzuwecken. Bald sehnte er sich nach Schlaf: Der Schlafentzug war zur schlimmsten vorstellbaren Folter geworden.

Außerdem hatte er auch Hunger und Durst, doch von Essen oder Trinken war zu keinem Zeitpunkt die Rede. Zak versuchte sich abzulenken, indem er sich auf seine Lage konzentrierte. Wie lang war er schon hier? Zwölf Stunden? Vierundzwanzig? Länger? Vielleicht sollte er seinen Geiselnehmern die Wahrheit sagen. Schließlich hatte er nichts verbrochen. Er wusste gar nichts. Vielleicht ließen sie ihn ja gehen, wenn er ihnen sagte, wer er wirklich war.

Vielleicht aber auch nicht.

Sein ganzer Körper schrie nach Schlaf. Er hätte alles dafür getan. Als die beiden Männer kamen und das Licht einschalteten, hörte er sich selbst betteln: »Bitte … lasst mich schlafen! Ich kann eure Fragen dann viel besser beantworten!«

Der kleinere Mann stellte sich hinter Zaks Stuhl und beugte sich so weit vor, dass seine Lippen fast Zaks Ohr berührten. »Du kannst schlafen, sobald du die Wahrheit gesagt hast, Harry.«

»Ich habe die Wahrheit gesagt …« Aber Zaks Lüge klang nicht mehr sehr energisch.

»Wir wissen aber, dass du lügst, Zak.« Es war das erste Mal, dass sie seinen richtigen Namen verwendeten, und er versuchte schwach, verwirrt dreinzusehen. »Du kannst aber erst schlafen, wenn du …«

In diesem Augenblick wusste Zak, dass es vorbei war. Er konnte versuchen, weiter Widerstand zu leisten, aber der Schlafmangel war zu extrem. Früher oder später musste er aufgeben. Diese Schlacht konnte er einfach nicht gewinnen.

Er schloss die Augen. »Woher kennen Sie meinen Namen?«

Er hörte das Zittern in seiner Stimme. Er dachte an

die Glock, die ihm sein Entführer an den Kopf gehalten hatte. Diese Männer meinten es ernst. Er hatte keine Ahnung, was sie wollten, aber jetzt, wo sie die Wahrheit aus ihm herausgepresst hatten, hatte Zak das ungute Gefühl, dass er als Leiche enden würde.

Er atmete tief ein, während ihm ein eiskalter Schauer über den Rücken lief.

Schweigen.

Der kleinere Mann stellte sich zwischen Zak und die Lampe und der größere trat zu ihm. Zusammen schirmten sie als Silhouetten das Licht ab. Zak blinzelte. Seine Angst überlagerte jedes andere Gefühl.

Außer Überraschung …

Zuerst nahm der kleinere Mann die Skimaske ab und enthüllte ein pockennarbiges Gesicht mit verkniffenem Gesichtsausdruck und kleinen Schweinsäuglein, die Zak ansahen wie ein Arzt einen Patienten.

Zak kannte dieses Gesicht.

Er blinzelte wieder und schüttelte den Kopf.

»Mr *Peters?*«

»Viel passiert seit der Camden High, Zak«, sagte Peters und wandte sich an den größeren Mann, der ebenfalls seine Maske abnahm, unter der ein faltiges braunes Gesicht und lange graue Haare zum Vorschein kamen.

»*Michael?*«

Michael sah auf die Uhr und dann zu Peters. »Siebenundzwanzig Stunden. Was denken Sie?«

Mr Peters Gesicht blieb ernst. »Ich glaube, er braucht Schlaf«, sagte er und begann, ohne auf eine Antwort zu warten, Zaks Fesseln zu lösen.

Es war wie ein Traum. Ein Albtraum. Zak war erschöpft und verwirrt. Hundert Fragen schwirrten ihm durch den Kopf und der Zorn kochte in seinen Adern. Es war ein Trick gewesen – ein langer, grausamer, anstrengender Trick. Aber er war zu müde, um sich zu beschweren oder auch nur zu sprechen.

Die Männer halfen ihm auf die Füße und er stolperte zur Tür. Das war das Letzte, woran er sich erinnern konnte. Danach wurde ihm schwarz vor Augen.

Ein trojanisches Pferd

Sonnenstrahlen weckten ihn. Helles Sonnenlicht flutete durch die Fenster herein. Er war wieder in seinem Zimmer in St. Peter's House unter seinen frischen weißen Laken. Das Fenster sah wie neu aus und zeigte keine Spur des Einbruchs mehr. Aber etwas war anders. Auf der rechten Seite seines Bettes stand ein Metallständer, an dem ein Plastikbeutel mit einer durchsichtigen Flüssigkeit hing. Von diesem Beutel führte ein Schlauch zu einer Nadel, die in Zaks Handrücken steckte.

»Das ist eine Kochsalzlösung. Du musst rehydriert werden.«

Zak sah sich nach der Stimme um. Links neben seinem Bett saß Michael in einem Sessel.

»Wie geht es dir?«

»Was glauben Sie denn?« Er lehnte sich zurück und sah an die Decke. Die Erinnerung kam überfallartig: der Raum, der Schlafmangel, die Befragung. Und wozu das alles? Eines von Michaels kleinen Spielchen? Nicht zum ersten Mal war Zak wütend auf den alten Mann.

»Sie sind zu weit gegangen«, brummte er.

»Zu weit?«, entgegnete Michael überrascht. »Ich fürchte eher, wir sind nicht weit genug gegangen. Befragungen sind kein Spaziergang, weißt du?«

Zak dachte einen Augenblick darüber nach. »Ich bin

durchgefallen, oder?«, meinte er schließlich. »Es war ein Test und ich bin durchgefallen.«

»Einige Tests kann man nicht bestehen«, erklärte Michael. »Du solltest nicht so streng mit dir selbst sein. Befragungen sind schwierig und wir haben alles getan, um zu verhindern, dass du eine Übung dahinter vermutest. Alles in allem bin ich der Meinung, dass du dich ziemlich gut gehalten hast. Raphael und Gabriella haben gute Arbeit an dir geleistet.«

Zak runzelte die Stirn. Trotz seines Ärgers war er von sich selbst enttäuscht und konnte das nicht ganz verbergen. »Ja, aber am Ende bin ich eingeknickt.«

»Jeder knickt am Ende ein«, klärte Michael ihn auf. »Glaub mir, wenn du einer ernsthaften Befragung unterzogen wirst, kannst du nichts dagegen tun, das Unvermeidbare zu verhindern. Wir haben Schlafentzug als Druckmittel eingesetzt. Das ist sehr effektiv, aber die meisten der Leute, mit denen man zu tun hat, sind weit weniger zurückhaltend. Glaub mir, du wirst reden. *Sie* wissen das und *du* weißt das. Die Frage ist nur, wie lange du durchhältst.«

»Aber wozu durchhalten, wenn man sowieso irgendwann redet?«

»Es gibt viele Gründe. Vielleicht findest du nach einer Weile eine Möglichkeit, zu fliehen. Vielleicht können wir, wenn wir wissen, dass du in Schwierigkeiten steckst, einen Rettungstrupp schicken. Vielleicht ist es aber auch für die Mission wichtig, dass du uns ein paar Stunden Zeit verschaffst, bevor deine Entführer …« Er zögerte.

»Bevor sie mich umbringen?«

»Natürlich hofft man, dass es dazu nicht kommt. Aber was auch immer kommen mag, ich kann dir zwei Ratschläge mit auf den Weg geben. Der erste ist: Widersetze dich deinen Gegnern nicht. Sei unterwürfig, nicht kämpferisch. Du willst sie nicht verärgern.«

»Und der zweite?«

»Vergiss das erste Mal nicht. Du hast deine Sache gut gemacht. Du hast siebenundzwanzig Stunden durchgehalten. Das ist sehr gut nach den allgemeinen Standards. Du weißt, dass du es kannst. Denk immer daran.« Michael stand auf und ging um das Bett herum. »Mit deiner Erlaubnis nehme ich jetzt den Tropf ab.«

Zak nickte und der alte Mann zog ihm die Nadel aus der Hand.

»Autsch!«

Michael ignorierte es. »Komm nach unten, wenn du so weit bist. Raphael und Gabriella warten auf dich. Wir müssen etwas besprechen.«

Er ging zur Tür.

»Warten Sie«, verlangte Zak.

Michael blieb stehen.

»Ich dachte, das alles hier sei so streng geheim. Wer waren die Männer, die mich geholt haben?«

»Das war eine SAS-Einheit vom Hauptquartier in Hereford«, erklärte Michael. »Aber sie wissen nicht, wer du bist. Außerdem haben sie auch geglaubt, es sei ein echter Einsatz.«

»Die haben wohl Übung in der Entführung von Kindern, was?«

Michael zog eine Augenbraue hoch. »Sie haben Übung in der Befolgung von Befehlen. Und sie haben schon Schlimmeres getan, als dich aus deinem Bett zu entführen, das kann ich dir versichern.«

»Was ist mit Gabs und Raf? Ich habe sie aus dem Hubschrauber gesehen. Waren sie eingeweiht?«

»Natürlich.«

Zak verspürte einen Anflug von Verbitterung.

»Und der Raum? Wo war der?«

Zum ersten Mal lächelte Michael. »Hier natürlich. Ich habe doch gesagt, dieses Haus hat seine Geheimnisse. Glaubst du, dass du lange brauchst? Wir haben eine Menge zu besprechen.«

Zak beeilte sich nicht. Selbst wenn er gewollt hätte, hätte er es nicht gekonnt. Seine Muskeln schmerzten und er fühlte sich schwach. Langsam, wie ein Invalide, zog er sich an, und als er die Treppe hinunterstieg, musste er sich am Geländer festhalten, um nicht das Gleichgewicht zu verlieren.

Zak vermutete die anderen in dem Büro, wo sie sich alle am ersten Tag seiner Ankunft getroffen hatten. In den letzten sechs Monaten hatte er keine Zugangsberechtigung für den Raum gehabt – er hatte es ein paarmal versucht. Heute ging die Tür auf, als er den Knauf berührte. Er trat ein und sah Michael an seinem Schreibtisch sitzen. Zu beiden Seiten schräg hinter ihm standen Gabs und Raf vor dem großen Fenster und blickten in Richtung Tür. Raf blieb mit ausdruckslosem Gesicht sitzen, aber Gabs kam besorgt auf ihn zu. Sie umarmte ihn fest und küsste ihn auf die Wange.

»Das ist immer der schlimmste Teil, Kleiner«, flüsterte sie. »Tut mir leid, dass wir dich nicht warnen konnten.«

Zak wand sich aus ihrer Umarmung. »Was soll's«, sagte er und hatte gleich darauf ein schlechtes Gewissen, weil Gabs verletzt wirkte. »Ihr habt nur getan, was ihr tun musstet.« Er sah sich im Zimmer um. »Kommt Mr Peters nicht?«

»Unglücklicherweise ist er anderweitig beschäftigt«, erklärte Michael.

»Ich nehme an, er ist der vierte, der weiß, wer ich bin.«

»Natürlich. Setz dich doch, Zak.« Michael deutete auf einen Ledersessel am Kamin, und Zak zögerte nicht, Platz zu nehmen. »Deine Fortschritte sind erfreulich.«

»Sie waren doch gar nicht da, um sie mitzubekommen.«

»Raphael und Gabriella halten mich auf dem Laufenden. Deine Fitness ist gut, deine Fähigkeiten außerordentlich. Ich glaube, es ist an der Zeit, dich zu aktivieren.«

Zak schluckte nervös. »Was bedeutet das?«, fragte er.

»Das heißt, dass du eingesetzt wirst.«

»Ein weiterer Test?«

Es entstand eine Pause. »Nein, Zak. Kein Test. Diesmal wird es ernst.«

Gabs sah aus, als wolle sie etwas sagen, doch Michael hob die Hand, um sie daran zu hindern. Er zog eine Schublade an seinem Schreibtisch auf, nahm ein schlankes, rechteckiges Gerät von etwa fünfundzwanzig Zentimetern Länge heraus und tippte darauf. Die Lichter im Raum verdunkelten sich und von der Decke an der Wand vor Zak senkte sich eine weiße Leinwand herunter.

»Sitzt du gut?«, fragte Michael.

Bei der nächsten Berührung des Touchpads erschien ein Bild auf der Leinwand. Es zeigte einen Mann, vielleicht Ende vierzig, obwohl das schwer zu sagen war, da seine Haut völlig faltenfrei war und um die Augen und an den Gesichtsrändern gespannt wirkte, als hätte er sich einer Operation unterzogen, um jünger auszusehen. Er war von Natur aus ein dunkler Typ, seine Augen waren braun und sein rabenschwarzes Haar war nach hinten gegelt. Er lächelte nicht und runzelte nicht die Brauen – er wirkte vollkommen emotionslos.

»Das ist Cesar Martinez Toledo«, erklärte Michael. »Mexikaner haben zwei Nachnamen – einen vom Vater und einen von der Mutter. Cesar ist unter dem Namen Señor Martinez bekannt. Er ist Mexikos größter und mächtigster Drogenbaron. Etwa achtzig Prozent des Kokains auf den Straßen von Großbritannien stammen von seinem Kartell. Man nimmt an, dass er die Kokablätter aus Kolumbien importiert und sie in Labors, die im mexikanischen Dschungel versteckt liegen, zu Kokain verarbeitet. Er ist temperamentvoll und charmant. Außerdem ist er wahrscheinlich der gewalttätigste Mann in Mittelamerika – und wenn man die Gepflogenheiten dieser Region kennt, heißt das schon einiges.«

Wieder tippte Michael auf seine Fernbedienung. Das nächste Bild war eine körnige Schwarz-Weiß-Fotografie, und Zak brauchte einen Moment, um zu erkennen, was es darstellte. Man sah eine staubige Straße mit armseligen Hütten zu beiden Seiten. Auf dem Boden lag eine Leiche mit verdrehten Gliedern.

»Dieses Foto wurde vor etwa sechs Monaten aufgenommen. Der Mann war ein Angestellter von Martinez, der es sich hatte einfallen lassen, Geld auf die Seite zu schaffen. Er wurde erschossen am Straßenrand aufgefunden.«

Ein drittes Bild erschien. Es zeigte einen Baum mit einem niedrig hängenden Ast. An ihm hingen fünf halb verweste Leichen, zwei davon Kinder.

»Martinez hat eine Schwäche für die Schlinge«, erklärte Michael leise. »Du hast eben den Mann mit der Kugel im Kopf gesehen? Das hier sind die Leichen seiner Frau, seiner beiden Kinder, seiner Schwester und seines Bruders. Sie wurden in ihrem Dorf aufgehängt als Warnung für alle, die glauben, sie könnten Martinez betrügen. Es hat niemand gewagt, sie anzufassen, bis das Fleisch von ihren Knochen faulte. Und selbst dann wagten sie es nicht, ihnen ein anständiges Begräbnis zu geben, aus Furcht, Martinez zu verärgern.«

Zak starrte das Foto entsetzt an und sein Blick blieb an den Leichen der Kinder hängen. Dann wurde das Foto durch das Bild eines anderen Mannes ersetzt, der fast so abschreckend war wie die Leichen. Er war unglaublich dürr, hatte einen kahl geschorenen Kopf und einen Stoppelbart. Doch das war es nicht, was Zak wie gebannt hinsehen ließ, sondern sein rechtes Auge beziehungsweise dessen Fehlen. Die Haut war über die leere Höhle gewachsen, sodass es aussah, als hätte er nie eines gehabt.

»Adan Ramirez«, sagte Michael. »Spitzname *Calaca*, das ›Skelett‹. Man redet ihn allerdings besser nicht so an. Er ist Martinez' Sicherheitschef und erledigt für ihn die Drecksarbeit. Martinez ist der Geschäftsmann, der Kopf des Ganzen. Calaca ist die Muskelkraft. Kein Mensch weiß, wie viele Leute er schon umgebracht hat. Wahrscheinlich weiß er es selbst nicht. Ich nehme an, nach den ersten paar Dutzend hört man auf zu zählen.«

Calacas gesundes Auge starrte ihn von der Leinwand herunter an.

»Der sieht aus wie der totale Psycho«, bemerkte Zak.

»Keine unzutreffende Beschreibung«, fand Michael. »Er ist bestens geeignet für die Jobs, die Martinez ihm überträgt. Aber man sollte ihn nicht unterschätzen. Calaca ist ein äußerst gerissener Mann, in gewisser Weise sogar gerissener als Martinez selbst.« Michael sah Zak eindringlich an, der sich ein wenig unwohl zu fühlen begann.

»Wenn Martinez so ein Monster ist, warum unternimmt die mexikanische Regierung dann nichts gegen ihn?«

»Das ist eine gute Frage, Zak. Die Antwort ist ziemlich einfach: Korruption. Martinez ist einer der reichsten Männer der Welt. Das versetzt ihn in eine sehr einflussreiche Lage, denn es bedeutet, dass er hochrangige Regierungsmitglieder bestechen kann. Seit Jahren üben die Briten und Amerikaner Druck auf die mexikanischen Behörden aus, Martinez vor Gericht zu bringen. Doch er hat sie alle in der Tasche. Solange er die Leute in Mexico City schmiert, ist er unerreichbar.«

»Das ist schrecklich«, fand Zak.

»Ja«, erwiderte Michael. »Das ist es. Und daher muss jemand etwas dagegen unternehmen.«

Der alte Mann erhob sich hinter seinem Schreibtisch und ging zwischen Zak und der Leinwand auf und ab. »Sag mal, Zak«, fragte er plötzlich, »bist du ein eifriger Leser griechischer Mythologie?«

»Äh … nein, nicht wirklich.«

»Das ist schade. Die Antike kann uns viel lehren. Lass mich dir etwas über Troja erzählen. Man sagt, dass die Griechen die Stadt zehn Jahre lang belagert haben, doch ihre Mauern waren so hoch und stark, dass sie nicht in die Stadt hineinkamen. Also gaben sie es schließlich auf, es mit Gewalt zu versuchen, und benutzten stattdessen ihren Verstand. Einer ihrer Anführer war ein Mann namens Odysseus. Er wies seine Soldaten an, ein riesiges hölzernes Pferd zu bauen. Es war innen hohl, sodass sich einige der Griechen darin verstecken konnten. Als es fertig war, ließen sie es als Geschenk vor den Toren Trojas stehen. Dann zog sich die gesamte griechische Armee – bis auf diejenigen, die sich im Pferd verborgen hatten – außer Sichtweite zurück. Die Trojaner glaubten, die Griechen hätten endlich aufgegeben und seien abgezogen, und brachten das

Pferd in die Stadt. In dieser Nacht, als alle schliefen, kletterten die Soldaten aus dem Pferd und öffneten die Stadttore. Die Griechen strömten herein und töteten jeden einzelnen Mann in Troja.«

»So eine Schweinerei«, bemerkte Zak.

»Ja, wahrscheinlich.«

»Was hat das mit Martinez zu tun?«

Michael hob leicht eine Augenbraue. »Martinez ist wie die Trojaner«, sagte er. »Auch er hat eine Mauer um sich herum errichtet in Form von umfangreichen privaten Schutztruppen. Er lebt auf einem Anwesen etwa drei Meilen südlich von Mexico City und seine Sicherheitsvorkehrungen sind besser als die jedes Regierungsoberhauptes. Ein Angriff auf das Martinez-Anwesen käme einem kleinen Krieg gleich, ganz zu schweigen davon, dass man weiß Gott wie viele internationale Gesetze brechen würde.« Er sah Zak direkt an und fuhr fort: »Was wir brauchen, ist ein trojanisches Pferd.«

Bei diesen Worten trat Gabs vor. Sie hatte neben Raf hinter Michaels Schreibtisch gestanden und seinen Vortrag ruhig verfolgt, doch jetzt wirkte sie besorgt. »Michael, du hast doch nicht im Ernst vor, Zak …«

»*Gabriella!*«, rügte Michael sie wie ein Lehrer. »*Bitte!*«

Gabs sah zu Boden, konnte jedoch nicht verhehlen, dass sie Bedenken hatte. Auch Raf, der zwar nichts gesagt hatte, runzelte unsicher die Brauen.

Michael wandte seine Aufmerksamkeit wieder Zak zu. »Ich möchte, dass du unser Trojanisches Pferd bist.«

Zak warf noch einen Blick auf das Foto an der Leinwand. Calaca starrte zurück. »Wollen Sie damit sagen, dass ich Martinez umbringen soll?«, fragte er.

Michael schüttelte den Kopf. »Nein. Du bist kein Killer, Zak. Und auf jeden Fall wollen wir Martinez lebendig. Niemand als er weiß mehr über die Kartelle, die auf ihre Chance warten, zu übernehmen, wenn er stirbt oder zur Rechenschaft gezogen wird. Wenn wir verhindern wollen, dass er sofort von jemandem ersetzt wird, der genauso schlimm ist wie er, dann brauchen wir diese Informationen. Und zwar jetzt. Die britische Regierung will Martinez vor Gericht bringen, und sie ist bereit, dafür einen Krieg mit den Mexikanern anzufangen. Sie treffen bereits ihre Vorkehrungen. Wenn wir ihn zuerst in die Finger bekommen können, können wir das verhindern.«

»Das sollte Sache der Amerikaner sein«, warf Gabs ein. »Schließlich liegt Mexiko vor ihrer Haustür.«

»Die Amerikaner wollen dieses Risiko nicht eingehen«, erklärte Michael. »Ein größerer diplomatischer Zwischenfall an ihrer Südgrenze ist das Letzte, was sie brauchen können, und außerdem wissen sie, wie clever Martinez ist. Es ist unmöglich, Beweise für seine Machenschaften zu finden. Er ist ein geschickter Geschäftsmann, der sich von allem fernhält, was ihn mit kriminellen Machenschaften in Verbindung bringen könnte. Nein, die Einzigen, die Martinez zur Strecke bringen können, sind wir. Und wir können nur nahe genug an ihn herankommen, wenn wir es schaffen, jemanden bei ihm einzuschleusen. Wir planen, einen Agenten auf seinem Anwesen unterzubringen, weil wir hoffen, dass er dort Beweise für seine Aktivitäten sammeln kann. Wenn das erledigt ist, wird ein Sondereinsatzkommando dorthin dirigiert, das Martinez entführt. Wenn wir ihn *und* die Beweise für seine Drogengeschäfte haben, können die mexikanischen Behörden kaum murren. Hast du das alles bis hierher verstanden?«

Zak nickte. Er wagte es kaum, zu sprechen, um nicht ängstlich dabei zu klingen.

»Martinez ist ein sehr vorsichtiger Mann. Seit einiger Zeit wissen wir, dass er Doppelgänger beschäftigt, ähnlich wie Saddam Hussein im Irak. Allerdings sind Martinez' Doubles wesentlich besser, als die von Saddam es je waren. Unseren Informationen zufolge sind es fünf, und sie haben sich alle größeren plastischen Operationen unterzogen, damit man sie nicht von ihrem Vorbild unterscheiden kann. Außerdem haben sie seinen Gang und seine Eigenheiten studiert. Nach unserem Wissensstand ist es extrem schwer, zu erkennen, welcher der richtige Martinez ist, aber wir hoffen, dass es jemandem gelingen kann, ihn zu identifizieren, der nahe genug an ihn herangekommen ist.«

Zak runzelte die Brauen. »Aber … Sie erwarten doch nicht, dass ich auf Martinez' Anwesen einbreche, ohne dass das jemand bemerkt …«

»Zak«, unterbrach Michael ihn, »du hast nicht zugehört. Denk an das Trojanische Pferd. Die Griechen mussten es nicht einmal selbst in die Stadt bringen – das haben die Trojaner für sie erledigt.« Er drückte noch einmal eine Taste und Calacas Gesicht verschwand. Dafür erschien ein weiteres. Es war ein Junge etwa in Zaks

Alter, vielleicht ein wenig älter. Mit seinen schwarzen Haaren und den dunklen Augen sah er Martinez sehr ähnlich. Aber sie unterschieden sich auch. Während Martinez' Gesicht emotionslos gewesen war, zeigte dieser Junge mehr Gefühle. Er hatte etwas Trauriges an sich. Etwas Skeptisches.

»Das«, sagte Michael, »ist Cruz, Martinez' Sohn. Sieh dir das Bild genau an, Zak, denn Cruz Martinez wird bald dein bester Freund werden.«

Zeit der Entscheidung

Zak starrte das Foto an.

»Wenn ich sage, dass Cruz *dein* bester Freund werden wird, meine ich, dass er Harry Golds bester Freund wird«, fuhr Michael fort. »Es ist von äußerster Wichtigkeit – und das kann ich gar nicht oft genug betonen –, dass du von dem Augenblick, wenn wir dich von dieser Insel fortbringen, Zak Darke hinter dir lässt. Du bist mit Harry Golds Vergangenheit bestens vertraut, also kennst du auch seinen Großonkel Frank?«

Es war, als hätte man auf einen Knopf gedrückt, der Zak alles, was er über ihn wusste, ausspucken ließ. »Frank Gold, geboren 1931 in Blackburn, Bruder von Harrys Großvater John väterlicherseits. Unverheiratet, keine Kinder. Arbeitete als Bauingenieur, bis er 1995 nach Mexiko auswanderte.« Seine Augen verengten sich. »*Mexiko …*«, wiederholte er.

Michael nickte zufrieden. Er war offensichtlich erfreut, dass sich Zak so gut an diese Informationen erinnerte. Ein neues Bild erschien auf der Leinwand und zeigte einen mageren älteren Mann mit faltigem Gesicht, Glatze und scharfen Augen.

»Darf ich dir deinen Großonkel vorstellen?«, sagte Michael. »Du scheinst verwirrt. Was ist los?«

»Ich weiß nicht«, antwortete Zak. »Ich glaube, ich

126

habe alle Verwandten von Harry für erfunden gehalten.«

»Einige sind es und andere nicht«, erwiderte Michael. »Das ist die Kunst der Täuschung. Die besten Lügen sind die, in denen ein Körnchen Wahrheit steckt. Denk immer daran. Es könnte dir natürlich auch in den Sinn gekommen sein, dass Frank Gold vielleicht nicht ganz das ist, was er zu sein scheint. Er ist sozusagen ein altgedienter MI6-Agent.«

»Wie lautet sein richtiger Name?«

Michael seufzte. »Immer diese Besessenheit von richtigen Namen, Zak. Das muss wirklich aufhören. Wenn du mal genau darüber nachdenkst, dann wird dir sicher klar, wie wichtig es ist, dass du Franks ›richtigen‹ Namen ebenso wenig kennst wie er den deinen. Denn Informationen, die du nicht hast, kannst du auch nicht verraten, nicht wahr?«

»Wohl kaum«, gab Zak zu.

»Wie du bestimmt weißt, hat Frank Gold den größten Teil der letzten fünfzehn Jahre in Mexico City verbracht. Seine Tarnung ist ausgezeichnet, er ist sehr gut in die örtliche Gemeinde integriert. Er gehört sozusagen dazu. Und wie das Glück so spielt, hat er Harry gerade eine Einladung geschickt, ein Jahr bei ihm zu verbringen. Der Tod von Harrys Eltern hat Frank sehr betroffen gemacht, weißt du? Er würde gern etwas für den Jungen tun, besonders da Harrys Spanisch ausgezeichnet ist und er großes Interesse an der mexikanischen Kultur zeigt.« Dabei sah er Gabs an. »Harrys Spanisch ist doch ausgezeichnet, oder?«

Gabs nickte stumm, und Michael zwinkerte Zak zu, sehr zufrieden mit dieser Tarnung, doch die Erwähnung des Todes der Eltern hatte Zak wie ein Messer ins Herz getroffen, und er sah zu Boden.

Michael fuhr fort, als bemerke er Zaks Kummer nicht. »Als Harrys Vormund muss Frank natürlich dafür sorgen, dass sein Großneffe weiterhin in die Schule geht, und hat ihn daher am *Colegio de Mexico* eingeschrieben, einer der besten Schulen der Hauptstadt. Das ist zufällig auch die Schule, auf die Cruz Martinez geht.«

»Wie praktisch«, murmelte Zak.

»Nicht wahr? Harry muss sich mit ihm anfreunden, Zak. Sie müssen gute Freunde werden. Das verschafft dir hoffentlich die Möglichkeit, auf Martinez' Anwesen zu gelangen, danach liegt es an dir. Denk immer daran, dass deine Hauptaufgabe ist, handfeste Beweise für Martinez' Beteiligung am Drogenhandel zu finden. Ich kann dir nicht sagen, wie diese Beweise aussehen. Du wirst dich auf deine Intuition verlassen müssen. Sobald du genügend Beweise gefunden hast, musst du ein Sonderkommando der Sturmtruppen auf Martinez' Anwesen bringen, Martinez ausfindig machen – und nicht einen seiner Doppelgänger – und helfen, ihn zu entführen.«

»Michael«, warf Gabs ein, »für seinen ersten Auftrag ist das zu viel. Es ist zu schwierig, zu gefährlich …«

Michael ignorierte sie. »Das hier wirst du brauchen«, erklärte er und reichte Zak etwas. Es war ein iPhone, leicht angestoßen, als sei es bereits eine Weile in Gebrauch. »Es ist modifiziert worden«, fuhr Michael fort. »Du musst es immer eingeschaltet haben. Es enthält einen hoch entwickelten GPS-Tracking-Chip, den wir in den SIM-Kartenträger eingebaut haben.«

»Heutzutage haben doch alle Handys GPS-Chips«, bemerkte Zak.

»Nicht solche. Es hat seine eigene Energiequelle und kann wesentlich stärkere GPS-Signale senden als die meisten anderen Geräte. Sondereinheiten nutzen sie im Dschungel, wo normale GPS-Chips durch das Blätterdach abgeschirmt werden.«

Zak warf Raf einen Blick zu. »Ich dachte, ich soll mich bei der Navigation nicht aufs GPS verlassen.«

»Sollst du auch nicht. Das ist nicht für deine Navigation, Zak. Es ist dazu da, uns jederzeit deinen exakten Aufenthaltsort zu melden. Uns steht Satellitenspionagetechnik – ein zweckgebundener Satellit – zur Verfügung, nur um dich zu verfolgen. Das bedeutet, dass ein Kontrollzentrum in London jederzeit Echtzeit-Satellitenbilder von deiner Position empfängt. Diese Bilder sind sehr detailliert – zumindest tagsüber. Es ist, als hättest du eine eigene Sicherheitskamera, die auf dich gerichtet ist. In der Nähe von Martinez' Anwesen wird eine Sondereinheit stationiert sein. Wenn du Alarm auslöst, werden sie dich Minuten später holen kommen.«

»Und wie löst er Alarm aus?«, fragte Gabs. Sie sah so nervös aus, wie sich Zak fühlte.

»Indem er eine von zwei vierstelligen Nummern wählt. Sechs-vier-acht-zwei bedeutet, dass deine Tarnung aufgeflogen ist und du rausgeholt werden musst. Fünf-acht-sechs-neun heißt, dass du bereit bist, das Sonderkommando auf das Anwesen zu lotsen, damit sie Martinez entführen – aber das geht erst, wenn du die Beweise für seine kriminellen Aktivitäten hast. Das Telefon besitzt außerdem eine hochauflösende Kamera und einen Scanner sowie alle standardmäßigen Video- und Audioaufzeichnungsmöglichkeiten. Du hast überall Empfang, daher kannst du jederzeit Beweise auf einen sicheren Server laden und sie dann von deinem Telefon löschen. Du solltest dir Zeit nehmen, dich damit vertraut zu machen, Zak. Dieses Ding ist dein Rettungsanker.«

Zak drehte das Gerät in der Hand. Es war ja ziemlich cool, aber als Rettungsanker schien es ihm ein wenig mager. »Ich nehme mal nicht an, dass man damit auch telefonieren kann?«

Michael lächelte. »Doch, kann man. Aber nicht mehr, sobald du auf Martinez' Gelände bist.«

»Warum nicht?«

»Die Datenverbindung ist sicher, aber Stimmnachrichten kann man leicht abfangen. Außerdem wird Martinez' Haus bis ins letzte Loch verwanzt sein. Du musst dich auf die Tatsache verlassen, dass wir jederzeit wissen, wo du bist, und darfst uns erst kontaktieren, wenn du den Notruf sendest.«

Er überreichte Zak noch etwas. Es war eine platinfarbene Kreditkarte, auf der die Worte *Coutts & Co* eingeprägt waren. »Coutts ist eine Privatbank in London. Als Harrys Eltern gestorben sind, haben sie ihm eine Menge Geld hinterlassen. Es ist ein Konto auf seinen Namen eröffnet und eine große Summe Geld hinterlegt worden, zu dem du Zugang hast.«

»Wie viel?«, fragte Zak gespannt.

»Eine hohe Summe. Sollte sie schrumpfen, werden wir sie wieder aufstocken. Es ist wichtig für deine Sicherheit, dass du an Geld kommst, wenn du es brauchst, aber es wäre verdächtig, wenn du wochenlang nichts ausgibst und dann auf einmal durchblicken lässt, dass du reich bist. Also musst du von Anfang an Geld ausgeben. Benimm dich wie ein reiches Kind. Kauf dir, was du willst.«

»Alles?« So etwas hatte noch nie jemand zu ihm gesagt – in seiner Kindheit war das Geld eher knapp gewesen.

»Alles. Kleidung, technische Spielereien – wenn du etwas siehst, was dir gefällt, kauf es. Selbst wenn es dir nicht gefällt, kauf es. Es ist ein wichtiger Teil deiner Tarnung und deine Tarnung ist alles. Du darfst niemandem einen Grund geben, misstrauisch zu werden. Wenn du Frank am Flughafen triffst, dann begrüße ihn wie einen lange vermissten Freund. Du darfst mit ihm nicht über die wahren Gründe deines Aufenthalts in Mexico City reden, wenn ihr nicht absolut sicher seid, dass euch niemand hören oder auch nur von euren Lippen ablesen kann. Selbst wenn ihr allein seid, solltet ihr nicht darüber reden. Der beste Weg, andere davon zu überzeugen, dass du Harry Gold bist, ist, so zu handeln, als würdest du es selbst die ganze Zeit glauben.«

Schweigen breitete sich über den Raum. Es waren

eine Menge Informationen gewesen und Zak fühlte sich durcheinander. Auch Gabs Reaktion hatte ihn beunruhigt. Sie war kein Feigling. Wenn sie sich also Sorgen über die Gefahren bei der Infiltration von Martinez' Anwesen machte, war das ein Grund, nervös zu sein.

»Du musst noch etwas wissen«, sagte Michael. Er sah Raf und Gabs an. »Ihr alle drei. Die Sondereinheit wird aus sechs Angehörigen der Spezialkräfte gebildet und ihr wird ein bewaffneter Hubschrauber mit einer Crew der Special Forces zur Verfügung stehen. Raphael und Gabriella, ihr werdet euch ihnen anschließen. Ihr habt Zak ausgebildet und kennt ihn. Ich möchte, dass ihr da seid, falls er Verstärkung braucht. Die SK-Einheit steht unter eurem persönlichen Kommando.«

Zum ersten Mal während des Meetings lächelte Gabs. Es war kein glückliches Lächeln, aber ein erleichtertes.

»Die Männer stammen aus der Anti-Terror-Einheit der SAS«, fuhr Michael fort. »Das bedeutet, sie sind aufs Genaueste überprüft worden und damit eine so sichere Einheit, wie es nur geht. Sie sind zweifelhafte Missionen gewohnt. Und das, meine Damen und Herren, ist eine *äußerst zweifelhafte* Mission. Das bedeutet, falls etwas schiefgeht, wird die britische Regierung jegliche Kenntnis davon abstreiten.« Michael sah sie der Reihe nach an. »Und wenn ihr nichts dagegen habt, würde ich jetzt gern ein paar Worte mit Zak allein reden.«

Raf und Gabs sahen sich ein wenig überrascht an, aber sie widersprachen nicht. Als Gabs an ihm vorbei zur Tür ging, lächelte sie Zak aufmunternd zu. Dann war er allein mit Michael.

Zunächst schwieg der alte Mann und sah ihn nur aus seinen intensiv grünen Augen an. Schließlich konnte Zak dem Blick nicht mehr standhalten und sah zu Boden.

»Wahrscheinlich denkst du, dass ich dich ziemlich schlecht behandle«, sagte Michael endlich.

»Ich weiß nicht, was ich denken soll«, erwiderte Zak wahrheitsgemäß.

»Du musst wissen, dass ich dich nicht aktivieren würde, wenn ich nicht der Meinung wäre, dass du diesen Auftrag bewältigen kannst. Aber das bedeutet nicht, dass du gehen musst. Es gibt keinen Zwang. Die Wahl liegt bei dir.«

Zak dachte einen Moment darüber nach, bevor er erwiderte: »Als ich hierhergekommen bin, haben Sie gesagt, Sie würden mir etwas über meine Eltern erzählen, wenn die Zeit reif ist. Sagen Sie mir, was Sie wissen, dann denke ich vielleicht darüber nach, nach Mexiko zu gehen.«

Michael neigte den Kopf. »Ich nehme es dir nicht übel, dass du zu verhandeln versuchst. Das würde ich an deiner Stelle auch tun. Aber ich fürchte, die Antwort lautet immer noch ›Nein‹. Es wird die Zeit kommen, da du verstehst, warum, aber es ist noch nicht so weit. Du musst eine Entscheidung treffen, ohne dass der Gedanke an deine Eltern dein Urteilsvermögen beeinträchtigt. Und du musst sie jetzt treffen, Zak.«

Zak stand auf. Er ging zu den großen Fenstern hinüber und sah hinaus auf die Insel. Die Sonne, die bei seinem Aufwachen so hell geschienen hatte, war nun hinter Wolken verborgen. Das überraschte Zak nicht. An diesem entlegenen Ort wechselte das Wetter ziemlich rasch und jetzt sah es so windig und trostlos aus wie üblich.

»Was passiert, wenn ich Nein sage?«, fragte er.

»Dann bleibst du hier bei Raphael und Gabriella. Du machst mit deinem Training weiter und wartest darauf, dass sich etwas ...« Michael schien nach dem passenden Wort zu suchen. »... Angemesseneres findet. Wenn du dich allerdings beharrlich weigerst, aktiviert zu werden, hört deine Nützlichkeit für uns natürlich irgendwann auf.«

»Und dann?«

»Tja, was dann?«

Es entstand eine weitere Pause.

»Ich biete dir einen Handel an«, sagte Michael.

Zak drehte sich zu ihm um. »Ich wusste gar nicht, dass Sie Deals auszuhandeln pflegen.«

»Tue ich auch nicht. Aber in diesem Fall ... Geh nach Mexiko. Schleich dich bei Martinez ein. Versuche, die Beweise zu finden, die wir brauchen. Wenn nicht, holen wir dich raus und bringen dich hierher zurück. Aber was auch immer geschieht – und das verspreche ich dir hoch und heilig –, wenn wir uns das nächste Mal treffen, werde ich dir sagen, was mit deinen Eltern geschehen ist.«

Michael war ernst, so ernst, dass es Zak nicht einmal in den Sinn kam, ihm zu misstrauen.

»Sie können mich jederzeit rausholen?«, fragte er.

»Jederzeit«, antwortete Michael.

Zak nickte und sah wieder aus dem Fenster. »Und wenn Cruz mich nicht mag?«, fragte er. »In der Schule mögen mich eine Menge Leute nicht. Ich meine, *mochten.*«

Michael trat zu Zak, stellte sich neben ihn und sah ebenfalls hinaus auf die karge Landschaft. »Das Geheimnis einer erfolgreichen Operation ist es, nichts dem Zufall zu überlassen«, erklärte er ruhig und legte Zak eine Hand auf die Schulter. »Cruz wird dich mögen. Und Martinez auch. Das kann ich dir versprechen. Das haben wir alles bereits vorbereitet.«

Es begann zu regnen, doch verglichen mit dem Anwesen eines Drogenbarons schien die karge Insel auf einmal viel einladender.

»Was passiert, wenn dieser Martinez nicht vor Gericht gebracht wird?«, wollte Zak wissen.

»Dann werden weiterhin Familien sterben. Unschuldige Kinder. Und nicht nur in Mexiko. Die Drogen, die sie nach England schicken, zerstören mehr Leben, als wir zählen können.«

Zaks Fingernägel gruben sich in seine Handflächen. Er hatte das Gefühl, an einer Klippe zu stehen und nicht den Mut für den entscheidenden Schritt aufzubringen.

»Ja oder nein, Zak? Mehr musst du nicht sagen. Es ist deine Entscheidung.«

Zak holte tief Luft. Er warf einen Blick über die Schulter auf das Foto von Cruz, das ihn von der Leinwand ansah, dann blickte er wieder aus dem Fenster in den immer dunkler werdenden Himmel.

Schließlich antwortete er. »Ja.«

Michael nickte. »Schön. Dann hör mir gut zu, Zak. Ich habe dir versprochen, dass Cruz dein bester Freund werden wird. Und das werden wir folgendermaßen anstellen …«

Teil zwei

Onkel Frank

Eine Woche später

»Noch eine Cola, Mr Gold?«

Zak lächelte die Stewardess an. »Ja, warum nicht. Vielen Dank.«

Harry Gold hatte für den Flug VS892 von London Heathrow nach Mexico City International Airport die erste Klasse gebucht, was bedeutete, dass er einen geräumigen Sitz hatte – groß genug, ihn zu einem Bett umzubauen – und dass er fast alles bekommen konnte, was er wollte. Das Problem war, dass er, obwohl er glaubte, ziemlich gut vorzugeben, solchen Luxus gewohnt zu sein, ziemlich aufgeregt war. Er zappte sich durch die Filme auf seinem persönlichen Fernseher. Da ihn nichts davon interessierte, zwang er sich, Räucherlachs und blutiges Steak zu essen und noch ein paar weitere Colas zu trinken. Den Rest der Reise verschlief er.

Als sie gelandet waren, musste er stundenlang auf sein Gepäck warten – zwei teure Louis-Vuitton-Koffer, die er erst vor einigen Tagen während einer Shoppingtour bei Harrods erworben hatte.

Es war eine seltsame Woche gewesen. Am Tag nach seinem langen Gespräch mit Michael war ein Hubschrauber aufgetaucht und hatte ihn von der Insel geflogen. Michel und Raf hatten ihm die Hand geschüttelt; Gabs war den Tränen nahe gewesen. Sie hatte ihm ein Geschenk überreicht, das sie in eine blaue Papierserviette gewickelt hatte. Darin war ein Gürtel gewesen.

»Das ist aber kein gewöhnlicher Gürtel«, hatte Gabs erklärt. »Sieh mal.« Sie hatte die Schnalle gelöst und eine schmale, extrem scharfe Klinge herausgezogen. Unwillkürlich dachte Zak, dass das Geschenk fast so war wie Gabs selbst. Stilvoll, elegant … und tödlich.

»Sei vorsichtig, Kleiner«, hatte sie gesagt. »Und denk an alles, was du gelernt hast.« Dann hatte sie ihn umarmt.

Der Hubschrauber hatte ihn über das stürmische Meer aufs schottische Festland gebracht und weiter nach Süden, nach England, wo man ihn auf einem einsamen Hubschrauberlandeplatz zehn Meilen westlich von St. Albans abgesetzt hatte. Dort hatte ihn ein Wagen erwartet, ein schwarzer Daimler mit getönten Scheiben. Der Fahrer hatte ein grimmiges Gesicht gemacht und kein Wort mit Zak gesprochen, während er über die M1 nach London gefahren war und ihn vor einem schicken Wohnhaus in Knightsbridge abgesetzt hatte.

Zak hatte bereits seit Monaten gewusst, dass Harry Gold eine Wohnung in der Nähe der Brompton Road besaß, aber er hatte nicht wirklich damit gerechnet, sie tatsächlich einmal zu benutzen. Die Küche allein war größer als das gesamte Erdgeschoss im Haus seines Onkels und seiner Tante und der Kühlschrank war gut gefüllt. Es gab drei Schlafzimmer und ein Spielzimmer mit einem großen Snookertisch, einer Wii, einer Playstation und einer Xbox. Kurzzeitig verspürte Zak Bedauern, dass er niemanden hatte, mit dem er all das teilen konnte. Einen irrationalen Moment lang dachte er sogar daran, Ellie anzurufen – er zog sogar sein modifiziertes Telefon hervor, um ihre Nummer zu wählen. Doch in letzter Sekunde hielt er inne. Er wusste, wie töricht das wäre. Nein, er musste das so überstehen, allein in seiner Luxuswohnung, bis es an der Zeit war, nach Mexiko zu reisen.

Wenn er hinausging – entweder zum Einkaufen oder auch nur, um frische Luft zu schnappen –, zog er sich seine Kapuze tief ins Gesicht. London war zwar eine große Stadt, aber es war durchaus möglich, dass ihn jemand aus seinem früheren Leben erkannte. Und dann müsste er ein paar Erklärungen abgeben, auf die er bestimmt nicht scharf war.

Der Moment der Abreise war schnell gekommen, und jetzt stand er hier, mit den Koffern in der Hand, und betrat die Ankunftshalle des Mexico City International Airport, Terminal 2. Es war ein Sonntagnachmittag um fünf Uhr, doch es war viel los. Ständig wurden Fluginformationen auf Spanisch durch ein Lautsprechersystem verkündet, und Zak stellte leicht erstaunt fest, dass er sie auf Anhieb verstand.

Seine Mitreisenden schienen es eilig zu haben, in die Ankunftshalle zu gelangen. Es waren ernst dreinblickende Geschäftsleute mit Anzügen und Aktentaschen, Urlauber in bunten Hemden und Familien, die begeistert aufeinander zuliefen und sich umarmten. Zak fühlte sich so anders als sie, während sie an ihm vorbeieilten. Er setzte die Koffer ab und musterte eine kleine Gruppe von wartenden Taxifahrern. Es waren etwa zehn, die Pappschilder mit den Namen der Passagiere hochhielten, auf die sie warteten. Ihre Haut war dunkel und verschwitzt und sie trugen grobe Kleidung.

Aus der Menge der Taxifahrer stach ein Mann hervor. Er war einen guten Kopf größer als sie und auch älter, mit einem faltigen Gesicht und schlauen, schmalen Augen. Anders als die Taxifahrer hatte er helle Haut und sein Kopf war fast völlig kahl. Zak erkannte ihn sofort von den Fotos, die Michael ihm gezeigt hatte. Selbst wenn er ihn nicht erkannt hätte, hätte ihn der wissende Blick, mit dem er Zak musterte, verraten. Zak lächelte ihn unsicher an und ging auf ihn zu.

»Harry, mein Junge!«, rief der Mann mit einer Stimme, deren Lautstärke nicht zu seinem hageren Körper zu passen schien. »Lass dich mal ansehen von deinem alten Onkel Frank! Das letzte Mal, als wir uns getroffen haben, warst du noch ein Baby!«

Zak hatte das Gefühl, auf einer Bühne zu stehen.

»Hi, Onkel Frank«, sagte er, ließ die Koffer fallen und streckte ihm die Hand entgegen.

Frank ignorierte sie und umarmte Zak stattdessen fest. »Weiter so«, flüsterte er ihm zu, kaum laut genug, dass Zak es durch den Flughafenlärm verstehen konnte. »Wir können uns im Auto unterhalten.« Dann ließ er Zak los. »Ich trage einen, ja?«, bot er ihm laut an, nahm einen der Koffer, und zusammen gingen sie in Richtung Ausgang.

Als Zak aus dem Flughafengebäude trat, war es, als würde er gegen eine Wand aus Hitze prallen. Seine Haut begann vor Schweiß und Feuchtigkeit zu prickeln, und er hatte das Gefühl, die Luft in einem Brennofen zu atmen.

»Ziemlich warm heute«, bemerkte Frank. »Es war schon heißer, aber ich schätze mal, im grauen London ist es ein wenig kühler.«

»Ja«, erwiderte Zak. »Das kann man wohl sagen.«

Frank hatte ganz in der Nähe geparkt. Sein Wagen war nichts Besonderes – ein alter Ford, der aussah, als hätte er schon bessere Tage gesehen. Zaks Koffer passten so gerade in den Kofferraum, und als er sich auf den Beifahrersitz setzte, klebte seine Haut an den heißen Plastiksitzen fest. Frank ließ den Motor an und betätigte einen Knopf.

»Es ist wichtig, in Mexiko City eine Klimaanlage zu haben. Es ist eine der am schlimmsten umweltverseuchten Städte der Welt.« Und leiser fügte er hinzu: »In mehr als einer Beziehung.«

Er stieß rückwärts aus dem Parkplatz und reihte sich in die Autoschlange ein, die vom Flughafen wegfuhr.

Schweigend saßen sie gute fünfzehn Minuten nebeneinander, während Zak aus dem Fenster sah und Harrys neue Heimat betrachtete. Mexico City – zumindest der Teil, den er bislang gesehen hatte – war eine riesige dreckige Stadt. Eine beißende Wolke von Abgasen schien darüber zu liegen, und die glühend heiße Sonne brannte auf den Hunderten von Autos, die sich hupend ihren Weg durch die Vororte bahnten.

Frank schaltete das Radio ein und suchte einen Sender, auf dem gesprochen wurde. Zwei Männer diskutierten auf Spanisch und es schien eine recht hitzige Debatte zu sein.

Als Frank selbst sprach, tat er es relativ leise. »Die Stimmen im Radio sollten unsere Unterhaltung übertönen, falls jemand mithören sollte.«

Zak sah sich nervös um. »Glaubst du, das tut jemand?«

»Nein.« Frank schüttelte den Kopf. »Aber ich werde kein Risiko eingehen und du darfst das auch nicht. Mein Haus ist nicht sehr groß und ich suche es zweimal täglich nach Wanzen ab. Aber wenn wir da sind, werden wir nicht über den wahren Grund für deinen Besuch hier in Mexiko sprechen. In Ordnung?«

»In Ordnung.«

»Du gehst ab morgen ins Colegio. Du hast drei Tage, um dich einzugewöhnen. Am Donnerstag nimmst du dann Kontakt mit Cruz auf. Du bist vertraut mit den Vorbereitungen?«

Zaks Gesicht verdüsterte sich. »Ja, ich denke schon.«

Frank nickte und warf Zak einen Seitenblick zu. Die gute Laune, die er am Flughafen zur Schau gestellt hatte, war verflogen, und er wirkte jetzt ziemlich streng.

»Du bist jünger, als ich dachte«, sagte er. »Ich hoffe, sie wissen, was sie tun, dass sie dich hierher schicken. Martinez sollte man nicht unterschätzen.«

Zak antwortete nicht. Er sah wieder aus dem Fenster und dachte an die Fotos der Leichen, die Michael ihm gezeigt hatte – die Familie von Martinez' Feind.

Schweigend fuhren sie weiter.

Franks Haus stand in einem bescheidenen Vorort von Mexiko City. Das Haus selbst war ein Bungalow, identisch mit all den anderen, die sich zu beiden Seiten der Straße erstreckten. Vor der Tür gab es einen staubigen Garten und eine überdachte Veranda mit einer Holzbank, einem Tisch und einer Hängematte. Braune Fensterläden verhießen Dunkelheit im Inneren, aber zumindest war es etwas kühler, auch dank der rotierenden Ventilatoren an der Decke. Zaks Zimmer war klein und einfach eingerichtet: ein Bett, ein Ventilator, ein Schrank und ein kleiner Tisch. Das Fenster ging auf einen Hinterhof mit etwas Rasen hinaus. Als er die Läden aufstieß und die angrenzenden Hinterhöfe musterte, stellte er fest, dass es der einzige Garten war, in dem etwas Grünes wuchs.

»Das Heim eines Engländers ist seine Burg, nicht wahr, Harry?« Frank stand in der Tür und seine gute Laune schien zurückgekehrt. »Ohne ein Stück Rasen habe ich es einfach nicht ausgehalten. Ist natürlich nicht ganz das, was du gewohnt bist, aber ich hoffe, du hast nichts dagegen, hier eine Weile mit deinem alten Onkel Frank abzuhängen.« Er deutete auf einen neuen Rucksack auf dem Schreibtisch. »Die Schulbücher sind da drin, mein Junge. Alles, was du brauchst – sie haben mir eine Liste geschickt. Auch Papier, Kugelschreiber und

Bleistifte. Ich habe dir alles besorgt für deinen großen Tag morgen ...«

An diesem Abend aßen sie auf der Veranda ein mexikanisches Gericht – Tacos und Bohnen. Es war eine Erleichterung, als es dunkelte und die Temperaturen ein wenig erträglicher wurden. Die Kinder aus den benachbarten Häusern kamen heraus, um Fußball zu spielen. Alle bemerkten Zak, den Neuen, und ein paar deuteten auf ihn.

»Bald gehörst du dazu, Harry«, meinte Frank und biss in einen Taco. »Dir kommt jetzt bestimmt alles ein wenig fremd und neu vor, aber du wirst dich schnell eingewöhnen. Und zweifle nicht daran, dass du in der Schule schnell Freunde finden wirst.«

Sie sahen sich an und Zak dachte an das Bild von Cruz Martinez. »Hoffentlich«, antwortete er.

Schweigend beendeten sie ihr Mahl.

Kontakt

Das *Colegio de Mexico* war kein bisschen so, wie sich Zak an seine Schule erinnerte. Es war in einer Straße namens Avenida Luis Peron im Herzen eines südlichen Bezirks von Mexico City und war ein riesiger Bau, umgeben von einer drei Meter hohen grauen Betonmauer. Kurz vor acht Uhr morgens fuhren Frank und Zak vor dem Haupteingang vor. Der Name der Schule war in die Mauer gemeißelt und es strömten bereits haufenweise Schüler mit Rucksäcken über der Schulter hinein.

»Sieh zu, dass du dich mit der ganzen Gegend hier vertraut machst«, mahnte Frank im Schutz des Radios.

Zak nickte und sah sich um. Vor dem Tor verlief ein etwa fünf Meter breiter Gehweg. Die Avenida Luis Peron selbst war noch einmal zwanzig Meter breit und auf der anderen Seite lag hinter einem Eisenzaun ein Park, ein angenehmer Ort mit Bänken und Schatten spendenden Bäumen. Auf der Straße herrschte viel Verkehr, aber sie war nicht so verstopft wie einige andere, die Zak bislang gesehen hatte.

Dann richtete er seine Aufmerksamkeit auf die Schultore, und das nagende Gefühl von Panik, das er seit dem Aufwachen hatte, wuchs noch. Die Aussicht, dort hineinzugehen – als Fremder, als Ausländer –, war nicht gerade reizvoll. Aber er konnte es nicht länger hinausschieben.

»Ich sollte wohl gehen«, meinte er.

»Warte«, hielt Frank ihn zurück und sah bedeutungsvoll in den Rückspiegel.

Ein Konvoi aus drei Fahrzeugen kam gerade an: ein schwarzer Mercedes mit dunklen Fensterscheiben und persönlichem Kennzeichen und zwei schwarze Range Rover, ebenfalls mit getönten Scheiben. Der Mercedes hielt direkt vor Franks Auto am Straßenrand, die Range Rover blieben mitten auf der Straße stehen. Die Fahrer, wer auch immer sie waren, ignorierten das Hupen der Autos, die hinter ihnen stehen bleiben mussten, weil sie die Straße blockierten.

Frank legte Zak eine Hand auf den Arm. »Schau!«

Die beiden vorderen Türen des Mercedes gingen exakt gleichzeitig auf und zwei Männer stiegen aus dem Auto. Beide trugen schwarze Anzüge und dunkle Sonnenbrillen. Zak erkannte sofort die Gewehre, die sie trugen – MP5K. Waffen, die speziell für den Straßenkampf entwickelt worden waren. Der Mann auf dem Gehweg öffnete den hinteren Wagenschlag und ließ jemanden aussteigen.

Zak schnappte nach Luft, als er ihn sah. Er erkannte ihn sofort. Es war Cruz.

Cruz Martinez war sehr schlank – fast schlaksig, mit mageren Beinen und Armen, die zu lang für seinen Körper schienen. Er hatte schwarze Haare und trug ganz gewöhnliche Kleidung: Jeans, weiße Turnschuhe und ein grünes T-Shirt. Wären da nicht die bewaffneten

Wachen, Zak hätte ihn wahrscheinlich auf der Straße keines weiteren Blickes gewürdigt. Allerdings sah Cruz aus, als sei ihm der Rummel peinlich. Er beachtete den bewaffneten Chauffeur kaum, während er ausstieg. Zak kam es fast vor, als nehme er sie gar nicht wahr.

Zak richtete seine Aufmerksamkeit wieder auf die Männer mit den Maschinenpistolen. »Das nenne ich aber mal Anstandsdamen«, stieß er hervor.

»Martinez will es nicht anders.« Frank kratzte sich an der Nase, während er sprach, und verdeckte so mit der Hand seinen Mund. »So macht man das in Mexiko. Er weiß, wenn ihm jemand etwas anhaben will, wird derjenige zuerst seine Familie angreifen. Cruz lebt gefährlich. Wenn er diese Leibwächter nicht hätte, würde man ihn entführen, bevor er weiß, wie ihm geschieht.« Der alte Mann nahm die Hand vom Gesicht und lächelte breit. »Nun, Harry, es ist fünf vor acht. Zeit für die Schule. Hab einen schönen Tag, ja? Ich hole dich später wieder ab.«

»Ja«, antwortete Zak. »Bis später.«

Er stieg aus dem Auto und wurde von der heißen Morgenluft empfangen.

Die beiden bewaffneten Männer begleiteten Cruz bis zum Tor. Zak fiel auf, dass die anderen Schüler zur Seite traten, um ihn vorbeizulassen, wobei ihre Blicke an den Waffen der Leibwächter hängen blieben. Keiner von ihnen sprach mit Cruz.

Die Bodyguards gingen jedoch nicht mit hinein. Einer von ihnen stieg wieder ins Auto, der andere bezog Posten am Schultor. Niemand hinderte ihn daran oder wies ihn darauf hin, dass ein bewaffneter Mann vor dem Schultor unangebracht war. Zak hatte das Gefühl, dass das hier ganz normal war und dass sich niemand mit ihm anlegen würde …

Als Zak das Schultor passierte, war Cruz bereits im Schulgebäude verschwunden. Während er die ersten Schritte auf den Campus machte, spürte er, dass Cruz und seine Leibwächter nicht länger die Aufmerksamkeit der anderen erregten. Er war es jetzt, der mit seiner hellen Haut und dem unbekannten Gesicht die Blicke aller auf sich zog, an denen er vorbeikam. Er spürte, wie seine Haut prickelte, aber er hielt den Kopf gerade und lenkte seine Schritte über den Schulhof.

Die Schule war ein modernes Gebäude. Sie war ein Ort für Superreiche und so sah sie auch aus: drei Stockwerke hoch und mit einer Glasfassade, in der sich die Morgensonne spiegelte. Zak stellte fest, dass alle Schüler, die zum Eingang in der Mitte des Erdgeschosses strömten, die neuesten Turnschuhe und teure Jeans trugen. Er war froh, dass er Michaels Rat befolgt hatte und sich in London mit mehreren Paar Schuhen und Diesel-Jeans eingedeckt hatte.

Als er das Hauptgebäude betrat, entdeckte er links eine Rezeption, hinter deren Tresen eine Frau mit Halbbrille und streng zurückgestecktem grauem Haar saß. Zak ging auf sie zu und erklärte in seinem besten Spanisch, wer er war.

»Mein Name ist Harry Gold. Ich bin neu hier …«

Fünf Minuten später führte die Frau ihn im oberen Stockwerk einen langen Gang entlang zu einem Klassenzimmer. Dort saßen zwanzig Schüler an Einzeltischen. Obwohl kein Lehrer da war, herrschte Ruhe, und sie hatten ihre Mathematikbücher vor sich aufgeschlagen. Als Zak eintrat, sahen sie ihn neugierig an – weder freundlich noch unfreundlich, aber auch nicht gerade erfreut. In der hintersten Reihe am Fenster saß Cruz. Anders als die anderen Schüler schien er sich nicht für Zak zu interessieren. Er starrte nur aus dem Fenster.

Es gab zwei freie Tische im Klassenzimmer, einen hinten neben Cruz und einen ganz vorn. Zak zögerte nur den Bruchteil einer Sekunde, bevor er den vorderen Tisch nahm. Er wollte zwar an Cruz herankommen, aber es sollte nicht zu offensichtlich sein. Wenn er gleich am ersten Tag so tat, als sei er sein bester Freund, würde Cruz nur misstrauisch werden. Außerdem hatte Michael ja in England gesagt, dass sie alles bereits eingefädelt hatten …

Der Mathematiklehrer Señor Valdez kam herein, ein kleiner, dicker Mann mit einem prächtigen Schnurrbart. Er entdeckte Zak, den Neuen, sofort. »Willkommen in Mexico City«, begrüßte er ihn in holperigem Englisch.

»Äh, danke«, antwortete Zak.

»Magst du Mathematik?« Señor Valdez' Augen funkelten und er wechselte zu Spanisch. »Schreibt das ab«, wies er die Klasse an und schrieb eine Reihe von Berechnungen an die Tafel.

Zak war überrascht, wie viel Spanisch er verstand. Als Señor Valdez begann, Fragen zu stellen, hielt er sich zurück. Es war nicht so, dass er die Antworten nicht gewusst hätte, er wollte nur nicht auffallen.

Der Morgen zog sich hin. Mit Ausnahme eines gelegentlichen »Hola« ignorierten die anderen Schüler ihn größtenteils, aber das war Zak nur recht. In der großen Pause, als alle hinausströmten, schlüpfte er in ein leeres Klassenzimmer im dritten Stock und sah im Schutz der verspiegelten Fenster auf den Schulhof hinunter. Dort hatten sich die Schüler in kleinen Gruppen und Cliquen zusammengefunden – doch nicht um Cruz Martinez. Im Gegenteil, man schien ihm aus dem Weg zu gehen. Wie ein Häftling auf dem Gefängnishof ging er an der Campusmauer auf und ab. Aus dieser Entfernung konnte Zak seinen Gesichtsausdruck nicht sehen, aber er sah, wie Cruz mit hängenden Schultern vor sich hin trottete.

»*Señor Gold!*«

Zak wirbelte herum und sah Sanchez, den Mathematiklehrer, in der Tür stehen.

»*Si, Señor?*«, fragte er in fast akzentfreiem Spanisch.

»Es ist nicht gesund, an so einem schönen Tag drinnen zu bleiben.«

Zak sah ihn entschuldigend an und sagte: »Ich bin dieses Klima noch nicht gewöhnt. Da draußen ist es mir zu heiß.«

»Aber Señor Gold, es ist wichtig, dass sich die neuen Schüler Freunde suchen.« Mit blitzenden Augen streichelte der Mathelehrer seinen Schnurrbart.

»Das werde ich, Señor«, erwiderte Zak. »Das verspreche ich.«

Sanchez zuckte mit den Schultern, wandte sich um und ging. In Wahrheit gehörte es zu Zaks Plan, den Einzelgänger zu geben. Er kehrte ans Fenster zurück, um Cruz zu beobachten. Zak hatte noch kein Wort mit ihm gesprochen, doch er hatte bereits das Gefühl, als wisse er etwas über Cruz Martinez. Alle kannten seinen Vater und dessen Ruf – wie auch nicht, da Cruz jeden Tag von einer bewaffneten Eskorte zur Schule gebracht wurde. Die anderen Schüler machten einen weiten Bogen um ihn, nicht aus Respekt, sondern aus Angst. Vielleicht hatten ihre Eltern ihnen gesagt, sie sollten sich besser von dem Martinez-Jungen fernhalten, vielleicht musste man ihnen das auch gar nicht erst sagen. Wie auch immer, Zak hatte das Gefühl, als würde Cruz seine Schulkameraden ein wenig verachten, aber er war auch einsam. Er wusste, warum die anderen ihm aus dem Weg gingen, und er wusste auch, dass sich daran so bald nichts ändern würde. Wenn die Zeit gekommen war, sollte Cruz Zak für einen Gleichgesinnten halten.

Den Rest des Morgens redete Zak mit niemandem. Er war zurückhaltend, aber fleißig im Unterricht und hielt sich beim Mittagessen abseits.

Am Nachmittag verkündete die Englischlehrerin – eine hochgewachsene blonde Frau mit dunkler Haut –, dass sie sich zu zweit zusammenfinden sollten, um Englisch miteinander zu sprechen. Fast augenblicklich begannen die Schüler, sich mit ihren Freunden zusammenzutun. Es bot sich niemand an, ein Paar mit Zak zu bilden, und nach etwa dreißig Sekunden war klar, dass nur noch eine andere Person im Raum übrig war, die sein Partner werden konnte.

»Harry«, verkündete die Lehrerin, »du kannst mit Cruz zusammenarbeiten. Beeilt euch, wir haben nicht den ganzen Tag Zeit …«

Zak merkte, wie seine Augen zuckten, doch er versuchte, unbeteiligt dreinzusehen, während Cruz ihn von der anderen Seite des Klassenzimmers her anstarrte. Er stand auf und ging zu dem mexikanischen Jungen hinüber.

»Hi«, sagte er möglichst lässig, als er sich setzte, »ich bin Harry.«

»Weiß ich«, antwortete Cruz in erstaunlich gutem Englisch. Er blickte finster drein und Zak war sich sicher, dass es daran lag, dass niemand freiwillig sein Partner hatte sein wollen.

»Ich habe dich heute Morgen ankommen sehen«, bemerkte Zak möglichst arglos. »Ganz schöner Konvoi.«

Cruz zuckte mit den Schultern. »Mein Vater ist Geschäftsmann. Ein reicher Geschäftsmann. Es besteht die Gefahr, dass ich entführt werden könnte.«

»Was für Geschäfte denn?«, fragte Zak.

Cruz schniefte: »Einfach Geschäfte.«

Es entstand ein verlegenes Schweigen.

Dann sagte Zak: »Ich verstehe. Mein Dad war auch ein erfolgreicher Geschäftsmann, bevor er gestorben ist. Wir mussten vorsichtig sein.«

Cruz wirkte interessiert. »Dein Vater ist tot?«

Zak nickte.

»Meine größte Angst ist es, dass mein Vater sterben

könnte«, gestand Cruz, doch dann schien er plötzlich verlegen, so etwas gesagt zu haben.

»Dein Englisch ist echt gut«, versuchte Zak das Gespräch mit einem Kompliment in Gang zu halten.

»Dein Spanisch auch«, erwiderte Cruz – auf Spanisch. »Wie kommt's?«

Zak zuckte mit den Achseln. »Hab ich in der Schule gelernt.«

»Warum bist du nach Mexiko City gekommen?«

»Um bei einem Verwandten zu leben.« Die Lüge kam Zak leicht über die Lippen und Cruz wirkte nicht, als würde er ihm nicht glauben. »Und um Mexiko zu sehen.«

»Manche Teile von Mexiko sind nicht wirklich sehenswert«, meinte Cruz.

»Dann halte ich mich wohl besser an die Teile, die es sind.«

»Ich könnte dir ein paar Sachen zeigen«, bot Cruz ihm an. Er vermied es, Zak anzusehen, während er sprach, als sei es ihm unangenehm, auf diese Weise Freunde zu finden.

Zak wählte seine Worte mit Bedacht. Er wollte nicht zu eifrig klingen oder etwas sagen, was Verdacht erregte. »Klar«, erwiderte er mit einem kurzen Achselzucken. »Wieso nicht.«

Plötzlich stand die Lehrerin hinter Zak. »Cruz, Harry? Wie läuft es bei euch?«

Die beiden Jungen sahen sich an und Cruz brachte fast ein Lächeln zustande. »Prima«, antwortete er. »Bei uns läuft es prima.«

Um halb fünf wartete Frank vor dem Schultor auf Zak. Cruz' bewaffnete Bodyguards waren immer noch da. Sie standen reglos in der Hitze vor dem Tor. Als Zak auf Frank zuging, hörte er hinter sich eine Stimme.

»Bis morgen, Harry!«, rief Cruz auf Spanisch.

Zak sah seinen neuen Freund aus der Schule kommen. Er lächelte Zak zu, doch augenblicklich kam sein Leibwächter an und schob ihn zu dem wartenden Mercedes.

Weder Zak noch Frank sprachen ein Wort, bevor sie im Wagen saßen.

»Sieht aus, als hättest du Kontakt aufgenommen«, stellte Frank fest, als er losfuhr und das Radio lief.

»Den Leibwächter scheint das nicht gerade zu freuen«, bemerkte Zak.

»Wahrscheinlich hat der Trottel den Kürzeren gezogen«, sagte Frank.

»Wie meinst du das?«

»Na, ich denke, den ganzen Tag vor der Schule zu stehen und darauf zu warten, dass es jemand auf Cruz Martinez abgesehen hat, ist nicht ganz das, was er sich von seinem Job erträumt hat.«

Zak warf einen Blick in den Seitenspiegel und verfolgte, wie der Leibwächter Cruz vom Schultor zum Wagen begleitete. »Na, am Donnerstag wird es für ihn ja spannender, was?«

Frank sah Zak an und hob eine Augenbraue. »Genau.«

An den nächsten beiden Tagen hielt Zak eher Abstand von Cruz. Er war freundlich, wenn sie einander begegneten, aber nicht so nett, dass man den Eindruck bekommen könnte, er wolle etwas von ihm.

»Es ist wie beim Angeln«, sagte Frank, als sie am zweiten Tag zur Schule fuhren. »Lass den Fisch den Köder sehen, aber nicht den Haken. Sonst verschreckst du den Jungen nur. Cruz muss zu dir kommen, nicht umgekehrt.«

Ihre Fahrt zur Schule erfüllte einen doppelten Zweck. Zak kam rechtzeitig und wurde gleichzeitig mit Cruz Martinez' Gewohnheiten vertraut. Zak erinnerte sich an Michaels Worte: *Das Geheimnis einer erfolgreichen Operation ist es, nichts dem Zufall zu überlassen …*

Am Dienstagmorgen kam Cruz pünktlich um 7:55 Uhr zur Schule. Zak und Frank beobachteten seine Ankunft.

Mittwochmorgen war es dieselbe Zeit. Seine Aufpasser hatten einen Zeitplan, an den sie sich hielten.

Doch am Donnerstagmorgen sollte sich die Routine ändern.

Zak erwachte noch vor Sonnenaufgang aus einem unruhigen Schlaf und hörte, dass Frank bereits im Haus herumrumorte. Sie waren am Abend zuvor beide nervös gewesen und früh zu Bett gegangen. Zak zog sich an: Jeans, ein schwarzes T-Shirt und feste, aber bequeme knöchelhohe Turnschuhe. Er nahm den Gürtel, den Gabs ihm geschenkt hatte, aus seiner Schublade und legte ihn an. Dann ließ er sein Handy in die Tasche gleiten. Aus irgendeinem Grund fühlte er sich gleich etwas besser.

Er ging in die Küche, wo Frank seinen Kaffee trank.

»Harry, mein Junge, komm und frühstücke. Das wird ein langer Tag heute. Willst du Eier? *Huevos?*«

Es gab zwei verschiedene Franks, hatte Zak festgestellt. Der nette, der immer zum Vorschein kam, wenn auch nur der leiseste Verdacht bestand, dass sie jemand belauschen könnte, und der barsche, den er herauskehrte, wenn sie allein waren. Zak nannte sie bei sich den feinen Frank und den fiesen Frank. Im Moment sprach der feine Frank, doch er hatte den Blick des fiesen Franks und Zak wusste auch, warum. Zu behaupten, dass es ein langer Tag werden würde, war die Untertreibung des Jahres.

Frank briet einen Teller Spiegeleier und Zak trank etwas Orangensaft. Er war nicht wirklich hungrig, aber er aß trotzdem etwas. Er würde es brauchen.

Um genau 7:20 Uhr verließen sie das Haus. Die Fahrt zur Schule dauerte nur zwanzig Minuten, doch es war wichtig, dass sie für alle Fälle einen Zeitpuffer hatten.

»Du weißt, was du zu tun hast?«, fragte Frank über den Lärm des Radios hinweg.

Zak nickte.

Sie bogen um eine Ecke in die Avenida Luis Peron. Frank fuhr noch etwa zwanzig Meter weiter, dann hielt er an. Sie waren noch fünfzig Meter vom Schultor entfernt, durch das bereits die Schüler hineinströmten.

»Falls uns jemand fragt, warum wir hier sitzen, lass mich reden«, sagte Frank.

Zak sah auf die Uhr. 7:43 Uhr. Cruz würde in zwölf Minuten kommen. Er wischte sich seine schwitzigen Handflächen an der Jeans ab und heftete den Blick fest auf den Rückspiegel. Frank ließ den Motor laufen.

7:50 Uhr.

»In fünf Minuten sollten sie hier sein«, sagte Zak.

»Sag mir nicht, wann sie hier sein *sollten*«, gab der fiese Frank zurück. »Sag mir, wenn sie da sind!«

7:52 Uhr. Zak ging in Gedanken noch einmal den Plan durch – ungefähr zum zehnten Mal an diesem Morgen. Er leckte sich über die trockenen Lippen, während die Minuten verrannen.

7:54 Uhr. Im Rückspiegel sah er den einen schwarzen Range Rover um die Ecke in die Straße einbiegen. »Da sind sie.«

Frank zögerte nicht. Er setzte den Blinker und drängte sich augenblicklich vor ein wild hupendes BMW-Cabrio in den fließenden Verkehr. Zak behielt den Rückspiegel im Auge. Jetzt konnte er den ganzen Konvoi von Cruz sehen sowie die fünf Autos, die sich zwischen Franks Ford und dem ersten Range Rover befanden. Zehn Sekunden fuhren sie weiter, dann hielt Frank zwanzig Meter vor dem Schultor ein weiteres Mal an.

»*Los!*«, zischte er leise, als der Konvoi an ihnen vorbeifuhr. Zak öffnete die Beifahrertür in dem Moment, als Cruz' Mercedes sie passierte. Sobald er sie wieder zugeschlagen hatte, fuhr Frank los, wendete und reihte sich in den Verkehr ein, der in die entgegengesetzte Richtung fuhr, und vermied so den Stau, der sich hinter dem Konvoi bildete, als er anhielt.

Zak ging langsam auf das Tor zu und beobachtete seine Umgebung scharf. Vor dem Tor standen etwa fünfzehn Schüler, die von der Ankunft des Konvois nicht sonderlich überrascht schienen – für sie war das völlig normal. Der Mercedes fuhr an den Straßenrand, wie üblich flankiert von den Range Rovers.

Plötzlich tauchte ein weißer Lieferwagen auf und hielt zwischen Zak und dem Mercedes.

Die Türen des Mercedes öffneten sich und die beiden Bodyguards stiegen aus. Der auf dem Gehweg öffnete die hintere Tür, um Cruz aussteigen zu lassen.

Dann ging alles unglaublich schnell.

Der Leibwächter begleitete Cruz zum Tor, als die hintere Tür des Lieferwagens aufflog und knapp vor Zak ein Mann heraussprang. Er hatte einen mattschwarzen Colt in der Hand und eine Skimaske über das Gesicht gezogen. Niemand vor der Schule schien ihn zu bemerken, als er die Waffe hob und direkt auf den zweiten Bodyguard zielte, der hinter dem Mercedes herumkam.

»*Runter!*«, schrie plötzlich jemand. Es war eine der Schülerinnen am Tor. Sie hatte den Schützen entdeckt und ihr Ruf ließ alle herumfahren und sich umsehen.

Durch den Verkehrslärm knallte ein Schuss.

Die 45er Kugel traf den Leibwächter mit einem hässlichen Klatschen knapp über dem Knie in den Oberschenkel. Es spritzte rot auf, und der Mann ging zu Boden wie eine Marionette, der man die Fäden gekappt hatte. Zwei Sekunden später begann er vor Schmerzen zu schreien. Der andere Bodyguard war mittlerweile fünf Meter vom Mercedes entfernt und sah sich panisch um, ob er lieber zum sicheren Wagen zurückkehren oder etwas anderes unternehmen sollte.

Die Schüler am Tor kreischten. Drei von ihnen rannten auf das Schulgelände, die anderen blieben wie erstarrt stehen und starrten auf die Szene. Der Schütze zielte mit seinem Colt über sie hinweg und feuerte einen Schuss in die Betonmauer hinter ihnen ab, woraufhin es Staub und Splitter regnete.

Alle warfen sich auf den Boden, einschließlich Cruz und sein Leibwächter. Zwei Schüler kauerten, etwa zehn andere lagen auf dem Bauch und hatten die Hände auf den Kopf gelegt. Ein paar von ihnen schrien. Der Schütze, der sich nur fünf Meter vor Zak befand, legte auf Cruz an.

Zak sprintete los. Er rannte auf den Schützen zu, sprang ihm in den Rücken und warf ihn zu Boden. Die Waffe fiel scheppernd zu Boden. Zak stürzte sich darauf und packte sie.

Auf Spanisch schrie der Schütze seinen Kollegen in dem weißen Transporter zu: »Cruz ist am Boden! Ich wiederhole: Die Zielperson ist am Boden! *Schnappt ihn euch! Jetzt!*«

Ein weiterer Maskierter sprang aus dem Transit, doch anstatt auf Cruz zu zielen, legte er auf Zak an. Ohne zu zögern, schoss Zak ihm eine Kugel in die Brust. Aus der Herzgegend schoss ein Blutstrahl hervor, der Aufprall der Kugel riss den Mann von den Füßen und er stürzte.

Danach herrschte das totale Chaos. Aus den beiden Range Rovers, die den Mercedes flankierten, sprangen acht Bewaffnete. Einer von ihnen – offensichtlich der Anführer – schrie Instruktionen, während vier der Männer den verletzten Leibwächter zu einem der Fahrzeuge schleppten. Die anderen vier rannten zu Cruz und seinem Bodyguard, die auf dem Boden lagen. Sie zogen ihn hoch, deckten ihn mit ihren Körpern und brachten ihn zu dem zweiten Range Rover, der sofort losfuhr und mit quietschenden Reifen verschwand.

Vier Gestalten mit Skimasken sprangen aus dem weißen Transit. Zwei von ihnen packten den leblosen Körper des Mannes, auf den Zak geschossen hatte, während die anderen beiden sie deckten und ihre Waffen auf die Schule richteten. Auch der erste Schütze hastete zurück. Als sie den Körper in den Lieferwagen gehievt hatten, sprangen auch die anderen hinein, warfen die Tür zu und der Transit schoss in die entgegengesetzte Richtung davon wie der Konvoi von Martinez.

Nur Zak blieb zurück.

Er stand auf dem Gehweg, hielt einen Colt in seiner rechten Hand und auf seinem Gesicht spiegelte sich absolutes Entsetzen wider. Er wandte sich um. Alle Schüler, die auf dem Boden gelegen hatten, waren aufgestanden. Als sie die Waffe in seiner Hand sahen, wichen sie entsetzt vor ihm zurück.

Sirenen. Sie näherten sich rasch. Der Konvoi und der weiße Van waren erst dreißig Sekunden weg, als Zak zwei weiße Polizeiautos von beiden Enden der Straße näher kommen sah. Der fließende Verkehr machte Platz, um sie vorbeizulassen, und Sekunden später waren sie mit quietschenden Bremsen keine zwanzig Meter von Zak entfernt zum Stehen gekommen.

Die Türen gingen auf, bewaffnete Polizisten in Schutzkleidung und mit Helmen sprangen heraus, sieben oder acht, und alle richteten ihre Waffen auf Zak.

Rufe auf Spanisch erfüllten die Luft: »Waffe fallen lassen! *Waffe fallen lassen!*«

Zak leistete keinen Widerstand. Er wusste, wenn er ihnen auch nur den kleinsten Grund bot, würden sie schießen. Also bückte er sich, legte den Colt auf den Boden und nahm die Hände hoch. Sekunden später lag er auf dem Bauch, die Hände wurden ihm mit Plastikhandschellen auf den Rücken gefesselt und seine Wange gegen den Asphalt gedrückt. Drei Polizisten richteten ihre Waffen direkt auf ihn.

Frank war natürlich nirgendwo zu sehen.

Zak war auf sich gestellt.

Hinten im weißen Transit lag eine maskierte Gestalt auf dem Rücken. Seine Kleidung war auf der Brust von einer klebrigen roten Flüssigkeit getränkt. Die Sitze des Lieferwagens waren entfernt worden, sodass die vier anderen um ihn herum hocken konnten. Der Lieferwagen bog schwungvoll um eine Ecke und sie alle schwankten leicht. Als er wieder geradeaus fuhr, setzte sich die Gestalt auf dem Boden auf.

Zuerst nahm er die Skimaske ab, unter der dichte blonde Haare, ein kantiges Gesicht mit gerunzelter Stirn und eine flache Nase zum Vorschein kamen. Als er den Rollkragenpullover auszog, wurde eine klebrige Plastiktüte sichtbar, in der sich zuvor das stinkende Schweineblut befunden hatte, das jetzt seine Kleidung durchtränkte. Die Tüte war über eine dicke Schutzweste geklebt, deren Stoff von der schweren Kugel durchschlagen worden war.

Eine der ihn umringenden Gestalten nahm ebenfalls ihre Skimaske ab. Es war eine Frau in den Zwanzigern mit weißblonden Haaren und großen blauen Augen.

»Alles in Ordnung, Raf?«, fragte sie.

Raphael zuckte zusammen, als er die Schutzweste auszog. Auf seiner Brust erschien bereits ein blauer Fleck, aber die Kugel war nicht durch seine Haut gedrungen.

»Ja«, erwiderte er und sah die Frau an, »alles in Ordnung. Er hat es gut gemacht, Gabs. Die vielen Morgen am Schießstand haben sich ausgezahlt.«

Gabriella lächelte. »Das war dir doch klar«, grinste sie. »Sonst hättest du dich nicht freiwillig gemeldet, dich erschießen zu lassen.«

Raf nickte und zuckte erneut zusammen. Er war froh, dass Agent 21 so ein guter Schütze war, aber er wusste auch, dass er noch ein paar Tage ziemlich leiden würde …

Gefängnis

Wie wahrscheinlich jeder hatte auch Zak sich schon manchmal gefragt, wie es wohl im Gefängnis sein mochte. Doch er hätte nie gedacht, dass es so schlimm sein würde.

Die Polizisten waren grob gewesen – sie hatten geschrien und ihn herumgestoßen. Nachdem sie den Colt sichergestellt hatten, hatten sie ihn in eines ihrer weißen Polizeiautos verfrachtet und ihn mit heulenden Sirenen zu einem Gebäude im Norden der Stadt gefahren. Um dorthin zu kommen, mussten sie den Freeway nehmen, der die Stadt von Süd nach Nord überspannte. Zak saß hinten im Auto, immer noch mit gefesselten Handgelenken. Außer ihm und dem Fahrer saßen noch zwei bewaffnete Polizisten im Wagen. Keiner von ihnen sprach ein Wort oder lächelte.

Zak musste immerzu an Raf denken. Obwohl er sein Gesicht nicht hatte sehen können, hatte er seinen Schutzengel erkannt. Der Blutstrom aus seiner Brust war so realistisch gewesen, dass er sich unwillkürlich fragte, ob er ihn nicht wirklich erschossen hatte. Bei dem Gedanken wurde ihm schlecht, und er versuchte krampfhaft, ihn zu verdrängen.

Aus dem Autofenster konnte er Mexico City in seiner ganzen Pracht daliegen sehen. Es war eine riesige, weitläufige Stadt. Da gab es schäbige Wohnblocksiedlungen aus Backstein und graffitiüberzogene Betonbauten, aber auch weite Grünflächen und in der Sonne glitzernde Wolkenkratzer, die die Skyline dominierten. Es brauchte nur einen Blick, um zu erkennen, dass Arm und Reich in Mexico City dicht beieinander lebten.

Der nördliche Bezirk, in den Zak gebracht wurde, war keine reiche Gegend. Vor einem schlichten, funktionalen Betongebäude hielten sie an. Auf dem Schild davor stand »Comisaría« – Polizei – und die Beamten schoben ihn durch die Tür.

Die Frau hinter dem Empfangstresen sah ihn gelangweilt an, als er im Polizeigriff ins Gebäude geschoben und danach einen langen Gang entlanggestoßen wurde, in dem es nach Desinfektionsmitteln roch. Gleich darauf entließ seine Polizeieskorte ihn in die Obhut eines griesgrämigen, nach Schweiß stinkenden Gefängnisaufsehers. Dieser trennte die Plastikfesseln um seine Handgelenke mit einer großen, scharfen Schere durch und brachte ihn in einen Raum – ein kleines Zimmer mit einer Neonröhre an der Decke, einem Metallschrank und einem Holztisch – und sagte nur vier Worte: »Gürtel, Uhr, Brieftasche, Telefon.«

»Wollen Sie mir denn gar keine Fragen stellen?«, wunderte sich Zak. Er hatte angenommen, dass sich die mexikanische Polizei verständnisvoll zeigen würde, weil er in Notwehr geschossen hatte, doch anscheinend war das eine falsche Annahme.

»Du hältst dich wohl für besonders wichtig, was? Wir

haben noch fünfzig andere wie dich da unten. Gürtel, Uhr, Brieftasche, Handy!«

Widerstrebend händigte Zak die Gegenstände aus – besonders bei dem Handy zögerte er, aber er war nicht in der Position, zu debattieren. Er bemerkte, dass seine Hände zitterten. Der Aufseher schloss die Sachen in den Metallschrank und klopfte ihn dann ab, um zu sehen, ob er nicht noch irgendwelche verborgenen Waffen trug.

»Komm mit«, befahl er dann und brachte Zak in den Keller des Gebäudes, um ihn einzuschließen.

Die Zelle war zehn mal zehn Meter groß und beherbergte neben ihm noch zweiundzwanzig andere Männer, von denen die meisten komplizierte Tätowierungen trugen. Zak war mit Abstand der jüngste.

In der hinteren Ecke gab es eine Toilette ohne Sitz, aus der es erbärmlich stank. Die anderen hatten sich schon in den Teilen der Zelle niedergelassen, die am weitesten von der Toilette entfernt waren. Zak blieb nichts anderes übrig, als sich drei Meter weiter an die hintere Wand zu hocken. Von dort konnte er zwischen den Eisenstäben der Zelle hinaussehen. Gegenüber befand sich eine weitere Zelle, in der die weiblichen Häftlinge saßen. Sie wirkten womöglich noch bedrohlicher als die Männer.

In der Hitze mischte sich der Gestank aus der Toilette mit dem Schweißgeruch der Menschen zu einem Gestank, von dem es Zak fast schlecht wurde. Seine Handgelenke taten noch von den Handschellen weh. Auch seine Knie schmerzten, denn als der Aufseher ihn in die Zelle gestoßen hatte, war er gestolpert und hatte sie sich auf dem Betonfußboden aufgeschlagen. Nicht nur die Toilette, sondern auch die Gefängnisinsassen wurden von Fliegen umschwärmt. Die ersten zehn Minuten versuchte Zak, sie mit der Hand zu vertreiben, doch dann gab er es auf, weil es völlig sinnlos war. Er musste sich einfach damit abfinden, dass sie auf seiner Haut herumkrabbelten.

Die anderen Männer in der Zelle sahen aus, als seien sie an Orte wie diesen gewöhnt. Bei Zaks Ankunft hatten sie ihn alle unfreundlich angestarrt, aber als sie feststellten, dass er keinerlei Bedrohung für sie darstellte, erlosch ihr Interesse an ihm fast augenblicklich. Er beabsichtigte offensichtlich, lediglich tatenlos an der Wand hocken zu wollen wie alle anderen auch. Nicht dass sich Zak dadurch besser gefühlt hätte. Das hatte nicht zu ihrem Plan gehört. Cruz konnte ihm kaum dafür danken, dass er ihm das Leben gerettet hatte, wenn er in so einer stinkenden Zelle saß, allein und verängstigt.

Um seine Furcht zu bekämpfen, sagte er sich, dass Frank jeden Augenblick kommen musste, um ihn zu befreien. In der Zwischenzeit würde er den Kopf senken und versuchen, sich unauffällig zu verhalten. Er konnte jetzt nur abwarten …

London.

In einem Wohnblock am Südufer der Themse bei Battersea betrachteten drei Männer und eine Frau eine lange Reihe von Computerbildschirmen. Einer der Männer war Michael, doch die anderen kannten ihn nicht unter diesem Namen. Für sie war er Mr Bartholomew. Oder kurz »Sir«.

Einer der Bildschirme zeigte einen Stadtplan von Mexico City, auf dem ein grünes Licht blinkte.

»Agent 21 ist in Bewegung, Sir«, sagte der jüngere Mann.

»Danke, Alexander, das sehe ich selbst. Sagen Sie mir bitte, wenn er wieder anhält.«

Michael wandte sich um und sah aus dem Fenster über den Fluss. Es war 13:30 Uhr Ortszeit, aber es war bereits ein langer Tag gewesen und er war nervös. Ihr Plan war bis ins Detail ausgefeilt und er hoffte, dass er nicht zu viel Vertrauen in Zak Darke gesetzt hatte.

Eine Stunde verstrich. In der Wohnung herrschte Stille, bis …

»Er hat angehalten, Sir«, sagte Alex.

»Wo?«

Die Frau – ihr Name war Sophie – antwortete. Sie zoomte ein Satellitenfoto auf einem der Bildschirme heran. »Eine Polizeiwache, Sir.«

»Gut. Sophie, nehmen Sie Kontakt mit Frank Gold auf und sagen Sie ihm, wo Agent 21 ist. Er muss ihn sofort gegen Kaution herausholen.«

»In Ordnung, Sir«, sagte Sophie, und Michael starrte wieder aus dem Fenster.

Zak hatte etwa eine halbe Stunde in der Zelle verbracht, als sich die Zellentür öffnete und ein schlecht gelaunter Wärter drei Plastikflaschen Mineralwasser hereinwarf, bevor er sie wieder zuknallte. Sieben oder acht Häftlinge stürzten sich gleichzeitig darauf und balgten sich darum. Die drei Glücklichen hielten ihre Schätze fest, als würden sie ein Baby in den Armen halten, und es war offensichtlich, dass sie nicht die Absicht hatten, zu teilen. Die meisten der weniger glücklichen Gefangenen kehrten zu ihren Plätzen zurück. Nur einer von ihnen – ein Mann mit Sandalen, schwarzen Jeans und einem Karohemd, der ein hageres Gesicht mit einem Dreitagebart hatte und dessen Hals von einer Tätowierung verziert wurde – blieb stehen. Er ging auf den kleinsten der drei Männer mit Flasche zu und verlangte: »Gib mir was ab.«

Der zottelhaarige Kerl mit der Flasche wich einen Schritt in Richtung der Gitterstäbe zurück und schüttelte den Kopf.

Mit der Gewandtheit einer Katze zog der Dünne ein Messer. Zak hatte keine Ahnung, wo er es hergeholt hatte, aber er musste es irgendwo verborgen haben, wo es der Aufmerksamkeit der Wachen entgangen war. Es hatte eine kurze, kräftige Klinge, glänzte und sah scharf aus. Der Dünne hielt es drohend auf Kopfhöhe, bereit, zuzustechen.

Sofort ließ der Langhaarige die Flasche fallen. »Nimm sie«, sagte er und sah sich nervös um.

Damit hätte die Sache erledigt sein sollen, aber der Dünne war auf mehr aus als auf das Wasser. Er wollte Streit. Anstatt das Messer sinken zu lassen, ging er weiter auf den anderen zu.

Zak spürte, wie alle anderen in der Zelle von den Streithähnen zurückwichen. Sie wussten, was kommen würde, und wollten nicht mit hineingezogen werden.

Eine Stimme in seinem Kopf sagte Zak, dass er sich nicht einmischen sollte, um keine Aufmerksamkeit zu erregen. Aber er konnte nicht einfach zusehen, wie ein Mann erstochen wurde. Er sprang auf die Füße und durchquerte die Zelle mit drei großen Schritten. Gerade als der dünne Mann auf seinen Gegner einstechen wollte, erreichte Zak den Angreifer und schrie: »Nein!« Er rammte seine Schulter in die Seite des Mannes und stieß ihn von seinem Gegner fort, sodass er gegen die Gitterstäbe prallte und das Messer scheppernd in den Gang davor fiel.

Eine schreckliche Stille legte sich über die Zelle. Der Messerstecher wandte sich langsam zu Zak um. Mit blitzenden Augen sah er ihn an und auf seinem Gesicht breitete sich ein höhnisches Lächeln aus.

»Spielst wohl gern den Helden, was?«, flüsterte er. Er ballte die Fäuste und machte einen Schritt auf Zak zu.

»Ich will keinen Ärger«, sagte Zak. Aber er spürte, wie sich sein Körper anspannte und für den Kampf bereit machte.

»Dafür ist es jetzt ein wenig zu spät, *niño*.«

Zak sah sich in der Zelle um, doch es schien ihm niemand helfen zu wollen.

»Das reicht!«

Die Stimme kam von außerhalb der Zelle und Zak erkannte den Wärter vor der Tür.

Der Messerstecher kniff die Augen zusammen. »Warte nur!«, zischte er und drehte sich langsam zu dem Wärter um.

Doch der interessierte sich nicht für ihn oder den Kampf oder das Messer auf dem Boden. Er deutete auf Zak. »Du da«, befahl er, »mitkommen. Scheint heute dein Glückstag zu sein.«

Erleichterung überkam Zak. *Frank muss hier sein,* dachte er. *Er kommt, um mich aus diesem Höllenloch herauszuholen.*

Der Wärter schloss die Zelle auf und Zak trat um den Messerstecher herum, dessen Gesicht noch finsterer wurde, als er erkannte, dass er keine Gelegenheit mehr haben würde, sich an ihm zu rächen. Schnell huschte Zak hinaus. Der Wärter schloss hinter ihm wieder ab und führte ihn weg.

»Hast wohl einflussreiche Freunde, was?«, fragte er schroff, als sie die Treppe hinaufstiegen.

Zak schüttelte den Kopf. »Nein«, antwortete er und fragte sich, was der Mann wohl meinte.

Erst als sie wieder in dem kleinen Raum oben waren, verstand er.

Der Mann, der dort auf ihn wartete, war definitiv nicht Frank. Er war unglaublich mager, schwitzte aber wie ein Fettsack in der Sonne. Er hatte einen Dreitagebart und trug Jeans und ein grünes mexikanisches Fußballtrikot mit der Nummer neun auf dem Rücken, das sich an seiner Hüfte verräterisch ausbeulte. Offensichtlich hatte er eine Schusswaffe bei sich. Doch weder seine Gestalt noch die Kleidung ließen Zak das Blut in den Adern gefrieren, nicht einmal die kaum verborgene Waffe. Es war sein Gesicht. Seine Augen.

Oder besser gesagt, sein Auge.

Denn er hatte nur eins. Das rechte Auge fehlte und die Haut war so gleichmäßig über die leere Augenhöhle gewachsen, dass es den Anschein hatte, als hätte er dort nie ein Auge gehabt. Zak erkannte ihn natürlich. Er hatte sein Bild auf Michaels Leinwand in St. Peter's Crag gesehen. Adan Ramirez. *Calaca.* Zak konnte sich noch erinnern, was Michael über ihn gesagt hatte: *Kein Mensch weiß, wie viele Leute er schon umgebracht hat. Wahrscheinlich weiß er es selbst nicht.*

Er sah sich um, als hoffe er, Frank würde doch noch auftauchen. Aber er kam nicht und Zak spürte, wie sich die Furcht in seinem Magen ausbreitete wie Säure.

»Das ist der Junge, Señor Ramirez«, sagte der Wärter.

Zak schüttelte den Kopf. »Mein Onkel …«, begann er.

»Sei still!«, befahl Calaca. »Haben Sie seine Sachen?«

Der Wärter nickte. Er schloss den Schrank auf und nahm ein hölzernes Tablett heraus, auf dem die Sachen lagen, die er Zak abgenommen hatte. Calaca begutachtete sie. Er blätterte durch Zaks Brieftasche, überprüfte den Namen auf seiner Kreditkarte und registrierte das Bündel Bargeld darin. Er hielt die Uhr ans Ohr und drehte das Handy in der Hand. Zak hielt den Atem an und hoffte, dass er es sich nicht zu genau ansehen würde. Doch letztendlich hatte sich Calaca davon überzeugt, dass ihn nichts davon interessierte, und er nickte Zak zu. »Nimm sie dir.«

Zak folgte der Aufforderung.

Calaca reichte dem Wärter eine Handvoll nagelneuer mexikanischer Peso und sagte tonlos: »Von Cesar Martinez Toledo. Er ist erfreut, zu wissen, dass er sich auf Ihre Loyalität stets verlassen kann.«

Zak beobachtete den Wärter genau und bemerkte, wie sich sein Ausdruck veränderte, als Calaca von *Loyalität* sprach. Seine Augen weiteten sich und er legte seine träge Arroganz ab. Ganz offensichtlich hatte er Angst. Doch das hinderte ihn nicht daran, das Geld zu nehmen.

Calaca wandte sich zu Zak um. »Du kommst mit mir. Señor Martinez hat mit dir zu reden.«

Zak tauschte einen Blick mit dem Gefängniswärter. »Wohin soll ich denn gebracht werden?«, fragte er, und als der Wärter nicht antwortete: »Ich muss meinen Onkel anrufen. *Bitte!*«

»Du rufst niemanden an«, sagte Calaca gefährlich leise. »Los jetzt.«

Zak hatte offensichtlich keine Wahl.

Draußen auf der Straße erwartete sie ein Wagen. Es war ein Range Rover mit abgedunkelten Scheiben wie die, die Cruz Martinez zur Schule brachten. Calaca öffnete die hintere Tür und sagte: »Einsteigen.«

»Wohin fahren wir?«, fragte Zak ihn.

Ein Blick aus Calacas einem Auge durchbohrte ihn und er wiederholte: »Einsteigen!«

Es saßen noch zwei Männer im Auto: ein Fahrer und einer auf dem Beifahrersitz. Beide trugen Anzüge und dunkle Sonnenbrillen. Keiner von beiden sah Zak auch nur an, als er hinten einstieg. Nach der Hitze und dem Gestank in der Zelle war die Klimaanlage des Autos eine Wohltat. Und augenblicklich fuhr der Wagen los.

Erst als sie wieder auf dem Freeway in Richtung Süden fuhren, sagte Zak: »Danke, dass Sie mich da rausgeholt haben.«

Calaca musterte ihn kühl. »Du brauchst mir nicht zu danken. Du wirst feststellen, dass ein Gespräch mit meinem Arbeitgeber in dir den Wunsch wecken kann, du wärst lieber wieder in der Gefängniszelle.«

Zak dachte an das Foto von den Leichen, das Michael ihm gezeigt hatte, und musste schlucken. Aber er versuchte sich seine Furcht nicht anmerken zu lassen. Stattdessen spielte er den Unwissenden. »Wer ist denn Ihr Arbeitgeber?«

Calaca sah ihn geringschätzig an. »Das wirst du noch früh genug erfahren.«

Schweigend fuhren sie weiter durch die Stadt und verließen sie schließlich in Richtung Süden. Der erhöhte Freeway wurde zu einer normalen Schnellstraße und die zu einer Landstraße. Der Verkehr lichtete sich und zehn Minuten später bogen sie auf eine unbefestigte Straße ein, die der Federung des Range Rovers zuzusetzen schien. Sie waren jetzt kaum mehr als eine halbe Stunde von den südlichsten Bezirken von Mexico City entfernt, doch man hatte das Gefühl, in einer ganz anderen Welt zu sein. Durch die getönten Scheiben sah Zak, dass die Umgebung, so weit das Auge reichte, von Baumstümpfen bedeckt war.

»Wer hat denn die ganzen Bäume gefällt?«, fragte er. Calaca antwortete nicht.

Der Wagen wurde langsamer und Zak erkannte vor ihnen eine Mauer, gute sechs Meter hoch und von Stacheldrahtrollen gekrönt. In Abständen von etwa dreißig Metern machte er Beobachtungsposten aus, auf denen jeweils zwei Bewaffnete Wache hielten. Sie erinnerten Zak an die Bilder von Kriegsgefangenenlagern, die er einmal in Geschichtsbüchern gesehen hatte. Außerdem wurde ihm klar, dass das Fehlen der Bäume bedeutete, dass die Wachen das umliegende Gelände besser überwachen konnten. Sie würden es merken, wenn sich irgendjemand näherte.

Der Range Rover hielt vor einem massiven Metalltor an. Calaca zog das Telefon aus der Hosentasche und wählte eine Nummer. »Ich bin es«, sagte er knapp und Sekunden später öffneten sich die Torflügel langsam nach außen. Der Wagen fuhr hinein und hinter ihnen schloss das Tor sich mit einem metallischen Klicken wieder.

»Aussteigen«, befahl Calaca Zak.

Sobald Zak den Wagen verlassen hatte, sah er sich um, um sich zu orientieren. Er musste ein paarmal ungläubig blinzeln. Der Bereich innerhalb der Mauern hätte sich nicht mehr von dem trostlosen ehemaligen Wald außerhalb unterscheiden können. Hier war alles grün. Zak stand auf einer ordentlich gepflasterten

Straße, die noch etwa hundert Meter weiter führte. Zu beiden Seiten erstreckten sich riesige gepflegte Rasenflächen, die von zehn oder zwölf Sprinkleranlagen bewässert wurden, die ihre silbrigen Wasserfontänen glitzernd in die Luft schossen. Am Ende der Straße stand ein großes Haus. Es war extravagant – fast kitschig – im klassischen Stil erbaut mit Säulen entlang der Fassade wie eine kleinere Ausgabe des Buckingham-Palasts.

»Geh!«, sagte Calaca.

Es war unglaublich heiß auf dem Weg zum Haus. Ein wenig Spritzwasser aus den Sprinklern landete auf seiner Haut, doch es verdunstete fast augenblicklich, und als er bis auf zehn Meter an das Haus herangekommen war, war die einzige Feuchtigkeit auf seiner Haut Schweiß. Calaca begleitete ihn, er blieb aber gute fünf Meter hinter ihm, bis sie das Haus fast erreicht hatten. Am Eingang standen vier mit Sturmgewehren bewaffnete Wachen.

»Er erwartet uns?«, fragte Calaca.

»Ja, Señor Ramirez«, erwiderte einer der Wachen. »Er weiß, dass Sie hier sind.«

Calaca wandte sich an Zak. »Komm mit. Und sprich nur, wenn du aufgefordert wirst.«

»Vielen Dank für den Rat.«

»Das ist kein Rat. Das ist eine Anweisung.«

Der dünne Mann ging ins Haus und Zak folgte ihm.

Es war innen genauso feudal wie außen. Calaca führte ihn in ein Atrium von der Größe eines Tennisplatzes. Es hatte einen kühlen Marmorfußboden und einen

Springbrunnen von der Größe der Eros-Statue am Picadilly Circus. Von der Decke hingen Kronleuchter und an der hinteren Wand führte eine breite Treppe nach links hinauf zu einer Galerie – wie ein Theaterbalkon mit einer niedrigen Brüstung –, die das Atrium überblickte. Zu beiden Seiten der Treppe befanden sich Fenster vom Boden bis zur Decke, vor denen jeweils zwei bewaffnete Wachen standen. An der linken Wand des Atriums, unterhalb der Galerie, bemerkte Zak einen etwa zwei Meter hohen, fünf Meter breiten und drei Meter tiefen Käfig mit einer bemerkenswerten Auswahl bunter Singvögel, die fröhlich zwitscherten. Davor standen mit dem Rücken zu Zak und Calaca drei Männer in identischer legerer weißer Leinenkleidung.

»Warte hier«, sagte Calaca leise.

Der dünne Mann ging zu dem Vogelkäfig und näherte sich dem mittleren der drei Männer. Er blieb hinter ihm stehen und Zak konnte ihn leise murmeln hören.

Dann trat Calaca zurück und rief Zak zu: »Komm her!«

Zak trat nervös vor. Als er nur noch ein paar Meter vom Vogelkäfig entfernt war, blieb er stehen.

Die drei Gestalten drehten sich um.

Zak blinzelte.

Sie waren völlig identisch. Sie sahen sich nicht nur ähnlich, sie waren völlig *identisch,* bis hin zur Form der Nase und dem Schwung des Kiefers. Alle drei Männer hatten glatte dunkle Haut, braune Augen und schwarzes Haar, das nach hinten gestrichen war. Keiner von ihnen zeigte die Spur eines Lächelns. Und jeder sah ge nauso aus wie das Foto von Cesar Martinez Toledo, das Zak gesehen hatte.

Die Vögel zwitscherten in ihrem Käfig.

Der mittlere der drei Männer – der, mit dem Calaca gesprochen hatte – trat vor und musterte Zak eisig. »Du bist Harry Gold?«, fragte er auf Spanisch.

»Ja, Señor.«

»Und du hast heute Morgen vor der Schule den Mann erschossen?«

Zak nickte. Er war sich Calacas Anwesenheit bewusst, der seitlich stand und ihn mit einem anzüglichen Grinsen anstarrte.

»Warum? Warum riskierst du dein Leben und deine Freiheit für jemanden, den du gar nicht kennst?«

Zak spürte, wie sein Mund trocken wurde. Alle Augen waren auf ihn gerichtet und die Männer warteten auf seine Antwort.

»Das habe ich irgendwie gemacht, ohne groß nachzudenken«, log er. »Der Mann sah aus, als wolle er gleich losballern. Auf alle. Und auf mich ...«

»Und trotzdem hast du ihn umgebracht.«

»Das wollte ich nicht ...«

»Du hast ihn in die Brust geschossen und wolltest ihn nicht töten?«

Zak schüttelte heftig den Kopf. »Ich ... Ich wollte nicht ... Ich schwöre ...« Er verstummte.

Plötzlich trat der Mann, mit dem Zak geredet hatte, zurück, und die identische Gestalt zu seiner linken nahm seinen Platz ein.

Er starrte Zak an.

Er kniff die Augen zusammen.

Dann legte er ihm die Hände auf die Schultern, sah ihm in die Augen und umarmte ihn fest.

»Du«, sagte er, »du hast meinem Sohn das Leben gerettet. Du besitzt jetzt die Freundschaft von Cesar Martinez Toledo. Du kannst mich um alles bitten, was du willst.« Er entließ Zak aus der Umarmung, ließ aber die Hände auf seinen Schultern liegen. »Alles, Harry Gold«, wiederholte Martinez. »Hast du das verstanden? *Alles.*«

La Catrina

»Ich habe Angst vor der Polizei«, erklärte Zak in seinem besten Spanisch. »Ich dachte, sie würden erkennen, dass ich aus Notwehr geschossen habe, aber sie haben mich ins Gefängnis gesteckt und …«

Martinez – Zak konnte nur vermuten, dass der Mann, der ihn gerade umarmt hatte, der wahre Martinez war – schien verdutzt. Er sah erst Calaca, dann die beiden Doppelgänger und schließlich wieder Zak an. Und dann lachte er, als hätte Zak ihm gerade einen guten Witz erzählt; ein tiefes Lachen, das in dem marmorgefliesten Atrium widerhallte.

»Weißt du, wo du hier bist, Harry?«, fragte er.

Zak schüttelte den Kopf.

»Komm mit.« Martinez legte Zak eine Hand auf den Rücken und führte ihn zum Haupteingang des Hauses zurück. Sie blieben auf der Veranda stehen und Martinez zeigte auf die Beobachtungsposten an der Außenmauer. »Siehst du die, junger Freund?«, fragte er. »Auf jedem dieser Posten stehen Tag und Nacht zwei Scharfschützen. Hier kommt niemand ohne meine Erlaubnis rein. Du bist hier sicherer als El Presidente selbst – mit dem ich, nebenbei bemerkt, gut befreundet bin. Ramirez – der mit dem einen Auge: hinter seinem Rücken nennt ihn übrigens jeder *Calaca,* aber wenn ich dir einen Rat geben darf, dann solltest du ihn lieber nicht so ansprechen – hat sich über dich erkundigt, Harry Gold. Ich weiß, dass du erst vor Kurzem nach Mexiko gekommen bist. Deshalb weißt du wahrscheinlich nicht, dass ich hier einigen Einfluss habe.«

»Sind Sie ein Geschäftsmann?«, fragte Zak und versuchte so unschuldig wie möglich zu klingen. »Wie mein Vater einer war?«

Wieder lachte Martinez. »Ja!«, sagte er und rieb sich die Augen. »Ja, ein Geschäftsmann. Ein sehr erfolgreicher Geschäftsmann. Ich kann ein gutes Wort für dich einlegen. Mach dir keine Sorgen wegen der Polizei. Aber es wäre besser, wenn du eine Weile hierbleiben würdest, bis sich die ganze Aufregung gelegt hat. Solange du unter meinem Schutz stehst, werden Sie dich nicht anrühren. Meine Leute werden in der Schule Bescheid geben, dass du und Cruz ein paar Tage lang nicht kommen werdet.«

Zak musste schwer schlucken. Der Plan hatte vorgesehen, dass er an Cruz und Martinez nahe herankommen sollte, aber er hätte nicht erwartet, dass er ihnen *so schnell so nahe* kommen würde. Als Gast auf dem Anwesen.

»Mein Onkel wird sich Sorgen machen«, warf er ein.

»Dann musst du ihn anrufen«, erklärte Martinez. »Gleich. Du hast doch ein Handy?« Er verschränkte die Arme und wartete, bis Zak sein Handy aus der Tasche gezogen hatte. »Eines noch, Harry. Es wäre besser, wenn dein Onkel nicht weiß, wo du bist.«

»Warum denn nicht?«

Martinez lächelte ihn breit an und wiederholte nur: »Es wäre einfach besser.« Er nickte Zak zu, um ihm anzudeuten, dass er jetzt seinen Anruf machen sollte.

Zak wählte und Frank nahm sofort ab. »Harry, mein Junge, was um Himmels willen ist passiert? Ich habe schreckliche Dinge gehört. Ich bin bei der Polizei gewesen, aber du warst nicht ...«

»Es ist alles in Ordnung, Onkel Frank.«

»Aber wo bist du denn?«

»Ich bin ... äh ... ich bin in Sicherheit, okay?« Zak spürte Martinez' Blick auf sich ruhen.

»Harry, du musst mir sagen, was ...«

»Ich muss jetzt aufhören, Onkel Frank. Ich rufe dich wieder an.«

Er legte auf. Martinez schien mit der Unterhaltung zufrieden. Als Zak jedoch einen Blick auf den schwer bewachten Eingang des Anwesens warf, wurde er das Gefühl nicht los, in der Falle zu sitzen.

»Komm mit«, forderte Martinez ihn auf. Sie gingen ins Atrium des Hauses zurück. Calaca war gegangen, und auch die beiden Doppelgänger waren verschwunden, doch die Wachen waren noch da.

»Bring Cruz her«, befahl Martinez, und einer von ihnen verschwand.

Nach einer kurzen Pause sagte Martinez: »Dir ist doch klar, dass diese Männer hinter meinem Sohn her waren, Harry?«

»Ja, aber ich verstehe nicht, warum? Weil Sie reich sind?«

»In gewisser Weise, Harry, in gewisser Weise. Weißt

du, es ist unmöglich, in diesem Land reich zu werden, ohne sich Feinde zu machen«, erklärte Martinez. »Meine Feinde wissen, dass ich Cruz mehr liebe als alles Geld der Welt. Und deshalb nehmen sie ihn ins Visier. Wahrscheinlich war es der Versuch, ihn zu entführen.«

»Wissen Sie, wer es war?«

Martinez leckte sich über die Fingerspitzen und strich sich dann damit das Haar glatt. »Das werde ich herausfinden. Und dann werden sich diese Leute wünschen, sie hätten sich nie mit Cesar Martinez Toledo angelegt.« Seine Augen leuchteten auf, als er quer durchs Atrium blickte. »Da ist Cruz! Komm her, mein Junge! Harry, Cruz hat uns schon vor den unglücklichen Ereignissen heute von dir erzählt.«

Cruz kam durch das Atrium auf sie zu. Seine langen Arme und Beine wirkten schlaksig, und er vermied es, Zak anzusehen. Auch seinen Vater sah er nicht an, sondern starrte nur auf den Marmorfußboden.

»Cruz! Gib Harry die Hand! Du hast ihm viel zu verdanken!«

Cruz' Handschlag war gleichgültig und lasch. Er sah zu Zak auf und sagte: »Danke.«

Bevor Zak etwas erwidern konnte, fuhr Martinez fort: »Harry wird eine Weile bei uns bleiben. Führ ihn herum, Cruz, und gib ihm ein Zimmer. Heute Abend werden wir zusammen essen. Harry, mein Haus ist dein Haus.« Er nickte ihnen noch einmal zu und ging.

Eine peinliche Stille entstand, in der die beiden Jungen sich einfach gegenüberstanden und Cruz den Blick weiterhin gesenkt hielt.

»Warum hast du das getan?«, fragte Cruz schließlich.

»Ich weiß nicht«, antwortete Zak. »Es war einfach …
Ich glaube, ich habe gar nicht richtig darüber nachgedacht. Dein Dad hat gesagt, er könne mir die Polizei vom Hals halten.«

Cruz runzelte die Stirn. »Ja, das kann er. Ich denke, du würdest wohl gern das Haus sehen.«

»Klar«, erwiderte Zak.

Sie brauchten eine ganze Stunde dafür. Cruz zeigte Zak das Fitnessstudio und die Sauna gleich neben dem Atrium und einen Schießplatz im Freien. Im ersten Stock führte ein langer Gang um das Atrium herum, an dem hauptsächlich Schlafzimmer lagen, aber hinter einer der Türen verbarg sich ein Fernsehzimmer, das eher an einen kleinen Kinosaal erinnerte. Martinez' Sohn schien von all dem wenig beeindruckt, ganz im Gegenteil, er war sichtlich gelangweilt. Hinter dem Haus lagen ein Hubschrauberlandeplatz und ein Swimmingpool, doch nicht das einladend klare Wasser weckte Zaks Interesse, sondern die beiden bunt bemalten Statuen am entgegengesetzten Ende. Sie waren etwa drei Meter hoch und stellten zwei Frauen in prachtvollen Gewändern aus Gold und Purpur dar. Jede trug einen Strauß gelber Blumen und einen eleganten vielfarbigen Kopfputz. Beide Gesichter jedoch waren Totenschädel mit einem übertrieben breiten, grausamen Grinsen. Der Anblick sandte Zak einen Schauer über den Rücken.

»Nicht gerade ein Michelangelo«, fand er.

Cruz betrachtete die Statuen, als seien sie das Normalste der Welt.

»*La Catrina.*«

»Wer?«

»Das ist was Mexikanisches. Man sieht sie meist an Allerseelen im November, wenn man der verstorbenen Freunde und Familienangehörigen gedenkt. *La Catrina* soll uns daran erinnern, dass auch die Reichen und Schönen eines Tages sterben müssen.«

Zak fragte sich, wer ausgerechnet in seinem Swimmingpool daran erinnert werden wollte. Doch er wechselte das Thema und zeigt auf den Pool. »Benutzt du ihn viel?«

Cruz schüttelte den Kopf. »Nicht wirklich.«

»Das stimmt«, erklang auf einmal eine Stimme hinter ihnen. »Cruz zieht nicht gern das Hemd aus. Er hat Angst, wir könnten ihn auslachen, weil seine Arme so dünn sind.«

Zak bemerkte, wie sich Cruz' Gesicht verfinsterte. Er drehte sich um und sah vor sich einen Jungen, der ein wenig älter zu sein schien als sie, und begann sich sofort seine Erscheinung einzuprägen. Er trug eine schicke Sonnenbrille, und da die obersten Knöpfe seines Hemdes offen standen, konnte man ein kleines goldenes Medaillon sehen, das um seinen Hals hing. Ein Geruch nach Brillantine umgab ihn und seine kurzen schwarzen Locken glänzten. Dieser Junge versuchte verzweifelt, wie ein erwachsener Mann zu wirken. Das Ergebnis war jämmerlich.

»Wer bist du?«, wollte der Junge wissen.

Zak fragte sich dasselbe. Über Cruz, Martinez und Calaca war er eingehend informiert worden. Er war je-

mand, von dem Michael offensichtlich nichts wusste –
und eine unangenehme Erinnerung daran, dass das beste Informationsmaterial unvollständig sein konnte.

»Harry Gold«, sagte Zak, ohne ihm die Hand zu reichen.

»Was machst du hier?«

»Ich bin ein Freund von Cruz.«

Der Junge gab ein schnaubendes Geräusch von sich.
»Cruz hat keine Freunde. Er ist viel zu sehr damit beschäftigt, Bücher zu lesen.«

»Nun, jetzt hat er einen.«

Der Junge nahm die Sonnenbrille ab und sah Zak
giftig an. »Weißt du, wer ich bin?«

»Hm … Brillantinevertreter?«, vermutete Zak mit
einem bedeutungsvollen Blick auf seine Haare.

Der Junge lachte spöttisch. »Du hältst dich wohl für
sehr witzig, was?« Er sah sich um, als gehöre ihm das
Haus. »Ich bin Raul. Merk dir das.« Er setzte die Brille
wieder auf. »Du bist kein Mexikaner.«

»Blitzmerker.«

»Wieso sprichst du dann Spanisch?«

Zak lächelte ihn an. »Aus einem Buch. Du solltest
mal versuchen, eines zu lesen. Es ist ganz erstaunlich,
was man daraus lernen kann.«

Raul sah aus, als überlege er sich eine gepfefferte
Antwort, doch es kam nichts. Er schnaubte nur und
schlenderte dann gelangweilt davon.

»Wer ist der Blödmann?«, fragte Zak, als Raul außer Hörweite war.

»Mein Cousin«, antwortete Cruz. »Der Sohn von

Dads verstorbenem Bruder. Du solltest ihn lieber nicht ärgern.«

»Darf der immer so mit dir reden?« Zak bemerkte Cruz' beunruhigten Gesichtsausdruck.

Cruz sah weg. »Ist doch egal.«

»Nein, ist es nicht. Wie kommt's, dass er so von sich eingenommen ist?«

Cruz trat unbehaglich von einem Fuß auf den anderen. »Wegen meinem Vater. Er weiß, dass ich mich für das Familiengeschäft nicht interessiere.«

»Du findest nicht gut, was er macht?«

»Nein, so ist es nicht. Das wäre gelogen. Wir verdanken dem Geschäft meines Vaters alles. Aber ich möchte einfach etwas anderes machen. Er ist ein stolzer Mann. Es war schwer für ihn, das zu akzeptieren, aber mittlerweile weiß er, dass es mir ernst damit ist. Und da er das Geschäft nie in andere Hände als die der Familie geben würde – das ist in Mexiko so üblich –, hat er Raul zu uns geholt. Und Raul weiß, dass ihn das in eine mächtige Position bringt.«

Zak sah Raul nach, der gerade im Haus verschwand. Er fragte sich, ob es klug gewesen war, sich Martinez' Neffen zum Feind zu machen. Doch dann wandte er seine Aufmerksamkeit wieder Cruz zu. »Wenn du das Geschäft deines Vaters nicht übernehmen willst, was willst du dann machen?«

Cruz sah etwas verlegen drein. »Ich mag Naturwissenschaften«, sagte er und fügte stirnrunzelnd hinzu: »Das ist etwas, was Raul nicht kapiert.«

»Verstehe«, meinte Zak. »In England …« Er unterbrach sich, als er merkte, dass er nahe daran war, über sein eigenes Leben zu sprechen und nicht über das von Harry. Aber da er sowieso spürte, dass Cruz nicht länger darüber sprechen wollte, ließ er das Thema fallen und sie machten mit ihrem Rundgang weiter.

»Ziemlich cool hier«, fand Zak, als sie wieder im Atrium gelandet waren. Dabei überprüfte er ganz selbstverständlich, ob er sich richtig an die große Halle, die Haupttreppe und an die Lage der Ausgänge erinnerte.

Cruz zuckte mit den Achseln. »Ja, schon.«

»Das findest du wohl nicht.« Zak erinnerte sich an seine Tarnung und meinte mit dem höhnischen Grinsen eines verwöhnten reichen Jungen: »Du solltest mal das Loch sehen, in dem ich hier wohnen muss.«

Cruz sah sich stirnrunzelnd um. »Der Mann, den du erschossen hast, der wollte mich entführen, nicht wahr?«, fragte er und wechselte damit das Thema.

»Dein Vater glaubt das jedenfalls.«

»Er erzählt dir mehr als mir.« Cruz schien nicht sauer zu sein, nur traurig. Es gab Zak einen Stich, als er an seinen eigenen Vater dachte. »Du solltest versuchen, ihm nahe zu sein, Cruz. Eines Tages wird er nicht mehr da sein und …« Er brach ab.

»Mein Vater interessiert sich nicht mehr für mich.«

»Ich wette, das stimmt nicht.«

Cruz zuckte mit den Achseln. »Schon möglich. Aber hör mal, vielen Dank für das heute Morgen.« Er streckte die Hand aus, und Zak schüttelte sie ein zweites Mal und versuchte dabei, nicht an das Blut zu denken, das aus Rafs Brust geschossen war. Cruz bemerkte seine

Bedenken offenbar, denn sein Blick wurde hart und er sagte: »Du solltest dir keine Sorgen machen, dass du ihn getötet hast. Er war ab dem Moment ein toter Mann, als er versucht hat, mich zu entführen.«

»Macht dir das nichts aus?«

»Macht es dir etwas aus?«

Zak schüttelte den Kopf.

»Früher oder später sterben wir alle«, erklärte Cruz. »Was macht es schon, wenn es früher ist anstatt später?« Er sah Zak kalt an. »Denk an *La Catrina*.«

Wie könnte ich die vergessen, dachte Zak.

»Äh … diese Doppelgänger«, versuchte er, weitere Informationen zu sammeln, »die sind ziemlich gut.«

»Die sind perfekt«, erwiderte Cruz. »Manchmal kann nicht einmal ich den Unterschied erkennen.«

»Muss ziemlich verwirrend sein.«

»Man gewöhnt sich daran. Es ist kein Geheimnis, dass es eine Menge Leute gibt, die meinen Vater gern töten würden.« Er sah sich um. »Also, es sieht so aus, als würden wir eine Weile nicht zur Schule gehen. Hast du Lust, einen Film zu sehen oder so?«

»Klasse«, sagte Zak so begeistert wie möglich. »Dann mal los.« Und zusammen gingen sie zum Fernsehraum.

Zak sagte Cruz nichts davon, aber als sie das Atrium verließen, bemerkte er Calaca, der fast verborgen in einer Türöffnung stand, sie beobachtete und alles zu registrieren schien, was sie taten und sagten.

Zehn Meilen von Cesar Martinez Toledos Anwesen entfernt standen auf dem Gelände einer längst verlassenen Farm zwei alte Scheunen. Bei einer davon, der größeren, war das Dach eingestürzt, sodass sie Wind und Wetter ausgesetzt war. Jeder, der sie von außen sah, würde annehmen, darin Schutt, alte landwirtschaftliche Geräte oder auch gar nichts zu finden. Ganz bestimmt würde niemand einen UH-60 Black Hawk Helikopter darin vermuten.

Doch genau so einer stand dort.

Höchstgeschwindigkeit: 360 km/h. Ladekapazität: 2 Mann Besatzung und 14 Soldaten. Steigrate: 215 m pro Minute. Zu beiden Seiten des Rumpfes ausgestattet mit einer M134 Minigun mit bis zu 6000 Schuss 7,62er-Munition pro Minute. Alles in allem nicht gerade das, was der Durchschnittsbauer in Mexiko in einem seiner Nebengebäude zu sehen erwartete.

Die andere Scheune hatte zwar ein Dach, aber ihr Inhalt war nicht weniger überraschend. Davor stand halb verdeckt von einem kaputten Laster eine kleine Satellitenschüssel, deren Antenne zum Himmel zeigte. Im Inneren lief in einer Ecke ein kleiner Generator, mit dessen Hilfe einige Computerbildschirme betrieben wurden. An den Wänden standen niedrige Betten und in vier von ihnen schliefen Männer. Zwei weitere hatten mit Sturmgewehren in der Hand an der Tür Posten bezogen. Vor den Computern saßen Gabs und Raf. Beide trugen Kopfhörer und Mikrofone.

Sie starrten auf ein hoch aufgelöstes Echtzeit-Satellitenbild des Martinez-Anwesens. Es war sehr scharf: Man sah die umgebenden Mauern, das prachtvolle Haus, die Rasenflächen und sogar die Sprinkleranlagen. Sie wussten, dass Zak dort drin war – ein blinkender grüner Lichtpunkt auf dem Haus gab seine genaue Position an.

»Habt ihr das?«, fragte Michael über die Kommunikationsleitung aus dem Operationszentrum in London.

»Verstanden«, erwiderte Raf. »Sieht aus, als sei er drin.«

»Er hat gerade Frank angerufen und bestätigt, dass es ihm gut geht.«

»Irgendein Zeichen von Zwang?«

»Negativ. Vorläufig müssen wir davon ausgehen, dass er dort Martinez' Gast ist, nicht sein Gefangener.«

Gabs blickte auf das Satellitenbild. Wenn man ganz genau hinsah, konnte man sogar die Beobachtungsposten auf den Mauern erkennen.

»Wenn man sich die Sicherheitsvorkehrungen ansieht, würde ich sagen, da besteht kein großer Unterschied«, meinte sic.

»Stimmt«, gab Michael zu. »Bleibt wachsam. Wir müssen bereit sein, ihn sofort rauszuholen, wenn er uns das Notsignal sendet.«

Raf und Gabs tauschten einen Blick.

»Gut gemacht, ihr beiden. Ich hätte nicht erwartet, dass er so schnell hineinkommt. Ihr habt gute Arbeit bei ihm geleistet.«

Nach einer kleinen Pause sagte Gabs: »Wie gut, wissen wir erst, wenn er lebend wieder herauskommt, oder?«

Michael antwortete nicht und sie betrachteten weiter ihre Computerbildschirme.

Stille Post

Die Nachmittagssonne schien heiß vom Himmel.

Calaca pflegte sich mit seinem Arbeitgeber am Swimmingpool zu treffen, um die laufenden Geschäfte zu besprechen. Martinez trank stets einen großen, kalten Rumpunsch mit viel Eis und einem Rum, der speziell für ihn aus Havanna importiert wurde. Calaca trank Wasser. Er wusste, dass es jederzeit zu einem Angriff auf seinen Boss kommen konnte. Aus diesem Grund hielten sich zwei Doppelgänger am anderen Ende des Pools auf und tranken Rumpunsch, um mögliche Scharfschützen zu verwirren. Aber Doppelgänger oder nicht, Calaca benötigte einen klaren Kopf, daher trank er nie Alkohol.

»Da stimmt etwas nicht«, behauptete er, als sie am Pool standen.

»Du machst dir zu viele Sorgen, Adan«, erwiderte Martinez.

»Dafür bezahlen Sie mich.«

Martinez zuckte mit den Achseln und nippte an seinem Drink. Es stimmte, was Calaca gerade gesagt hatte.

»Das ist zu glatt gelaufen«, fuhr der Einäugige fort. »Dieser neue Junge ist rein zufällig zur Stelle, als jemand Cruz entführen will? Das glaube ich einfach nicht.«

Martinez musterte seinen Sicherheitchef, stellte seinen Rumpunsch auf ein kleines, mit einem frisch gestärkten Leintuch bedecktes Tischchen und legte Calaca den Arm um die Schultern. Dann wies er mit großer Geste über das riesige Gelände um sie herum.

»Siehst du das?«, fragte er. »Das alles besitze ich nicht ohne Grund. Und Adan, du kennst diesen Grund, oder?«

»Das Geschäft«, erwiderte Calaca.

»Genau, das Geschäft. Aber das Geschäft ist nur so erfolgreich, weil wir gewillt sind, zu tun, was andere nicht tun wollen. Heute Morgen hat der kleine Harry Gold einen Mann erschossen. Du und ich, wir wissen, dass ein Leben nicht viel wert ist. Aber die Regierung?« Martinez schüttelte den Kopf. »Sie würden nie einen Bauern opfern, um einen König zu schnappen. Harry Gold ist ein tapferer Junge. Wenn wir ihn hier behalten, könnte er uns noch nützlich sein. Außerdem verdankt Cruz ihm sein Leben. Dafür bin ich ihm dankbar.«

»Aber …«

»Kein Aber mehr, Adan.« Martinez wohlwollende Stimme wurde scharf und Calaca wusste, dass er jetzt besser nicht weiter mit ihm diskutieren sollte. »Harry Gold bleibt hier. Und sei es nur als Cruz' Freund. Verstanden?«

Calaca neigte den Kopf. »*Si*, Señor Martinez«, antwortete er. »Verstanden.« Damit verließ er den Swimmingpool, wo sein Boss seinen Rumpunsch und die untergehende Sonne genoss.

Mitten im Hauptquartier der CIA in Langley, Virginia, gibt es eine Wand, die man die CIA Memorial Wall nennt. In diese Wand aus weißem Marmor sind einhundertzwei schwarze Sterne eingraviert, mit den Worten: *Zu Ehren derjenigen Angehörigen der Central Intelligence Agency, die ihr Leben im Dienst für ihr Land gelassen haben.*

Der untersetzte Mann mittleren Alters, der an dieser Wand vorbeiging, schenkte ihr keine Beachtung. Das tat er nie. Und als er das Gebäude durch den Bogen aus Beton und Glas verließ, der den Hauptein- und -ausgang bildete, erregte er niemandes Aufmerksamkeit. Nicht dass jemand ihn hätte aufhalten oder mit ihm hätte sprechen wollen. Dazu waren alle viel zu beschäftigt und er war zu unwichtig.

Es war fünf Uhr nachmittags. Er ging immer um diese Zeit. Im großen Räderwerk des Nachrichtendienstes spielte er keine besonders herausragende Rolle. Ganz und gar nicht. Er musste nur die eingehenden Informationen sammeln und dafür sorgen, dass sie an der richtigen Stelle aufbewahrt wurden. Denn, wie er stets zu sagen pflegte, eine falsch abgelegte Information war eine verlorene Information.

Er ging zu seinem Auto. Auch das war nichts Besonderes – ein Toyota Prius, zu dem ihn seine Frau überredet hatte, weil er angeblich sehr umweltfreundlich war. Ihm war das egal. Er hätte am liebsten einen Lotus gehabt, aber er hatte sich keinen gekauft, weil es dumm gewesen wäre, zu zeigen, dass er Geld hatte. Für jemanden mit seinem Gehaltsscheck wäre das ein viel zu auffälliger Wagen gewesen. Wenn er pensioniert war, dann würde er sich vielleicht so ein Auto leisten. Und wenn es so weiterlief wie im Augenblick, dann könnte diese Pensionierung kurz bevorstehen …

Am äußeren Tor hielt er an und reichte dem Polizeibeamten in seinem Wachhäuschen seinen biometrischen Ausweis. »Siehst du dir heute Abend das Spiel an, Bob?«

Bob grinste. »Das Bier dafür steht schon seit heute Morgen kalt. Noch eine Stunde, dann bin ich hier weg.« Er führte den Ausweis in ein Kartenlesegerät ein und reichte ihn dann zurück. »Bis morgen in alter Frische, Lou!«

»Nicht wenn du heute Abend zu viel Bier trinkst!«, zwinkerte Lou ihm zu und fuhr los.

Lou und seine Frau wohnten in einer Eigentumswohnung in Washington. Um diese Tageszeit brauchte man von Langley aus dorthin ungefähr eine Stunde. Aber Lou nahm nicht den direkten Weg nach Hause. Stattdessen fuhr er etwa zehn Meilen auf der 193 Richtung Nordwesten, dann nahm er eine Ausfahrt und fuhr ein paar Meilen weiter bis in einen Ort, der so klein war, dass er nicht einmal einen Namen hatte. Dort gab es ein Restaurant – eines von der Sorte, in dem nur Lkw-Fahrer einkehrten. Lou hatte den Ort vor einem Jahr ausfindig gemacht. Es gab keinerlei Überwachungskameras, daher konnte er sicher sein, dass seine Anwesenheit nicht aufgezeichnet werden würde. Da er wusste, wie der Geheimdienst funktionierte, war er in der Lage, ihm immer einen Schritt voraus zu sein.

Vor dem Diner stellte er seinen Wagen ab und ging hinein. Eine freundliche Bedienung nahm seine Bestellung entgegen – einen Kaffee und ein Stück Blaubeerkuchen –, und während er darauf wartete, ging er zu der Telefonzelle an der hinteren Wand. Aus der Hosentasche holte er ein paar Münzen hervor und wählte eine Nummer.

Es klingelte acht oder neun Mal, bevor sich eine unfreundliche Stimme auf Spanisch meldete: »*Si?*«

»Ich bin es«, sagte Lou.

Keine Antwort.

»Ich habe Informationen.«

»Ich höre.«

»Die Briten haben es auf Martinez abgesehen. Sie haben jemanden eingeschleust. Ich dachte, das würde Sie interessieren.« Lou wirkte sehr selbstzufrieden, auch wenn niemand da war, der es sehen konnte.

Es entstand eine Pause.

»Haben Sie einen Namen?«

»Nein. Streng geheim. Ich habe nur einen Codenamen. Agent 21.«

»Sonst noch was?«

»Das ist alles«, erwiderte Lou. »Einen schönen Abend noch.«

Er legte auf und setzte sich. Ein Blick auf die Uhr sagte ihm, dass es Viertel vor sechs war. Vielleicht sollte er besser gleich nach Hause fahren. Doch dann lächelte er. Seine Frau erwartete ihn erst spät und der Blaubeerkuchen sah wirklich lecker aus.

In der Bundesbehörde der mexikanischen Regierung legte ein unglaublich fetter Mann den Hörer auf. Er hieß Juan Michel und trotz der funktionierenden Klimaanlage in seinem Büro schwitzte er wie in einer Sauna.

Einen Augenblick saß er nur still da und dachte darüber nach, was ihm sein Kontaktmann bei der CIA gerade erzählt hatte. Es war unmöglich, Cesar Martinez Toledo hochzunehmen. Die Amerikaner wussten das und hatten es daher aufgegeben, die Mexikaner um Hilfe zu bitten. Es war das am schlechtesten gehütete Geheimnis der mexikanischen Politik, dass Martinez die halbe Regierung schmierte, und es schien geradezu ein Witz, dass die Briten irgendwie in der Lage sein sollten, etwas gegen ihn auszurichten. Nein, diese Information aus Langley musste ein Irrläufer sein. Vielleicht sollte er sie einfach vergessen.

Doch dann schüttelte er den Kopf.

Martinez bezahlte ihn gut für seine Dienste und er wollte nicht, dass diese Zahlungen eingestellt wurden. Selbst wenn diese Information irrelevant war, wäre es dumm, sie nicht weiterzugeben – und wenn er damit nur zeigte, dass er am Ball blieb. Er wischte sich mit den verschwitzten Handflächen über die Hose, griff wieder zum Telefon und wählte.

Fast augenblicklich nahm jemand ab.

»Hier ist Juan Michel«, meldete er sich.

»Schön für Sie«, bekam er zur Antwort.

Unverschämtheit, dachte Juan. *Das sollte ich mir nicht gefallen lassen.* Aber der Gedanke an das Geld ließ ihn schweigen.

»Was wollen Sie?«, fragte die Stimme am anderen Ende.

»Ich will, dass Sie mich zu Adan Ramirez durchstellen. Sagen Sie ihm, wer dran ist. Und sagen Sie ihm, dass ich Informationen habe, die Señor Martinez sehr interessieren werden.«

Ein paar einfache Fragen

»Calaca will, dass du dieses hier nimmst. Er sagt, es sei sicher.«

Cruz führte Zak in ein Zimmer, das sogar noch größer war als das Schlafzimmer von Harry Gold in seiner Wohnung in Knightsbridge. Darin stand ein riesiges Himmelbett und es gab eine Sprechanlage mit direkter Verbindung in die Küche.

»Sie bringen dir alles, was du willst«, erklärte Cruz. »Du musst nur klingeln.«

Natürlich gab es ein dazugehöriges Badezimmer mit Whirlpool und eine Tür führte in einen riesigen begehbaren Kleiderschrank mit teurer neuer Kleidung und Schuhen. Es war wie in einem Luxushotel, mit einem einzigen Unterschied: Auf dem Flur war eine Überwachungskamera genau auf Zaks Tür gerichtet.

»Was ist das denn?«, fragte Zak Cruz.

»Mach dir darüber keine Gedanken«, erwiderte Cruz.

Zak sah den Gang entlang. Seine Tür war die einzige, die von einer Kamera überwacht wurde.

»Ich glaube kaum, dass die jemand wirklich benutzt«, fuhr Cruz fort.

Na klar doch, dachte Zak.

Er würde jetzt gern einen Augenblick für sich allein sein. Es war ein anstrengender Tag gewesen und alles war so schnell gegangen. Er war erschöpft und besorgt. Er wusste nicht, ob es Raf nach der dramatischen Vorstellung am Morgen gut ging und ob sein Telefon das Signal sendete, das anzeigte, wo er sich aufhielt. Er hoffte, dass Raf und Gabs es geschafft hatten, ihre Einheit in der Nähe zu stationieren. Sie zu kontaktieren, kam jedoch nicht infrage, und er fühlte sich sehr einsam.

Und er durfte jetzt nicht nachlassen. Martinez erwartete ihn zum Essen und Zak musste den Schein wahren. Davon hing sein Leben ab.

Nachdem er sich geduscht und umgezogen hatte, war es halb acht. Zeit, nach unten zu gehen. Also steckte er sein Handy in die Tasche und verließ das Zimmer. Am Pool erwarteten ihn Martinez und Cruz, außerdem war Raul da sowie zwei Butler. Auf einem reichlich gedeckten Tisch stand mehr Essen, als sie zu viert bewältigen konnten. Cruz saß mit einem aufgeschlagenen Buch auf dem Schoß am Tisch, Raul hielt eine offene Colaflasche in der Hand und saugte gelangweilt an einem Strohhalm, während er Zak entgegensah.

»Harry!« Martinez schien ehrlich erfreut, ihn zu sehen. »Komm, leiste uns Gesellschaft. Was möchtest du trinken?«

»Cola, bitte«, sagte Zak.

Martinez nickte einem der Butler zu, der aus einem Kühlschrank neben dem Tisch eine Flasche nahm und sie Zak reichte. Der sah unwillkürlich zu den beiden skelettartigen Statuen am Ende des Pools hinüber.

Martinez bemerkte seinen Blick. »Gefällt dir *La Catrina*, Harry?«

»Äh, ja«, antwortete Zak. »Sie sind toll.«

»Ausgezeichnet! Ausgezeichnet!« Martinez zeigte auf seinen Neffen und erklärte: »Das ist Raul.«

»Wir haben uns bereits kennengelernt«, meinte Raul mit hochgezogener Augenbraue.

»Ja«, bestätigte Zak. »Wir haben denselben Literaturgeschmack.«

Martinez sah von einem zum anderen. »Habe ich da etwas verpasst, Gentlemen?«, fragte er mir leicht gekräuseltem Mundwinkel, als ob ihn die Vorstellung, dass sich Raul und Zak gegenseitig an die Gurgel gingen, eher amüsierte.

»Nein, gar nicht«, entgegnete Raul und saugte weiter an seinem Strohhalm.

Martinez legte Zak den Arm um die Schultern wie ein liebevoller Onkel und führte ihn zum Tisch. »Was hättest du gern, Harry? Lammbraten? Bohnen? Brot?«

Zak war am Verhungern und lud sich seinen Teller voll. Doch gerade als er sich neben Cruz setzte, tauchte Calaca auf und verpasste Zaks Appetit einen Dämpfer. Martinez' Sicherheitschef hatte immer noch das grüne mexikanische Fußballtrikot an, unter dem er eine Waffe an seiner Hüfte trug, und wollte offensichtlich mit seinem Chef sprechen. Doch sein eines Auge wanderte unwillkürlich zu Zak und schoss ihm einen äußerst giftigen Blick zu.

»Und hier kommt Adan!«, verkündete Martinez und blinzelte Zak zu. »Wenn *La Catrina* ein Mann wäre, dann würde er aussehen wie mein Sicherheitschef, stimmt's? Ja, Adan? Was gibt's denn?«

»Ich muss mit Ihnen sprechen. Unter vier Augen.«

Auf Martinez' Gesicht breitete sich ein Lächeln aus. »Adan, wir essen gerade …«

»Es ist wichtig«, unterbrach Calaca ihn. Und in seinem Blick lag etwas, was Zak das Blut in den Adern gefrieren ließ …

Martinez nickte. »Harry, ich hoffe, du entschuldigst mich«, meinte er lächelnd. »Vielleicht kannst du dich mit Raul ein wenig über Literatur unterhalten, während ich weg bin?«

Adan Ramirez führte seinen Boss ins Atrium.

»Was ist denn, Adan?«

Calaca sah sich um, um sicherzugehen, dass sie niemand belauschte. »Ich habe gerade einen Anruf von einem unserer Kontakte aus der Regierung bekommen.«

»Und?«

»Er hat eine Quelle bei der CIA. Und diese Quelle behauptet, die Briten würden Sie aufs Korn nehmen.«

»Pff«, machte Martinez geringschätzig. »Wollen die *mich* entführen? Die *Briten?* Das würden sie nicht wagen. Deine Quelle muss sich irren.«

Aber Calaca ließ nicht locker. »Wir haben Einzelheiten«, fuhr er fort. »Die Informationen lassen vermuten, dass sie bereits jemanden in Ihrer Nähe eingeschleust haben. Codename Agent 21. Die Quelle ist da sehr konkret. Ich denke, wir wären dumm, das nicht ernst zu nehmen.«

Martinez nickte zögernd. »Vielleicht hast du recht.«

»Was ist mit diesem Harry Gold?«, fragte Calaca. »Alle anderen auf dem Anwesen sind von mir persönlich überprüft worden. Er ist das einzige schwache Glied.«

»Harry Gold ist nur ein Kind und Kinder geben keine guten Geheimagenten ab.«

»Schon möglich. Aber er ist ein Kind, das heute bereits einen Mann getötet hat.«

Martinez runzelte die Stirn. »Hat er denn eine Waffe?«

»Nicht dass ich wüsste.«

»Und er war heute schon mit mir allein. Wenn er vorhat, mich umzubringen, dann hätte er es bereits versuchen können. Ich erkenne auf jeden Fall einen Killer, wenn er vor mir steht. Und Harry Gold ist keiner.«

Calaca schnaubte leise. »Ich glaube, Sie sollten mich ihm ein paar einfache Fragen stellen lassen.«

Martinez schien einen Moment darüber nachzudenken. »Nein«, sagte er schließlich, »ich kenne deine Befragungen, Adan. Ich möchte, dass Harry seine Finger auch weiterhin benutzen kann.«

»Das hat Ihnen doch früher nie Sorgen bereitet.«

»Das hier ist etwas anderes. Ich mag den Jungen. Er hat Mumm. Zum einen lehnt er sich gegen Raul auf, was mehr ist, als man von Cruz behaupten kann. Und ich glaube, dass mein Sohn ihn ebenfalls mag. Vielleicht wird er etwas mehr zum Mann, wenn er Zeit mit Harry verbringt.«

»Oder vielleicht wird Raul auch Ihr Imperium eher erben, als Sie vermuten«, gab Calaca zurück.

Nach kurzem Schweigen mahnte Martinez: »Du vergisst dich, Adan!«

Calaca senkte den Kopf. »Verzeihen Sie mir. Ich will nur sicher sein, dass Ihre Feinde Ihnen nicht näher sind, als Sie denken.«

Toledo nickte bedächtig. »Nun gut. Finde alles über Harry Gold heraus, was geht. Er hat einen Onkel in Mexico City. Fang bei ihm an. Wenn irgendetwas nicht zusammenpasst, gib mir Bescheid. Aber in der Zwischenzeit braucht der Junge nicht mitzubekommen, dass wir uns über ihn erkundigen.«

»Sie sollten sich nicht ohne Schutz in seiner Nähe aufhalten«, riet Calaca. »Ich schicke Ihnen gleich jemanden. Und die Doppelgänger sollten immer bei Ihnen sein – für alle Fälle.«

»Na gut, Adan. Tu, was du für richtig hältst. Aber denk daran – Harry braucht davon nichts mitzubekommen.«

Calaca nickte und sah seinem Boss nach, der das Atrium verließ und wieder zum Swimmingpool ging. Dann hörte er draußen seine dröhnende Stimme: »Harry, iss doch noch etwas! Wir müssen dich ein wenig aufpäppeln, wie einen Mexikaner ...«

Er überließ sie sich selbst, doch er zog ein Funkgerät aus der Hosentasche, drückte auf den Sendeknopf und beorderte zwei Wachen und zwei Doppelgänger zu der Gesellschaft am Pool. Dann begab er sich in den Keller des Hauses.

Dort hatte Calaca ein Büro. Gegenüber befand sich eine Zelle mit dicken Eisenstäben. Zu diesem Bereich hatte außer Calaca und Martinez niemand Zutritt, doch sein Boss interessierte sich nicht dafür. Das Büro war geräumig, zehn Mal zehn Meter, und voll mit Telefonleitungen, Glasfaser-Internet-Kabel und Hochleistungsrechnern. Adan Ramirez war ein einfacher Mann aus einfachen Verhältnissen, aber er hatte frühzeitig begriffen, dass er die Sicherheit seines Chefs nur garantieren konnte, wenn er sich mit der Technologie auskannte, die seine Feinde gegen ihn einsetzen konnten. Diese Computerterminals verschafften ihm unter anderem direkten Zugang zu den Akten des *Centro de Investigación y Seguridad Nacional* – dem mexikanischen Geheimdienst. Jede Information, die er brauchte, konnte er innerhalb weniger Minuten abrufen.

Calaca setzte sich vor einen Bildschirm, loggte sich ein und tippte die Worte HARRY GOLD ein.

Kurz musste er warten, dann wurden die Informationen gesendet.

Zuerst bekam er Harrys Geburtsurkunde geliefert. Geboren am 3. September 1995 im University College Hospital in London. Eltern Oliver und Fenella Gold, kürzlich verstorben. Er fand zwei Passbilder, eines, das Harry im Alter von fünf Jahren zeigte, und das zweite mit zehn – und beide zeigten den richtigen Jungen. Es gab eine Auflistung aller Flüge, die Harry je genommen hatte, bis zu seiner letzten Reise von Heathrow nach Mexico City. Calaca vermerkte seine Ankunftszeit und ging dann die weiteren Informationen durch.

Es war enttäuschend: nichts Verdächtiges, nichts, was vermuten ließ, dass Harry irgendwelche Erfahrungen mit Schusswaffen hatte, oder was auf etwas anderes schließen ließ als auf ein verwöhntes Kind mit zu viel Freizeit und zu viel Geld.

Nach einer halben Stunde änderte Calaca seine Suche.

FRANK GOLD.

Auf dem Bildschirm erschien das Bild eines alten Mannes. Den Angaben zufolge war er 1931 in Blackburn, Lancashire geboren. Seit fünfzehn Jahren hielt er sich in Mexiko auf. Davor war er Bauingenieur gewesen, der auf der ganzen Welt gearbeitet hatte. Nichts wies darauf hin, dass er etwas anderes war als die vielen anderen in Mexico City lebenden Briten.

Calaca loggte sich aus den Akten des Geheimdienstes aus und gab eine andere IP-Adresse ein: die der Flughafensicherheit am Mexico International Airport. Er tippte einen Benutzernamen und ein Passwort ein, das er durch die Bestechung eines Mitglieds der Flughafensicherheit bekommen hatte, und gleich darauf hatte er Zugang zum Bildmaterial der Überwachungskameras der letzten Woche. Er checkte die Ankunftszeit, die er sich aus Harrys Angaben abgeschrieben hatte, und rief die Daten für die Sicherheitskamera im Terminal 2 auf. Ein körniges Schwarz-Weiß-Bild des Flughafens erschien auf dem Schirm, darunter eine Zeitangabe. Calaca navigierte zu einem Zeitpunkt zwanzig Minuten nach Ankunft von Harrys Flug und lehnte sich zurück, um sich die Aufnahmen anzusehen.

Harry tauchte nach ungefähr zehn Minuten mit zwei

Koffern in der Hand auf, die er abstellte und sich umsah, während die anderen Passagiere an ihm vorbeiströmten. Gleich darauf schien er jemanden zu entdecken, nahm seine Koffer wieder auf und ging los. Der Winkel der Überwachungskamera war ungünstig, aber der Mann, auf den er zuging, schien Frank Gold zu sein. Harry streckte ihm die Hand hin, aber Frank umarmte ihn. Calaca schien es, dass er sich wirklich freute, ihn zu sehen. Entweder war er ein hervorragender Schauspieler oder es war ein echtes Wiedersehen.

Er hielt den Film an und betrachtete das Bild von Harry und Frank Gold mehrere Minuten lang. Waren sie authentisch? Es schien jedenfalls so. Vielleicht hatte sein Boss recht und Harry Gold war tatsächlich der, der er zu sein behauptete. Calaca wusste nicht genau, warum, aber aus irgendeinem Grund fand er den Gedanken enttäuschend.

Es gab nur noch eines, was er tun konnte. Er war sich nicht sicher, ob sein Boss damit einverstanden wäre, aber Martinez musste es ja nicht erfahren. Calaca verließ den Keller, schloss ab und ging wieder nach oben.

Draußen war es mittlerweile dunkel. Aus dem Atrium hörte er seinen Boss mit den Jungen reden, daher störte er sie nicht und verließ das Haus. Der Range Rover, mit dem er Harry abgeholt hatte, stand noch am Haupttor. Er stieg ein, ließ den Motor an und hatte kurz darauf den Sicherheitswall des Anwesens passiert. Dann fuhr durch die Nacht Richtung Mexico City.

Um zehn Uhr abends machte sich Frank Gold bereit, ins Bett zu gehen. Das lief immer nach dem gleichen Schema ab: Er verschloss alle Fenster und Türen seines Hauses, dann überprüfte er die wahrscheinlichsten Stellen für Wanzen – hinter den Ventilatoren und den Bildern. Er wusste, dass er übervorsichtig war, aber es war eine lebenslange Gewohnheit. Erst als er davon überzeugt war, dass das Haus sicher war, ging er ins Bad, um sich die Zähne zu putzen.

Er drückte gerade Zahnpasta auf die Zahnbürste, als er ein Geräusch hörte. Ein Knirschen. Er sah auf und betrachtete sein Spiegelbild.

Stille.

Frank drehte den Wasserhahn auf und hielt die Zahnbürste unter den Strahl.

Eine Tür quietschte. Wieder sah er in den Spiegel und erstarrte.

Hinter ihm stand jemand. Frank erkannte ein monströses Gesicht mit nur einem Auge. Der Mann trug ein grünes, mexikanisches Fußballtrikot und hatte eine Pistole auf Franks Hinterkopf gerichtet.

»Eine Bewegung, die mir nicht gefällt, und ich schieße«, drohte der Mann mit heiserer Stimme.

Ganz langsam legte Frank die Zahnbürste neben das Waschbecken, drehte den Wasserhahn zu und hob die Hände über den Kopf. »Immer mit der Ruhe«, sagte er mit zitternder Stimme. Im Spiegel sah er, wie der Einäugige einen Schritt zurücktrat.

»Los, ins Schlafzimmer!«, befahl der Eindringling.

Frank setzte sich dort auf den Bettrand, die Hände

über dem Kopf. Der Einäugige schob sich einen Sessel so hin, dass er ihm zwei Meter entfernt gegenübersaß. Die Waffe hielt er auf Franks Brust gerichtet.

»Nun«, begann er, »ich werde Ihnen ein paar einfache Fragen stellen und Sie werden sie mir beantworten. Wer ist Harry Gold?«

Frank starrte den Eindringling an. Wenn der irgendeinen Verdacht schöpfte, dass er log, würde Harry noch in derselben Nacht sterben.

»Mein … mein Neffe«, stammelte er. »Eigentlich mein Großneffe.«

Der Eindringling lächelte dünnlippig. »Sie lügen. Wenn ich mit Ihnen fertig bin, werden Sie mir die Wahrheit sagen. Warum ersparen Sie sich nicht die Schmerzen und sagen mir gleich die Wahrheit?«

Frank schüttelte den Kopf. »Ich verstehe das nicht. Da muss ein Irrtum vorliegen. Ich … ich habe gehört, was heute Morgen passiert ist, aber die Polizei wollte mir nicht sagen, wo er ist. Wissen Sie es? Er hat mich angerufen, aber er hat nicht gesagt, wo …«

Er beendete den Satz nicht. Der Mann senkte die Waffe auf Franks Bein und schoss. Die Pistole hatte keinen Schalldämpfer, sodass der Knall ohrenbetäubend laut war. Frank zuckte zusammen, fest der Ansicht, er sei getroffen. Doch er spürte nur den Luftzug, als die Kugel an seinem linken Bein vorbeipfiff und harmlos in der Matratze landete.

»Ich schieße nie daneben, alter Mann«, erklärte der Eindringling. »Die nächste Kugel trifft Ihr Knie. Wissen Sie, wie schmerzhaft das ist?«

Frank schüttelte den Kopf. Die Gedanken rotierten in seinem Kopf wie in einer Zementmischmaschine. Er kannte den Mann natürlich, er erinnerte sich an die Einsatzunterlagen und wusste, wozu er fähig war. Adan Ramirez hegte offensichtlich einen Verdacht gegen Harry. Aber es war nur ein Verdacht: Hätte er etwas Konkretes gehabt, wäre Harry bereits tot. Und Frank höchstwahrscheinlich auch.

Also musste er die Tarnung aufrechterhalten. Selbst wenn Ramirez ihm die Kniescheibe wegschoss, musste er die Tarnung aufrechterhalten …

»Bitte erschießen Sie mich nicht!«

»Dann sagen Sie mir, wer Harry Gold ist!«

»Ich schwöre es«, flüsterte Frank. »Ich weiß nicht, wovon Sie reden. Ich mache mir doch nur Sorgen um ihn!«

Es war unmöglich, in Ramirez' Gesicht zu lesen.

»Ich zähle bis drei«, sagte er. »Eins …«

»Ich weiß nicht, wovon Sie reden!«

»Zwei …«

»Bitte, Señor, Sie müssen mir glauben!«

»Drei!«

Die Männer sahen einander an, Frank panisch und mit weit aufgerissenen Augen, Ramirez leicht verwundert, als wäre seine Befragung nicht so verlaufen, wie er es sich vorgestellt hatte. Dann stand er auf und sagte: »Na gut, belassen wir es für diesmal dabei. Versuchen Sie nicht, mit Harry Kontakt aufzunehmen, wenn Sie wollen, dass er am Leben bleibt. Haben Sie das verstanden?«

Frank nickte.

»Wir haben unsere Augen überall, Señor Gold. Wenn Sie die Polizei rufen, werde ich zehn Minuten später davon wissen. Begehen Sie nicht den Fehler, mir nicht zu glauben.«

»Ja, Señor«, erwiderte Frank leise. »Sagen Sie mir nur, ob es ihm gut geht.«

»Im Augenblick schon«, antwortete Ramirez und winkte mit der Pistole. »Machen Sie die Tür auf und lassen Sie mich hinaus. Los!«

Hinter seinem Fenster beobachtete Frank, wie Ramirez in seinem Range Rover davonfuhr. Seine Hände zitterten und sein Magen rebellierte. Erst als die Rücklichter verschwunden waren, machte er den Anruf über ein gesichertes, codiertes Satellitentelefon, das er unter einer losen Diele in seinem Schlafzimmer verborgen hatte.

»Ich bin es«, meldete er sich.

»Was gibt es?« Michaels Stimme klang wachsam und alarmiert, obwohl es in England halb vier Uhr morgens war. »Sie klingen so außer Atem.«

Frank erzählte ihm, was vorgefallen war. »Sie verdächtigen ihn«, erklärte er. »Wir sollten ihn rausholen.«

Es folgte eine Pause.

»Negativ«, antwortete Michael.

»Das ist Wahnsinn!«

Aber Michael ließ sich nicht beirren. »Wenn sie ihn wirklich verdächtigen würden, dann wärt ihr beide bereits tot. Das wissen Sie genau. Bleiben Sie wachsam und tun Sie genau das, was Ramirez Ihnen gesagt hat. Er muss glauben, dass er Sie zu Tode erschreckt hat.«

Er hat mich zu Tode erschreckt, dachte Frank, als er auflegte. Er versteckte das Satellitentelefon wieder, dann ging er in die Küche, wo er eine Flasche Malt-Whisky aus dem Schrank nahm. Er wurde langsam zu alt für so etwas, stellte er fest, und im Augenblick brauchte er dringend einen Drink.

Lauschangriff

Es schien ihm, als hätte das Essen eine Ewigkeit gedauert. Es war eine peinliche Angelegenheit gewesen, voller Gesprächspausen und finsterer Blicke von Raul. Martinez selbst hatte es anscheinend genossen, fast fröhlich hielt er die Unterhaltung in Gang – doch Zaks Gedanken waren ganz woanders.

Worüber hatte Calaca so dringend mit seinem Boss reden müssen? Und warum waren gleich nach ihrem kurzen Gespräch die Doppelgänger und die Wachen angerückt? Etwas sagte Zak, dass es bei der Konferenz der beiden um ihn gegangen war. Nachdem er nun wieder in seinem Zimmer war, entschied er, dass er herausfinden musste, was los war. Wenn sie ihm auf der Spur waren, musste er es wissen, damit er den Notruf absetzen konnte und sie ihn rausholten.

Er konnte nicht einfach aus dem Zimmer gehen. Die Sicherheitskamera war auf seine Tür gerichtet, und wenn jemand merkte, wie er um diese Zeit das Zimmer verließ, musste er sicher ein paar unangenehme Fragen beantworten. Aber hier in seinem Zimmer würde er sicherlich nicht die geringsten Informationen finden.

Suchend sah er zur Zimmerdecke.

Sie bestand aus etwa einem Quadratmeter großen Deckenplatten. Zak sprang auf den Tisch, von wo aus er eine der Platten erreichen konnte. Sie bewegte sich, als er dagegendrückte. Er schob sie zur Seite, packte den Rand der Öffnung und zog sich hinauf. Die Muskeln in seinen Armen brannten, als sie sein ganzes Gewicht trugen, doch das Training mit Raf und Gabs zahlte sich aus, sodass er einen Moment später auf den Deckensparren lag und die Platte wieder an ihren Platz schob. Mit dem Fingernagel markierte er sie, damit er wusste, welche es gewesen war, wenn er zurückkam.

Hier oben war es schummrig. Da in seinem Zimmer in die Decke eingelassene Lampen brannten, erleuchteten sie auch noch schwach den Dachboden darüber. Zak sah zur Decke des nächsten Zimmers. Dort waren die Deckenlampen ausgeschaltet.

Das hieß, dass sich dort niemand aufhielt. Hoffentlich.

Zak kroch über die Sparren, sorgsam darauf bedacht, nicht auf die dünnen Deckenplatten zu kommen. Es wäre schlecht zu erklären gewesen, wenn er einen Fuß durch die Decke steckte. Als er der Meinung war, sich über dem nächsten Zimmer zu befinden, bewegte er vorsichtig eine der Deckenplatten – nur ein paar Zentimeter – und sah hinunter.

Das Zimmer war dunkel. Und es war leer.

Er ließ sich hinunter und schwang sich auf das Bett, das seinen Sprung abfederte. Schnell lief er zur Tür, öffnete sie einen Spalt und sah hinaus auf den Gang. Er war leer. Die Überwachungskamera war nach wie vor auf seine Zimmertür gerichtet. Doch sonst sah er keine, daher schlüpfte er hinaus, wandte sich in die entgegengesetzte Richtung und schlich sich in Richtung der Treppe, die zum Atrium hinunterführte. Als er sich hinter das Geländer über der großen Halle duckte, drang der Gesang der Vögel aus ihrem Käfig zu ihm herauf. Er wagte kaum zu atmen, während er über das Geländer spähte. Unten sah er Calaca. Der knochige Mann stand vor dem Vogelkäfig und starrte hinein. Zak duckte sich wieder hinter das Geländer, kroch bis zu der Stelle über Calaca am Vogelkäfig und hockte sich dort hin.

Er lauschte.

Calaca hatte bereits volle fünfzehn Minuten im Atrium gewartet, als Martinez erschien. Er trug einen dicken Bademantel aus Samt und wurde von zwei Wachen und zwei Doppelgängern flankiert. Alle drei Versionen von Martinez rauchten dicke Zigarren und selbst Calaca wusste nicht, welcher der richtige Martinez war, bis sich der Tross zurückzog und die beiden Männer allein miteinander reden ließ. Sie sprachen leise am Vogelkäfig miteinander.

»Nun?«, fragte Martinez.

»Wo ist der Junge?«, fragte Calaca zurück.

»Im Bett. Schläft wahrscheinlich schon tief und fest. Es war ein langer Tag.«

Calaca nickte.

»Vielleicht hatten Sie recht«, meinte er. »Seine Geschichte hält meinen Überprüfungen stand. Er scheint zu sein, was er behauptet.«

Martinez nahm einen tiefen Zug von seiner Zigarre und umgab sich mit einer Rauchwolke. »Es war gut, misstrauisch zu sein«, sagte er. »Ich danke dir dafür.«

Calaca neigte den Kopf.

»Aber wenn Harry Gold nicht Agent 21 ist, dann musst du unser eigenes Sicherheitspersonal noch einmal unter die Lupe nehmen«, fuhr Martinez fort.

»Ich vertraue ihnen allen!«, verwahrte sich Calaca.

»Natürlich vertraust du ihnen«, meinte Martinez. »Deshalb sind sie ja ein solches Risiko. Wenn ich in diesem Haushalt jemanden einschleusen wollte, dann würde ich bei ihnen anfangen. Sie können sich hier frei bewegen und sie sind bewaffnet.« Er sah Calaca bedeutungsvoll an. »Du bist mein Sicherheitschef, Adan. Ich vertraue dir. Aber ich will wissen, ob du in der Lage bist, deine eigenen Leute zu überprüfen. Sonst muss ich mir einen anderen Sicherheitschef suchen, der es kann. Ist das klar?«

Calacas eines Auge zuckte. »Jawohl, Señor Martinez«, sagte er tonlos. »Das verstehe ich.«

»Dann tu, was nötig ist«, erklärte Martinez, sog noch einmal an seiner Zigarre und sah zu den großen Fenstern hinüber. »Was für eine wundervolle Nacht!«, verkündete er. »Schlaf gut, Adan.«

Damit verließ er das Atrium. Kurz darauf ging auch Calaca.

Zak blieb noch eine Weile gegen das Geländer gepresst sitzen. Er hatte genug von dem Gespräch gehört, um zu erkennen, dass es knapp für ihn gewesen war. Irgendwie wussten sie von Agent 21, waren aber der Meinung, dass er es nicht war.

Er wartete darauf, dass im Atrium unter ihm Stille einkehrte, und wollte dann in sein Zimmer zurückkehren. Doch gerade, als er aufstehen wollte, hörte er das Geräusch, vor dem er sich gefürchtet hatte.

Schritte.

Sie kamen aus dem Gang, der zu seinem Zimmer führte. Einen Augenblick lang erstarrte er. Wenn ihn jemand hier fand, wäre er nicht in der Lage, das zu erklären. Sein einziger Fluchtweg war die Treppe hinunter zum Atrium. Daher schlich er sich so schnell und so leise wie möglich in ihre Richtung. Das Atrium wirkte verlassen, also eilte er hinunter und suchte nach einem Versteck. Im Atrium selbst gab es keines – es war viel zu übersichtlich. Daher blieb er am Fuß der Treppe einen Moment lang unschlüssig stehen. Doch als er oben auf dem Treppenabsatz Leute sich unterhalten hörte, wurde ihm klar, dass er hier verschwinden musste. Er sprintete quer durch das Atrium in einen engen Gang, der zu einer Treppe in den Keller führte. Das war nicht ideal – er hatte keine Ahnung, wo die Treppe endete und konnte leicht in eine Sackgasse geraten –, aber jetzt war er da und hatte keine andere Wahl mehr …

Auf der Treppe war es dunkel. Im Keller mündete sie in einen langen Gang. Auf der rechten Seite befand sich eine Stahltür mit einer Zahlentastatur daneben. Beim Anblick der gegenüberliegenden Tür wurde Zak fast schlecht. Es war eine Zelle, ganz ähnlich wie die, in der er am Morgen gesessen hatte, mit stabilen Eisenstangen und einem großen Schloss an der Tür. Sie war leer, aber Zak wollte sich nicht einmal vorstellen, was mit denen geschah, die dort landeten.

Das, dachte Zak, war der letzte Ort, an dem man ihn finden sollte.

Er wartete zwei Minuten, nicht länger, dann schlich er die Treppe auf Zehenspitzen wieder hinauf. Tief Luft holend sah er sich im Atrium um.

Es war verlassen.

Jetzt konnte er nur wieder quer hinüber zur Treppe gehen und hoffen, dass er auf niemanden traf. Er wollte lieber nicht rennen, denn wenn ihn jemand sah, würde das verdächtig wirken. Wenn er normal ging, konnte er sich vielleicht herausreden.

Es schien ihm Ewigkeiten zu dauern, bis er die Treppe erreichte, und noch länger, bis er hinaufgegangen war. Zak spürte sein Herz hämmern, und sein Atem ging, als wäre er gerade kilometerweit gelaufen. Oben an der Treppe ging er die Galerie entlang nach links, bis er in seinen Gang abbog.

Wie erstarrt blieb er stehen.

Knapp fünf Meter von ihm entfernt stand eine Wache – ein junger Mann, kaum älter als zwanzig, mit einer Kakiuniform und einem Gewehr über der Schulter. Zak starrte ihn an.

Der Mann starrte zurück.

Er hielt etwas in den Händen, aber Zak war zu erschrocken, um zu erkennen, was es war. Er suchte fieberhaft nach einer Ausrede, warum er nicht in seinem Zimmer war.

Der Wachmann sah über seine Schulter und dann wieder Zak an. »Bitte sag Señor Ramirez nicht, dass du mich hier gesehen hast«, flehte er. Zu Zaks Überraschung wirkte er verängstigt.

»Wo sollten Sie denn sein?«, wollte Zak wissen. Er versuchte, herrisch zu klingen.

»Draußen. Ich sollte mit den anderen Wachen die Grenzmauer bewachen.« Schuldbewusst betrachtete er die Gegenstände in seiner Hand und endlich sah Zak, dass es Fotografien waren.

Zak richtete sich zu seiner vollen Größe auf und fragte: »Wie heißen Sie?«

»Gonzalez, Señor.«

»Und was sehen Sie sich da an, Gonzalez?«

»Fotos von meiner Familie, Señor. Ich vermisse sie, wenn ich hier bin. Die anderen Wachen lachen mich aus …«

Zak verspürte eine gewisse Sympathie für den jungen Mann, doch er zeigte sie nicht. Gonzalez hatte offensichtlich ein schlechtes Gewissen wegen seines eigenen Treibens, sodass er nicht auf die Idee kam, sich zu fragen, warum Zak im Haus herumwanderte. Das bedeutete, dass Zak die Oberhand hatte und diesen Trumpf ausspielen musste.

»Gehen Sie lieber«, meinte er. »Sofort.«

Der Wachmann nickte schnell. »Vielen Dank, Señor«, sagte er unterwürfig und eilte davon.

Sobald Gonzalez verschwunden war, lief Zak zu dem Zimmer neben seinem eigenen. Sein Herz hämmerte heftig, weil er noch einmal so knapp davongekommen war. Er sprang auf das Bett und zog sich wieder zur Zimmerdecke hinauf.

Eine Minute später war er zurück in seinem eigenen Zimmer, verschwitzt und ganz schwindelig vor Angst. Egal, was kommen mochte, schwor er sich, das war sein letzter Mitternachtsspaziergang in diesem Haus.

Ein Vorschlag

Auch im bequemsten Bett der Welt hätte Zak wohl in dieser Nacht schlecht geschlafen. Gegen Sonnenaufgang nickte er ein, doch dann weckte ihn das Morgenkonzert der Vögel und seine eigenen Sorgen. Seine Mission schien unmöglich. Niemand hatte das Wort Drogen auch nur erwähnt, und Martinez war bei all seinem wohlwollenden Verhalten viel zu klug, etwas zu tun, was ihn vor Zak als Kriminellen dastehen lassen würde. Und es war ausgeschlossen, ihn von seinen Doubles zu unterscheiden. Sie sahen sich nicht nur ähnlich, sie waren identisch.

Da er nicht mehr schlafen konnte, zog er sich an und ging hinaus. Die Kamera war immer noch auf seine Tür gerichtet, doch es war schließlich nichts Verdächtiges dabei, dass er früh aufstand.

Am Pool war es angenehm. Martinez' Butler hatten den Tisch vom Vorabend abgeräumt und es wehte ein frischer Wind. Auf dem Rasen hinter dem Schwimmbecken pickte ein Schwarm Vögel, die Zak nicht kannte, nach Würmern. Einer von ihnen saß auf dem Kopfputz einer *La Catrina*-Statue, doch trotz der gruseligen Statuen war es hier draußen sehr friedlich. Man konnte fast vergessen, dass man von Wachposten und schwer bewaffneter Miliz umgeben war.

Fast, aber nicht ganz.

Eine Weile saß Zak schweigend am Pool und versuchte die Stille zu genießen. Aber er hatte kaum zehn Minuten dort gesessen, als er hinter sich Schritte hörte.

»Bist du ein Frühaufsteher so wie ich, Harry?«, fragte Martinez.

»Ich konnte nicht schlafen«, bekannte Zak.

Martinez setzte sich neben ihn. Er wirkte ernst, die Heiterkeit des Vorabends war aus seinem Blick verschwunden. »Machst du dir etwa immer noch Sorgen wegen der Polizei? Das brauchst du nicht. Ich kontrolliere die Polizei. Oder ist es doch etwas anderes? Wenn man das erste Mal jemanden getötet hat, ist es sehr schwer. Aber danach wird es einfacher.«

Zak sah ihn überrascht an, doch Martinez starrte über das Gelände.

»Weißt du, was ich tue, Harry?«

Zak spürte, wie sich sein Puls beschleunigte. »Nicht genau«, erwiderte er. »Ich meine, ich habe da so eine Vorstellung ...«

»Du bist ein kluger Junge. Ein sehr kluger Junge. Dann erzähl mal, was das für eine Vorstellung ist, die du hast!«

Zak leckte sich über die Lippen, die mit einem Mal ganz trocken waren. »Ich denke, es hat etwas mit Drogen zu tun.«

Martinez lächelte. »Und hältst du mich für einen schlechten Menschen, Harry?«

Zak bemühte sich, ruhig zu klingen, als er sagte: »Ich

bin nur froh, dass Sie mich da bei der Polizei rausgeholt haben.«

»Viele Leute halten mich für einen schlechten Menschen. Aber die sind auch nicht so intelligent wie du. Ich komme aus einem armen Dorf, musst du wissen. Meine Eltern hatten kaum genug Geld, um mich und meine beiden Brüder zu ernähren und für Kleidung. Wenn man in Mexiko arm geboren wird, bleibt man arm – es sei denn, man findet einen Weg, der Armut zu entkommen. Verstehst du das, Harry?«

»Ja, Señor«, antwortete Zak höflich. Aber im Hinterkopf hörte er leise eine Warnung, die Michael ihm mit auf den Weg gegeben hatte. *Martinez kann mit seinem Charme alle um den Finger wickeln. Lass dich nicht davon beeinflussen.*

»Mexikos Wirtschaft hängt vom Drogenhandel ab, Harry. Ohne mich würde sie zusammenbrechen. Die Leute, die die Kokablätter aus Kolumbien importieren – was würde wohl aus denen werden, wenn ich sie nicht für ihre Arbeit bezahlen würde? Denkst du, dass es in Mexiko genügend Arbeit gäbe, dass sie wieder eine Stelle fänden? Und die armen Menschen in den Dörfern wie dem, aus dem ich stamme – glaubst du, die Regierung kümmert sich um sie?«

Zak schüttelte den Kopf.

»*Nein!*« Martinez' Augen leuchteten. »Ich bin es, der etwas für diese Gemeinden tut. Ich bin es, der ihnen Kirchen und Schulen baut. Ich bin es, der sie mit Geld für ihre Kranken versorgt.«

Und du bist es, der ihre Familien umbringt, dachte

Zak. Das Bild der Gehängten, das Michael ihm gezeigt hatte, hatte sich tief bei ihm eingebrannt.

»Die Leute erzählen schreckliche Dinge über mich, Harry. Aber sie verstehen die Wahrheit nicht. Sie verstehen nicht, was ein Mann tun muss, um in dieser Welt etwas zu erreichen. Verstehst du, was ich sagen will?«

Zak nickte.

»Du bist ein guter Junge«, fuhr Martinez fort. »Cruz braucht jemanden wie dich in seiner Nähe. Raul schikaniert ihn nur. Er glaubt, dass ich es nicht sehe, aber ich sehe mehr, als er denkt.« Er tippte sich an die Stirn.

»Warum lassen Sie Raul damit durchkommen?«, fragte Zak.

»Weil ich hoffe, dass Cruz mehr für sich selbst einsteht und dadurch ein Mann wird.«

»Wenn jemand schikaniert wird, ist es schwer für denjenigen, überhaupt etwas zu tun«, meinte Zak.

Martinez warf die Arme in die Luft. »Und was soll ich tun?«, wollte er wissen. »Soll ich danebenstehen und zusehen, wie mein Sohn zu einem nutzlosen Niemand wird?«

»Sie könnten versuchen, ihn einfach er selbst sein zu lassen.« Zak wusste nicht recht, ob er da sprach oder Harry. »Vielleicht würde er Sie ja überraschen.«

»Mich überraschen? Pff …« Martinez stand auf und gestikulierte mit einem Arm in die Runde. »Ich habe mein ganzes Leben schwer gearbeitet, um dieses Imperium aufzubauen. Wie kann ich es Cruz hinterlassen, wenn er keinerlei Interesse an den Geschäften zeigt? Kein Interesse, etwas aus seinem Leben zu machen?

Er will immer nur seine Nase in Bücher stecken. Was kann man denn schon aus Büchern lernen? Raul ist wenigstens begierig. Vielleicht ist er nicht der klügste Junge, der mir je untergekommen ist, aber er will Erfolg haben. Vielleicht kommt das mit dem Grips ja noch.« Wieder sah er über seinen Besitz hinweg.

Martinez klang für Zak, als wolle er sich selbst von etwas überzeugen, und Zak witterte plötzlich eine Gelegenheit. Solange Martinez ihm noch den Rücken zuwandte, zog er sein Handy hervor und schaltete die Tonaufnahme ein, dann steckte er es wieder weg.

»Was passiert eigentlich mit den Kokablättern, wenn sie gepflückt sind?«, fragte er.

Martinez wandte sich zu ihm um und einen Moment blitzte Misstrauen in seinen Augen auf. Dann schien er es im Griff zu haben, doch er wählte seine Worte sorgsam. »Manche Leute behaupten, es gibt Fabriken zur Verarbeitung. Die Kokablätter werden zwei- oder dreimal im Jahr geerntet, aus Kolumbien importiert und dann in Labors im mexikanischen Dschungel gebracht, wo sie vom Rohmaterial in Roh-Kokain umgewandelt werden.«

»Das hört sich kompliziert an«, bemerkte Zak.

»Das ist es auch«, erwiderte Martinez. »Die Männer, die wissen, wie es geht, werden für ihre Arbeit gut bezahlt. Warum interessiert dich das auf einmal?«

Zak sah zur Seite. »Nur so. Es ist nur …«

»Nur was?«

»Nur etwas, was Cruz gesagt hat.«

»Was hat der Junge denn gesagt?«

Zak seufzte, als widerstrebe es ihm, Cruz' Vertrauen

zu missbrauchen. »Er hat zu mir gesagt, er würde gern Wissenschaftler werden.«

»Wie um alles in der Welt soll man denn mit den Wissenschaften Geld verdienen?«, wollte Martinez wissen.

»Nun, ich weiß nicht. Das, was in diesen Labors passiert ... das hört sich für mich schon nach Wissenschaft an.«

Martinez schwieg und blinzelte Zak an, der darauf hätte wetten können, damit die Aufmerksamkeit des Drogenbarons gewonnen zu haben.

»Ich meine, es ist nur so ein Gedanke ... Aber wenn Sie Cruz zeigen, was dort gemacht wird, dann interessiert ihn das vielleicht.«

»Glaubst du?«

Zak zuckte mit den Achseln. »Es ist einen Versuch wert, oder?« Er konnte nicht glauben, was er da für einen Vorschlag machte. Die meisten Jungen in seinem Alter gingen mit ihren Vätern zu Fußballspielen. Und er versuchte, Martinez dazu zu überreden, seinem Sohn ein Drogenlabor zu zeigen. Wenn das nicht mal schiefging ...

»Steh auf, Harry Gold«, verlangte Martinez.

Zak erhob sich.

Martinez trat auf ihn zu, und Zak wurde das Gefühl nicht los, als mustere ihn der Drogenbaron prüfend und suche in seinem Gesicht nach irgendwelchen Anzeichen für Betrug. Doch dann umarmte er Zak plötzlich ohne jede Vorwarnung, wie am Vortag.

»Ich wusste doch, dass du einen guten Einfluss auf

meinen Sohn haben würdest«, erklärte er. »Das habe ich gleich gewusst, als ich dich gesehen habe. Du wirst mit uns kommen. Zusammen machen wir aus meinem Sohn einen Martinez, der diesen Namen verdient!«

Er löste sich von Zak und wandte sich dem Haus zu.

»Weckt Cruz auf!«, brüllte er, sodass die Vögel auf dem Rasen erschrocken aufflogen. »Und holt Adan! Macht den Hubschrauber klar! Wir machen einen Ausflug. Jetzt! Harry, du kommst mit mir!«

Michael hatte Martinez als *impulsiv* bezeichnet. Das stimmte wohl.

Auf Befehl des Drogenbarons wimmelte es plötzlich von Wachen, die ums Haus hasteten. Martinez selbst joggte in Richtung Atrium. Zak stoppte den Aufzeichnungsmodus und eilte ihm nach.

Zwei Minuten später war Zak wieder in seinem Zimmer. Sein Herz raste – das ging alles so viel schneller, als er erwartet hatte. Er musste einen Moment nachdenken. Er zog das Handy aus der Tasche und berührte den Touchscreen. Es erschien ein Spiel und ein lustiges kleines Lied erklang. Doch nach zehn Sekunden erschien ein leerer Bildschirm mit Platzhaltern für einen sechsstelligen PIN-Code. Zak gab den Code ein, und gleich darauf zeigte ihm ein kleines Icon an, dass er mit Michaels Satellitennetzwerk verbunden war. Schnell lud er die Tondatei hoch und eine Grafik zeigte ihm den Status an. 10 %, 20 %, 50 % …

Während das Handy die Daten hochlud, legte Zak es aufs Bett und ging die Anziehsachen in seinem Schrank durch. Schnell fand er, was er brauchte – ein kurzärmeliges hellblaues Hemd. Normalerweise würde er so etwas nicht tragen, doch es hatte einen entscheidenden Vorteil: eine Brusttasche auf der linken Seite. Er schätzte, dass sie etwa zehn Zentimeter tief war. Perfekt für das, was er vorhatte.

Es klopfte an der Tür.

»Einen Augenblick!«, rief Zak und rannte zum Handy.

60 %, 70 % …

»Harry? Ich bin es, Cruz. Weißt du, was da los ist?«

80 % … 90 %… Schnell wechselte Zak das Hemd.

»Ich bin gleich da!«

100 %.

Zak unterbrach die Satellitenverbindung, gerade als er von draußen ein nur allzu bekanntes Geräusch hörte. Ein Schatten wanderte über sein Fenster und auf dem Rasen davor ging ein Hubschrauber nieder.

Schnell öffnete er die Tür, vor der Cruz stand. »Tut mir leid«, keuchte Zak. »Ich war im Bad.«

»Was ist denn los?«, fragte Cruz. »Mein Dad hat uns zu sich bestellt … dich und mich.« Er sah über Zaks Schulter hinweg. »Wozu denn der Helikopter? Stimmt etwas nicht?« Panik stand in seinen Augen.

Zak bemühte sich, locker zu bleiben. »Es ist alles in Ordnung. Ich glaube, dein Vater will mit uns einen kleinen Ausflug machen.«

»Einen Ausflug? Was für einen Ausflug? Wohin?«

Zak lächelte. »Das soll er dir besser erklären«, sagte er. »Ich glaube, er will dir etwas zeigen.« Er zog die Tür hinter sich zu. »Komm, wir sollten besser los.«

Das Labor

»Señor, das ist nicht *sicher!*« Calaca stand mit seinem Boss im Atrium und der Schweiß lief ihm über die Stirn. Er konnte seinen eigenen Körpergeruch riechen. »Sie besuchen die Labors *nie!* Sie besuchen *nie* die Orte, die irgendetwas mit dem Geschäft zu tun haben, und das aus gutem Grund. Wenn Sie dort jemand sieht …!«

Martinez hob Einhalt gebietend die Hand und sagte: »Adan, das ist mir wirklich wichtig.«

»Wenn Sie unbedingt gehen müssen, dann warten Sie doch noch einen Tag. Lassen Sie mich angemessene Sicherheitsvorkehrungen treffen.«

»Pff …« Martinez wedelte die Bedenken seines Sicherheitschefs fort.

»Dann nehmen Sie ein paar Doppelgänger mit. Oder zumindest mich.«

»Das ist nicht notwendig. Ich habe meine Gründe, Adan, du hast deine. Wenn wir heute Abend zurückkehren, möchte ich wissen, wie du mit deinen Nachforschungen vorankommst. Ich will wissen, wer unser Verräter ist.«

Calaca presste die Lippen zusammen. »Sie wissen, dass ich tue, was nötig ist. Aber ich wünschte, Sie würden auf mich hören, Señor. Was ist, wenn das eine Art Falle ist?«

»Eine Falle?«, lächelte Martinez. »Wie soll es denn eine Falle sein, wenn es doch *meine* Idee war, die mir erst vor einer Stunde gekommen ist? Soweit mir bekannt ist, sind unsere Feinde keine Gedankenleser.«

»Dann lassen Sie wenigstens Harry Gold hier«, riet Calaca. »Es gibt keinen Grund, ihn mitzunehmen.«

Martinez' Gesicht verdüsterte sich. »Adan, darüber haben wir bereits gesprochen. Harry Gold ist ein Freund. Durch ihn habe ich diese Gelegenheit, meinem Sohn näherzukommen. Willst du das abstreiten?«

Calaca antwortete nicht.

»*Willst du das abstreiten?*«

»Nein, Señor.«

»Wie erfreulich, das zu hören. Heute Abend, Adan. Ich will unseren Verräter heute Abend haben! Ansonsten muss ich mich fragen, ob du wirklich so loyal bist, wie du sagst.«

Calaca runzelte die Stirn. »Ja, Señor.«

»Cruz! Harry!«

Calaca sah die beiden Jungen das Atrium betreten. Martinez legte ihnen jeweils einen Arm um die Schultern. Plötzlich war es, als sei Calaca gar nicht mehr im Raum.

»Der Hubschrauber wartet!«

»Wohin fliegen wir denn, Vater?«, erkundigte sich Cruz.

»Warte es ab. Ich glaube, du wirst es dort interessant finden, nicht wahr, Harry?«

»Ja«, bestätigte Harry Gold. »Sehr interessant.«

Einen flüchtigen Augenblick lang glaubte Calaca,

dass der Junge ihm bei diesen Worten einen schuldbe-
wussten Seitenblick zuwarf.

Die Türen des Helis standen offen und die Rotorblätter liefen. Fünf Meter vor dem Helikopter standen zwei
Wachen mit fliegenden Haaren und M16-Sturmgeweh-
ren. Martinez rannte mit Cruz und Zak auf den Helikopter zu und stieg als Erster ein, dann Cruz. Als Zak
an der Reihe war, sah er sich noch einmal um.

Raul rannte auf sie zu. »Wartet! Wo fliegen wir denn
hin?«

»Ich glaube nicht, dass du eingeladen bist.«

Raul starrte Zak wütend an, schien aber nicht zu wissen, was er sagen sollte.

Zak zwinkerte ihm zu, sprang in den Helikopter und
rief: »Wir sehen uns später!«

Martinez Hubschrauber war wesentlich komfortab-
ler als der, in dem Zak nach St. Peters Crag geflogen
war. Die Sitze waren aus Leder und verfügten jeder
über einen eigenen Bildschirm. Und nachdem die Türen geschlossen waren, wurde der Motorlärm viel leiser, als wäre die Kabine schallisoliert. Sobald die beiden Wachen ebenfalls eingestiegen waren und ihren
Posten an den Türen eingenommen hatten, hoben sie
ab. Nur wenige Sekunden später lag das Martinez-Anwesen klein und weit entfernt unter ihnen.

Zak steckte nervös die Hand in die Tasche und fühlte, ob sein Handy da war. Er fragte sich, ob es seine Position verriet. Hoffentlich. Sein Vorhaben war gefährlich. Wenn man ihn schnappte, würden Raf und Gabs

ihn früher als erwartet rausholen müssen. Vorausgesetzt, er lebte dann noch.

»Du hast mir immer noch nicht gesagt, wohin es geht«, sagte Cruz.

»Ich will dir etwas zeigen«, erklärte Martinez und lächelte Zak kurz zu.

Ihr Flug dauerte etwa eineinhalb Stunden. Cruz hatte sich ein Buch mitgenommen und las, während Zak aus dem Fenster schaute und verfolgte, wie sich das Land unter ihnen veränderte. Zuerst flogen sie über Städte und kleinere *Pueblos,* doch je weiter sie nach Süden kamen, desto grüner und dichter bewachsen wurde das Land. Im Osten bemerkte Zak eine Bergkette.

»Die *Sierra Madre del Sur«,* erklärte Martinez. »Sehr schön.«

Als sie schließlich an Höhe verloren, sah Zak, dass sie über einen scheinbar undurchdringlichen Dschungel flogen, in dem blaue Seen lagen. Der Helikopter flog mit leicht erhobenem Heck knapp fünf Meter über die Baumwipfel dahin, dann stoppte er ab und schwebte über einer Lichtung, die gerade groß genug war, dass er dort landen konnte. Vorsichtig dirigierte der Pilot den Hubschrauber auf den Boden.

Zuerst stiegen die Wachen aus und überprüften sorgfältig das Gelände um den Hubschrauber herum, um sicherzugehen, dass es keine unangenehmen Überraschungen geben würde.

»Ist es hier sicher?«, fragte Cruz. Er konnte seine Nervosität nicht ganz verbergen.

Martinez blickte ernst drein. »Wir sind hier im

Dschungel von Lacandon, der sehr groß ist. Die Behörden können unsere Aktivitäten hier nicht orten. Die Satellitenaufnahmen sind schlecht, weil das Blätterdach so dicht ist. Auch Flugzeuge oder Hubschrauber können uns hier nicht aufspüren. Und diese Lichtung ist wie eine Stecknadel im Heuhaufen. Harry, du siehst besorgt aus?«

Zak schüttelte den Kopf und versuchte sich von dem, was Martinez eben gesagt hatte, nicht aus der Fassung bringen zu lassen. »Nein, alles in Ordnung.«

»Gut. Steigen wir aus.«

Sie verließen den Hubschrauber. Draußen war es unglaublich heiß und die Luftfeuchtigkeit wahnsinnig hoch. Schon nach wenigen Sekunden war Zaks Haut von Schweiß überzogen. Vier dunkelhäutige Männer traten aus dem Dschungel auf die Lichtung. Sie trugen Kalaschnikows und hatten Munitionsketten um den Körper geschlungen.

Einer der Männer näherte sich ihnen. Er trug eine Sicherheitsweste und einen grünen Militärhelm und sah die drei misstrauisch an. »Señor Martinez, welch unerwartete Freude!«

Zak hatte allerdings den Eindruck, als sei er nicht *besonders* erfreut.

»Mein Name ist Andreas. Señor Ramirez hat vor einer Stunde angerufen und mich gebeten, mich um Sie zu kümmern.«

»Haben Sie Familie, Andreas?« Martinez sprach leise, lauernd. Alle Freundlichkeit, die er Zak gegenüber an den Tag gelegt hatte, war verschwunden.

Andreas antwortete stolz: »Ja, Señor. Meine Frau hat gerade Zwillinge bekommen.«

Martinez nickte. »Ich gratuliere. Das hier sind mein Sohn Cruz und sein Freund Harry aus London.« Er leckte seine Fingerspitzen an und strich sich das Haar glatt. »Sollte ihnen heute irgendetwas zustoßen, werden es Ihre Zwillinge mit dem Leben bezahlen.«

Zak versuchte, nicht zu geschockt dreinzusehen. In Andreas' Gesicht spannten sich alle Muskeln an.

»Ja, Señor.«

»Ich möchte meinem Sohn eines unserer Labors zeigen. Wie weit ist es zum nächsten?«

Andreas wirkte nervös. »Señor, ich glaube nicht, dass es eine gute Idee ist, wenn Sie …« Er kam ins Stottern, als Martinez ihm einen vernichtenden Blick zuwarf.

»Ich habe Sie nicht um Ihre Meinung gebeten«, sagte er leise.

»Ja, Señor.«

»Wie weit ist es bis zum nächsten Labor?«

»Zwei Kilometer, Señor. Aber der Hubschrauber hat Sie in einer sicheren Zone abgesetzt. Hier gibt es keine Straßen. Wir müssen zu Fuß gehen.«

Martinez nickte. »Gehen Sie vor.«

Sie bildeten einen Konvoi: Zwei Wachen gingen voraus, dann kamen Martinez, Cruz und Zak und hinter ihnen folgten zwei weitere Wachen.

Sobald sie von der Lichtung in den Dschungel traten, hatte Zak das Gefühl, sich in einer anderen Welt zu befinden. Es war viel dunkler, denn durch das dichte Blätterdach über ihnen fielen nur wenige Sonnenstrahlen. Die Luftfeuchtigkeit war noch einmal doppelt so hoch und nach kaum einer Minute glaubte er, sich das Wasser aus den Augen wischen zu müssen. Merkwürdig quiekende und raschelnde Geräusche drangen aus dem Dschungel. Es war unmöglich, zu sagen, wovon sie verursacht wurden oder wie weit sie entfernt waren. Der Boden unter ihren Füßen war manchmal weich und moosbedeckt, manchmal hart und von Wurzeln durchzogen. Gelegentlich blitzte es in dem grünen Dickicht farbig auf – eine orchideenähnliche Blüte oder ein leuchtend bunter Papagei auf einem Ast.

Trotz der Hitze fröstelte Zak. Es war alles so schnell gegangen. Irgendwie war es ihm gelungen, Martinez zu seinen Drogenproduktionsanlagen zu lotsen – ein Ort, an dem er, wie Michael sagte, sich sonst nie blicken ließ. Das war seine Chance, die Chance, belastendes Material zu beschaffen, doch wie sollte er das anstellen? Er konnte ja Martinez schlecht bitten, sich neben einen Haufen Kokain zu stellen und »*Cheese!*« zu sagen.

Sie wanderten schweigsam dahin. Gelegentlich blieben sie stehen und einer der Wachleute lief voraus, um den Pfad zu überprüfen. Sie kamen nur langsam voran und brauchten fast eine Stunde.

Schließlich erreichten sie eine weitere Lichtung. Doch anders als bei dem Gelände, auf dem vorher der Hubschrauber gelandet war, standen hier noch ein paar Bäume – genug, um den Ort aus der Luft zu verbergen, auch wenn sie weit weniger dicht standen als im Dschungel. Dort hielt ihr Konvoi an und Zak sah sich auf der Lichtung um.

Es war wie ein kleines Dorf aus einfachen Gebäuden, die man notfalls problemlos zurücklassen konnte. Fünf Hütten hatten schräge Metalldächer. Zwischen ihnen führte ein Pfad hindurch. Im rechten Winkel dazu strömte ein schnell fließender Fluss dahin, über den mit Holzplanken eine provisorische Brücke gelegt war. Zwischen der Brücke und den Hütten stand auf einer Seite ein riesiger Generator, so groß wie ein Wohnwagen, aus dem ein schleifendes Summen ertönte und von dem der Geruch von Diesel ausging. In regelmäßigen Abständen waren um die Lichtung herum weitere sieben oder acht Wachen postiert. Aber es gab auch andere Leute, von denen einige mit Klemmbrettern herumliefen. Ein etwa sechzigjähriger Mann kam auf sie zu. Er trug einen weißen Laborkittel und eine eckige Brille, und er vermied es, Martinez in die Augen zu sehen.

»Es ist mir eine Ehre, Sie hier begrüßen zu dürfen, Señor«, sagte er.

Martinez nickte. »Dr. Sanchez. Das ist mein Sohn Cruz. Ich möchte, dass Sie ihm zeigen, was Sie hier machen.

»Selbstverständlich, Señor.« Sanchez lächelte Cruz ein wenig nervös an. »Bitte, hier entlang.«

Cruz sah kurz seinen Vater an, der ihm zunickte, dann folgte er Dr. Sanchez durch das Lager. Zak und Martinez gingen hinterher und standen gleich darauf in einer der Hütten.

So schäbig die Hütten von außen auch wirkten, so modern waren sie ausgestattet. Fußboden und Wände bestanden aus gebürstetem Stahl und von der Decke hingen helle Halogenlampen. Mitten im Raum standen auf ein paar robusten Tischen mehrere große Keramikbehälter, so groß wie Badewannen.

Dr. Sanchez räusperte sich und erklärte: »Das ist ein Labor für Roh-Kokain. Die Kokablätter werden in Kolumbien geerntet und durch Zugabe von Zementpulver verarbeitet.«

»Zementpulver?«, fragte Zak. »Wozu?«

Dr. Sanchez hatte schon den Mund geöffnet, um zu antworten, doch Cruz kam ihm zuvor. »Weil es alkalisch ist. Das Alkali im Zementpulver ermöglicht es, das Alkaloid aus den Blättern zu extrahieren.«

Zak warf Martinez einen Blick zu. Plötzlich glänzten die Augen des Drogenbarons vor Stolz.

»Genau«, bestätigte Sanchez, der recht beeindruckt schien. »Genau so ist es. Nachdem die Alkaloide extrahiert wurden, verarbeitet man die Blätter zu Kokapaste. Sie lässt sich leichter transportieren als die Blätter und daher bekommen wir sie in dieser Form hier angeliefert.« Er ging zu einer der Keramikwannen. »Die Kokapaste wird mit Salzsäure gemischt …«

»Die Säure dient als Lösungsmittel?«, fragte Cruz.

Sanchez musterte ihn über den Rand seiner Brille hinweg. »In der Tat, junger Mann. Danach fügen wir eine Kaliumpermanganatlösung hinzu, um die verbliebenen Alkaloide zu extrahieren. Ansonsten würde der Kristallisationsprozess des fertigen Produkts sehr schwierig.«

Zak trat einen Schritt zurück. Zwei bewaffnete Wachen standen an der Tür zum Labor und wirkten sehr aufmerksam. Zak hätte mit seinem Handy gern ein paar Aufnahmen von Martinez in dieser kompromittierenden Situation gemacht, aber das war schlicht unmöglich.

Dr. Sanchez erklärte weiter: »Wir lassen die Mischung ein paar Stunden lang stehen und filtern sie dann. Der Katalysator wird entfernt ... Du weißt, was ein Katalysator ist, Cruz?«

Cruz nickte.

»Er ist ein sehr cleverer Junge, Señor Martinez«, bemerkte Sanchez. »Zu dieser Lösung fügen wir Ammonium hinzu und ein weiterer Katalysator wird gebildet. Das Ergebnis trocknen wir unter Wärmelampen.« Er sah zu Martinez hinüber. »Ich kann es ihm zeigen, wenn Sie möchten.«

Sanchez führte sie in eine andere Hütte. Hier standen vier Tischreihen, über denen lange, schmale Wärmelampen hingen. Auf den Tischen befanden sich Tabletts mit weißem Pulver.

»Das ist Roh-Kokain«, erklärte Sanchez. »Es löst sich bei geringen Temperaturen auf, daher ist es zum Inhalieren geeignet. Aber das meiste Kokain wird geschnupft – durch ein Röhrchen, etwa einen zusammengerollten Geldschein. Deshalb müssen wir es in eine wasserlösliche Form bringen, die die Nasenschleimhaut durchdringen kann. Dafür wird in einem letzten Verarbeitungsschritt das Kokain zu Kokain-Hydrochlorid umgewandelt.«

Er führte sie in ein drittes Labor. Es unterschied sich von den anderen dadurch, dass an einer Wand ungefähr dreißig Mikrowellenherde hingen. Auf dem Boden standen weitere Keramikwannen.

»Wir lösen das Roh-Kokain in Aceton und fügen noch mehr Salzsäure hinzu«, erklärte Sanchez. »Das bewirkt, dass das Kokain zu einem Salz kristallisiert. Das gewonnene HCl wird in diesen Mikrowellenherden getrocknet. Das erfordert viel Geschick, denn wenn es überhitzt wird, verliert es seine Eigenschaften und wird wertlos. Drei Männer sind bereits …« Er sah Martinez an und brach ab, sodass Zak sich fragte, was wohl mit diesen drei Männern geschehen war. »Möchten Sie, dass ich Ihnen noch mehr zeige, Señor Martinez?«

Martinez sah seinen Sohn an und fragte: »Möchtest du noch mehr sehen, Cruz?«

Cruz nickte. Zum ersten Mal, seit Zak ihn kannte, schien er tatsächlich von etwas begeistert zu sein. Dr. Sanchez führte sie aus der dritten Hütte hinaus und ging mit ihnen ein paar Minuten durch das merkwürdige Dschungelcamp. Zak spürte, dass die Leute sie beobachteten, doch sie hielten sich fern. Ohne Frage wussten sie, wer ihr Besucher war, und sie kannten seinen Ruf. Zak steckte die Hand in seine Tasche und schloss sie um das Handy.

Dann kamen sie zu einem wesentlich größeren Gebäude – nicht hoch, aber lang und breit. Darin arbeiteten etwa fünfzehn Leute an einer großen Maschine in der Mitte des Raumes, die etwa zwei Meter hoch und einen Meter breit war. In der Ecke zu ihrer Rechten standen fünf große Ölfässer und auf der anderen Seite stand eine blaue Holzpalette, auf der so etwas wie blasse Ziegelsteine lagen.

Martinez legte Cruz den Arm um die Schultern und trat mit ihm zu der Maschine. Zak drückte sich noch einen Augenblick an der Tür herum. Da sich aller Augen wie gebannt auf den Drogenbaron und seinen Sohn richteten, achtete niemand auf Zak. Er sah sich nach Überwachungskameras um. Nichts. Also schlenderte er unauffällig zu den Ölfässern hinüber und stellte sich dahinter. Er zog das Handy aus der Tasche und aktivierte die Kamera. Seine Hände zitterten und er holte tief Luft, um sich zu beruhigen, bevor er das Handy in die Brusttasche seines Hemdes gleiten ließ, sodass die Kameralinse gerade noch hervorsah. Dann trat er wieder hinter den Fässern vor und gesellte sich zu Martinez und Cruz.

»Die hier«, verkündete Martinez, »ist dazu da, um das Kokainhydrochlorid zu pressen. Zeig es ihm«, befahl er einem der Männer an der Maschine.

Der Mann nickte und schnippte mit den Fingern. Ein weiterer Arbeiter eilte herbei und reichte ihm einen Plastikbehälter von der Größe einer Eiscremepackung. Ihren Inhalt schüttete der Mann in eine Öffnung in der Mitte der Maschine und zog dann an einem Hebel daneben. Mit hydraulischem Knirschen senkte sich eine Metallplatte und presste das Kokainpulver zusammen. An der Maschine bewegte sich auf einer Anzeige ein Zeiger, und kurz bevor er den roten Bereich erreichte, legte der Arbeiter den Hebel wieder um, sodass sich die Kompressionsplatte hob und ein sauber gepresster Würfel Kokain zum Vorschein kam.

Martinez trat vor, nahm den Würfel und wandte sich zu Cruz um. Zak stellte sich so, dass die Kameralinse direkt auf Martinez gerichtet war.

»Lasst uns allein«, befahl Martinez allen im Raum. Das musste man den Leuten nicht zweimal sagen. Sie eilten zur Tür, während Zak einen Schritt zurück machte, um Martinez so lange wie möglich im Bild zu behalten.

»Harry, du kannst bleiben.«

Erst als alle anderen das Gebäude verlassen hatten, sprach Martinez wieder. »Cruz, weißt du, was das hier ist?«

»Kokain, Vater.«

Martinez schüttelte den Kopf. »Nein. Es ist viel mehr als das. Es ist Reichtum. Es ist Macht. Das hat unsere Familie aus der Armut geholt. Es war Harrys Idee, dich heute hierher zu bringen, um dir zu zeigen, dass es bei unserem Geschäft auch um Dinge geht, die dich interessieren könnten. Mein größter Wunsch ist es, dass wir dieses Imperium gemeinsam regieren, du und ich. Ich will nicht Raul an meiner Seite haben, sondern *dich*.«

Martinez legte den Kokainziegel wieder auf die Maschine und wandte sich erneut zu Cruz um. Einen Augenblick lang sahen sie sich schweigend an.

Dann erklang ein Schluchzen.

Es kam von Cruz, der vortrat und sich von seinem Vater umarmen ließ.

»Harry«, sagte Martinez, »ich glaube, du solltest uns eine Minute allein lassen.« Auch er hatte feuchte Augen.

Schnell zog sich Zak zurück. Vor dem Gebäude standen die Arbeiter in kleinen Gruppen zusammen. Sie sahen auf, als Zak herauskam, verloren aber gleich wieder das Interesse an ihm, als sie feststellten, dass er nicht Martinez war. Zak ging so ruhig wie möglich an ihnen und den übrigen Laborgebäuden vorbei und lief ein paar Meter weit in den Dschungel. Er sah über die Schulter zurück, ob ihn auch niemand beobachtete. Dann tippte er auf den Touchscreen, um die Aufzeichnung zu stoppen. Er spulte ein Stück zurück und sah sich dann an, was nach ein paar Minuten aufgenommen worden war.

… Kokain, Vater.

… Nein. Es ist viel mehr als das. Es ist Reichtum. Es ist Macht.

Das Bild war körnig und verwackelt, aber Martinez' Gesicht war so deutlich erkennbar, wie seine Worte zu hören waren, und auch der Kokainwürfel war zu sehen. Wenn das nicht Beweis genug war für Michael, was dann …?

Er tippte wieder auf den Bildschirm und wartete nervös dreißig Sekunden, während das Telefon versuchte, sich in Michaels Satellitennetzwerk einzuloggen. Als es endlich so weit war, begann er, das Video hochzuladen.

5 % …

10 % …

Es ging quälend langsam voran.

Im Dorf entstand Unruhe.

»Na los«, murmelte er, »mach schon …«

15 % …

20 % …

Plötzlich rief eine Stimme: »*Harry? Harry, wo steckst du?*«

Es war Martinez.

Zaks Herz schlug ihm bis zum Hals. Er *musste* die Datei hochladen und von seinem Telefon löschen, und zwar sofort …

Martinez kam mit dem Arm um die Schultern seines Sohnes aus dem Gebäude. Es war ein sehr emotionaler Augenblick gewesen, doch er hatte nicht die Absicht, diesen mit seinem Personal zu teilen.

»Geht wieder an die Arbeit«, befahl er und sah sich dann um. »*Harry? Harry, wo steckst du?*« Dann wandte er sich an Cruz. »Wo ist Harry? Es wird Zeit für uns, zu gehen.«

Aber Harry Gold war nirgends zu sehen.

Martinez kniff die Augen zu schmalen Schlitzen zusammen und schnappte sich einen der Männer, die eben wieder in das Gebäude zurückgingen. »Der Junge«, wollte er wissen, »wo ist er?«

Der Mann wies zum Rand des Lagers. »In diese Richtung, Señor.«

»Komm mit«, sagte Martinez zu Cruz.

Sie fanden ihn fast augenblicklich. Harry Gold stand mit gesenktem Kopf mit dem Rücken zum Lager, als ob er sich etwas ansehe. Martinez trat bis auf zwei Meter auf ihn zu.

»Was machst du da?«, fragte er gefährlich leise.

Der Junge wirbelte herum, ein Handy in der Hand und mit schuldbewusster Miene. »Nichts«, sagte er, »ehrlich!«

»Gib mir das Handy!«

Harrys Augen schossen hin und her, aber er reichte ihm das Handy.

»Cruz, du verstehst mehr von diesen Dingern. Schau nach, was da drauf ist.« Martinez gab seinem Sohn das Handy, leckte sich über die Fingerspitzen und strich sich die Haare glatt. Dabei ließ er Harry nicht aus den Augen.

In den dreißig Sekunden Schweigen, die folgten, schrie nur ein Vogel irgendwo hinter ihnen im Wald.

Cruz trat vor. Er hatte offensichtlich etwas gefunden und zeigte es seinem Vater.

Martinez starrte auf den Bildschirm.

Er blinzelte.

Er betrachtete das Foto eines bunt gefiederten Vogels. Ein Papagei. Als er über Harrys Schulter blickte, sah er genau diesen Vogel auf einem Ast sitzen.

»Ist sonst nichts auf dem Handy?«

»Nichts, Vater.«

»Es … es tut mir leid«, stammelte Harry Gold. »Ich wollte nicht weglaufen. Ich wollte nur ein Bild von den hier lebenden Tieren machen. Ich bin noch nie im Dschungel gewesen.«

Martinez schwieg noch einen Moment, doch dann breitete sich ein erleichtertes Grinsen auf seinem Gesicht aus. »Natürlich«, rief er. *Natürlich!* Aber Harry, wir müssen los. Der Hubschrauber wartet und wir sollten hier nicht zu lange bleiben.« Er gab Zak das Handy zurück und legte ihm den Arm um die Schultern. »Komm«, sagte er. »Das hast du gut gemacht, Harry! Cruz und ich haben viel zu besprechen. Wir gehen gleich los.«

Der Verräter

Calaca hockte in seinem Kellerbüro, verschwitzt und mit vor Übermüdung geröteten Augen. Den ganzen Tag lang hatte er die Daten des Sicherheitspersonals auf dem Martinez-Anwesen überprüft und nach Hinweisen gesucht – irgendetwas, was ihm sagte, wer der Verräter war. Aber er hatte nichts gefunden.

Und jetzt, das wusste er, musste er eine Wahl treffen.

Sein Boss war launenhaft. Im einen Augenblick fröhlich, im nächsten cholerisch. Loyalität wurde von ihm großzügig belohnt, aber bereits der bloße Verdacht des Verrats wurde mit dem Tod bestraft. Wenn Calaca Martinez sagte, dass er einen der Wachmänner im Verdacht hatte, ein Verräter zu sein, war klar, was passieren würde. Er würde vom Anwesen aufs Land gebracht werden und er würde nicht zurückkehren. Und dann würde man seine Familie an einem Baum aufknüpfen.

Aber was, wenn er Martinez keinen Namen gab? An diesem Morgen hatte sein Boss angedeutet, dass er Calaca dann selbst für einen Verräter halten müsse, was bedeuten würde, dass er die Schlinge um seinen eigenen Hals spüren würde.

Das würde er auf keinen Fall zulassen.

Nein, er brauchte einen Namen. Irgendeinen. Es spielte keine Rolle, ob es wirklich ein Verräter war.

Das Einzige, was zählte, war, dass Martinez glaubte, dass Calaca die Lage im Griff hatte.

Wieder ging er die Daten durch und rief schließlich die eines Wachmanns namens Gonzalez auf. Er war ein Mann um die zwanzig und noch nicht lange auf dem Anwesen. Er musste eine Frau, drei Kinder und seine Eltern unterstützen. Sieben nahe Familienangehörige. Calaca nickte zufrieden. Er wusste, wie Martinez dachte. Je mehr Menschen er tötete, desto sicherer fühlte er sich. Wenn er Calaca befahl, Gonzalez und seine Familie zu töten – sie in ihrem Dorf aufzuhängen –, dann würde er die Loyalität des Einäugigen nie mehr infrage stellen …

Er sah auf die Uhr. Fünf Uhr nachmittags. Sie würden jetzt jeden Augenblick zurückkommen. Er stand auf und nahm die Waffe aus dem Halfter unter seinem mexikanischen Fußballtrikot. Wenn Martinez zurück war, würde er Gonzalez bereits in Gewahrsam haben.

Danach musste sein Boss nur noch den Befehl geben.

Der Rückflug schien doppelt so lange zu dauern. Vielleicht lag es auch nur an Zaks Nerven. Er hatte es so gerade geschafft, das Video hochzuladen, es von seinem Handy zu löschen und ein Foto von dem Papagei zu machen. Wären Martinez und Cruz eine halbe Minute früher aufgetaucht, wäre er erledigt gewesen.

Aber er war es nicht. Irgendwie stand er Martinez und Cruz jetzt noch näher als am Morgen. Der Drogenbaron strahlte. Sein Sohn stellte jede Menge Fragen über das Kokainlabor und wie alles funktionierte. Genauso oft sah Martinez Zak dankbar an. *Das habe ich dir zu verdanken*, schienen diese Blicke zu bedeuten.

Viertel nach fünf setzten sie auf dem Hubschrauberlandeplatz des Anwesens auf. Zak freute sich darauf, in sein Zimmer zu kommen, um etwas Zeit für sich allein zu haben, die er jetzt dringend brauchte. Doch als sie ausstiegen und er sah, dass Calaca, dessen grünes Fußballtrikot im Wind flatterte, keine zehn Meter entfernt auf sie wartete, erschrak er.

»Wir müssen uns unterhalten!«, rief Calaca über den Lärm der Rotorblätter hinweg.

Martinez nickte.

»Allein, Señor.«

Martinez schien zu überlegen. Schließlich sagte er: »Nein. Die Dinge haben sich geändert. Es ist an der Zeit, Cruz in unsere Entscheidungen einzubeziehen. Harry, du kommst auch mit.«

Calaca sah aus, als wolle er widersprechen, doch nach einem vernichtenden Blick von Martinez schwieg er.

Sie gingen in ein prachtvoll eingerichtetes Büro gleich neben dem Atrium. Einiges darin erinnerte Zak an Michaels Büro in St. Peter's Crag wie der große Holzschreibtisch und die bodentiefen Fenster zum Anwesen hin. Martinez saß an dem Schreibtisch, auf dem eine große, schmuckvolle Vase mit halb geöffneten gelben Rosen thronte, und hatte die Hände vor sich gefaltet. Calaca stand davor, während Cruz und Zak sich diskret im Hintergrund hielten.

»Nun, Adan?«, fragte Martinez. »Hast du Neuigkeiten für mich?«

»Es gibt einen Verräter, Señor, und ich weiß, wer es ist.«

Zak schlug das Herz bis zum Hals. Augenblicklich sah er sich nach einem möglichen Fluchtweg um. Der Haupteingang war keine gute Wahl, weil dort eine bewaffnete Wache stand. Der einzige andere Weg führte durch die Fenster. Das hieße, dass er sie einschlagen musste, aber …

»Sein Name ist Gonzalez«, fuhr Calaca fort. »Ich habe ihn bereits in Gewahrsam.«

Zak versuchte, ruhig weiterzuatmen. Er erinnerte sich an den Wachmann, der sich heimlich die Fotos von seiner Familie angesehen hatte, als Zak von seiner mitternächtlichen Hausdurchsuchung zurückgekommen war. Er erinnerte sich daran, wie dankbar er gewesen war. Und wie viel Angst er gehabt hatte.

Martinez' Gesicht blieb ausdruckslos. »Bist du sicher, dass er es ist?«

»Wollen Sie die Beweise sehen?«

Martinez schüttelte den Kopf. »Nein, Adan. Ich vertraue dir.« Er wandte sich an Cruz. »Es gibt Menschen, die unsere Familie vernichten wollen, Cruz. Sie werden es tun, wenn wir es zulassen. Wir haben erfahren, dass es einen Verräter auf dem Anwesen gibt. Eine Zeit lang glaubte Adan sogar, dass es Harry sein könnte.«

Zak trat einen Schritt zurück, als er alle Augen auf sich gerichtet spürte. Martinez schien das lustig zu finden, Calaca mit Sicherheit nicht.

»Entspann dich, Harry«, beruhigte Martinez ihn. »Der Verdacht ruht jetzt auf jemand anderem.« Augenblicklich verwandelte sich sein Lächeln in ein Stirnrunzeln und er sah wieder Cruz an. »Mein Sohn, verstehst du, dass wir derartige Bedrohungen abwenden müssen, sobald sie auftreten?«

Cruz nickte. »Ja, Vater.«

Martinez sah zufrieden aus. »Gut. Adan, was wissen wir von diesem Gonzalez? Von seiner Familie?«

»Er ist verheiratet, Señor, und hat drei kleine Kinder – zwei Mädchen und einen Jungen, ein Baby. Seine Eltern leben bei ihnen.«

Martinez Augen blickten kalt. »Er streitet natürlich alles ab.«

»Selbstverständlich, Señor.«

Kurz herrschte Schweigen.

Dann stand Martinez auf und klatschte in die Hände, als wolle er Brotkrümel abklopfen. »Heute Abend«, sagte er zu Zak und Cruz, »essen wir wieder zusammen. Wir sehen uns um sieben am Pool. Und nun, meine Herren, Adan und ich haben noch einiges zu besprechen. Ihr werdet uns hoffentlich entschuldigen.«

Zak brauchte keine weitere Aufforderung, um das Büro zu verlassen. In seinem Kopf drehte sich alles, und er hatte mit Cruz das halbe Atrium durchquert, bevor einer von ihnen etwas sagte.

»Was wird mit dem Wachmann passieren?«, fragte Zak.

Cruz zuckte mit den Achseln. »Mein Vater bestraft illoyales Verhalten sehr hart. Hast du damit ein Problem?«

Zak schüttelte den Kopf. »Nein, das geht mich nichts

an. Ich brauch jetzt erst mal dringend eine Dusche«, sagte er, als sie an der Treppe ankamen. »Wir sehen uns später, ja?«

»Okay.«

In seinem Zimmer wanderte Zak wie ein Irrer auf und ab. Gonzalez war zwar eine Wache von Martinez, aber er war ein guter Mensch, das hatte Zak gleich gemerkt. Er musste daran denken, was Calaca gesagt hatte. *Zwei Mädchen und einen Jungen.* Er zweifelte nicht daran, welches Schicksal sie erwartete. Wenn sie Glück hatten, eine Kugel. Wenn nicht, der Strick. Was sollte er tun?, fragte er sich. Ruhig bleiben und dabei zusehen, nur um seine Deckung zu wahren? So hätte Michaels Anweisung wahrscheinlich gelautet.

Aber Michael war nicht hier und Zak wollte nicht den Mord an einer ganzen Familie auf dem Gewissen haben. Er würde nicht einfach dabei zusehen. Nicht, wenn er noch etwas tun konnte …

Er zog das Handy aus seiner Tasche. In einer seiner Nachttischschubladen fand er einen Druckbleistift. Er schob die Mine ein Stück heraus und drückte sie in die kleine Vertiefung oben am Handy. Der SIM-Kartenhalter fiel heraus. Er war länger als bei anderen Geräten und enthielt zwei Karten. Die eigentliche SIM-Karte und den GPS-Chip, der seine Position übermittelte. Den Chip versteckte er in der Socke seines rechten Fußes und setzte die SIM-Karte wieder ein. Wenn er Gonzalez fand, würde er ihm den Chip geben und die Schutzengel verständigen. Sie könnten kommen und den Wachmann retten. Zak würde auf dem Anwesen bleiben – zwar ohne den Sender, aber wenn er es richtig anstellte, würde das die Mission trotzdem nicht gefährden …

Einen Augenblick überlegte er, den Weg durch die Zimmerdecke zu nehmen, um nicht von der Überwachungskamera entdeckt zu werden. Doch dafür blieb keine Zeit. Er musste Gonzalez schnell finden, bevor sie ihn wegbrachten. Also schnappte er sich stattdessen eine Badehose und ein Handtuch aus dem Kleiderschrank in seinem Zimmer. Wenn ihn jemand sah, würde er behaupten, er wolle schwimmen gehen.

Er holte tief Luft und verließ sein Zimmer.

Langsam ging Zak den Gang entlang zu der Galerie, von der man das Atrium überblickte. Das Zirpen der Vögel wurde lauter und bald befand er sich auf der Treppe. Als er unten ankam, sah er sich um.

Eine Wache durchquerte das Atrium und musterte ihn stirnrunzelnd. Zak lächelte, hielt seine Badesachen hoch und machte sich auf in Richtung Pool. Sobald der Wachmann jedoch das Atrium durch den Haupteingang verlassen hatte, kehrte er um.

Er wusste nicht sicher, wo sie Gonzalez festhielten, aber er hatte da eine Idee. Er lief durchs Atrium zu der Treppe, die in den Keller führte, in dem er sich in der Nacht zuvor versteckt hatte.

Dort unten herrschte immer noch Halbdunkel und Zaks Haut prickelte, als er die Stufen hinuntereilte. Tatsächlich saß in der Zelle auf der linken Seite des Kellergangs ein Mann. Er kauerte in der hintersten Ecke, die Arme um die Knie geschlungen, und schien in ziemlich schlechter Verfassung zu sein. In seinen dunklen Augen loderte Angst und auf einer Seite seines Gesichtes prangte ein großer blauer Fleck. Offenbar war er zusammengeschlagen worden. Er sah Zak an.

»Tötet mich!« Seine Stimme klang heiser und gequält. »Macht mit mir, was ihr wollt, aber tut meiner Familie nichts, ich bitte euch!«, flehte er mit tränenerstickter Stimme.

Zak sah sich über die Schulter um und trat an die Gitterstäbe. »Hören Sie mir gut zu«, zischte er. »Ich töte niemanden. Ich weiß, dass Sie Martinez *nicht* verraten haben. Ich bin hier, um Ihnen zu helfen.«

Gonzalez starrte ihn an und in seinen Augen glomm ein Funke Hoffnung auf. »Wer bist du?«, fragte er.

»Das spielt keine Rolle«, antwortete Zak leise. »Sie werden dich und deine Familie umbringen. Wenn du eine Chance haben willst, hier lebend herauszukommen, musst du genau das tun, was ich sage, klar?«

Gonzalez stand auf. Er war nicht viel größer als Zak, aber er war kräftig gebaut. Er kam zum Gitter. »Das würdest du wirklich tun?«, fragte er mit großen Augen.

»Ja. Aber wir müssen uns beeilen.«

Gonzalez stand jetzt direkt an den Gitterstäben und streckte seine rechte Hand aus. »Mein Bruder«, sagte er. Sein Gesicht strahlte vor Dankbarkeit.

»Ja, schon gut.« Ungeduldig nahm Zak Gonzalez' Hand. Doch in dem Moment, als er sie berührte, wusste er, dass er einen schrecklichen Fehler begangen hatte.

Gonzalez packte Zaks Hand, quetschte sie zusammen und zog seinen Arm durch die Gitterstäbe. Er ergriff den Arm mit der anderen Hand und seine Augen leuchteten triumphierend, als er lauthals zu schreien begann:

»KOMMT HIER HERUNTER! KOMMT SOFORT HERUNTER! ICH HABE EUREN VERRÄTER GEFUNDEN! ER IST HIER! ICH HABE IHN! LOS, KOMMT HERUNTER, SOFORT!«

Eine teuflische Wahl

Zak überflutete Panik. Er versuchte sich loszumachen, aber Gonzalez hielt ihn eisern fest und presste ihn an die Gitterstäbe. Und in weniger als einer Minute war er von drei Wachen umstellt, die alle bewaffnet waren und auf ihn zielten. Erst da ließ Gonzalez ihn los.

»Er hat versucht, mir zur Flucht zu verhelfen«, erklärte der Gefangene. »Sagt es Calaca. Sagt ihm, was er getan hat!«

»Er lügt doch!«, behauptete Zak. »Er versucht nur, sich selbst zu retten!«

Aber die Wachen hörten nicht auf ihn. Sie stießen ihn von der Zelle fort und die Treppe hinauf. Calaca, der den Lärm offensichtlich gehört hatte, kam durch das Atrium auf sie zu. Einer von Zaks Wachen näherte sich ihm und unterrichtete ihn leise.

Calaca lauschte mit ausdrucksloser Miene. Als der Wachmann fertig war, schwieg er einen Moment, fixierte Zak mit seinem einen Auge und wischte sich mit dem Handrücken den Schweiß von der Stirn.

»Folgt mir«, befahl er dann.

Calaca ging zielstrebig auf Martinez' Büro zu. Er hielt sich nicht mit Anklopfen auf, sondern stürmte einfach hinein. Zak wurde hinter ihm durch die Tür gestoßen.

Martinez saß an seinem Schreibtisch, rauchte eine Zigarre und las einige Papiere. Verärgert sah er auf. »Was gibt es, Adan? Ich möchte im Augenblick nicht gestört werden!«

»Harry Gold wurde dabei geschnappt, wie er versucht hat, Gonzalez zur Flucht zu verhelfen. Man hat ihn vor der Zelle erwischt. *Er* ist Ihr Verräter. Er ist Agent 21.«

Eine schreckliche Stille breitete sich im Raum aus. Martinez legte langsam die Papiere auf seinem Schreibtisch ab. Als er sprach, war seine Stimme sehr leise. »Stimmt das, Harry?«

»Nein, Señor.«

»Was hast du dort vor der Zelle gemacht?« Martinez schien vollkommen ruhig.

»Ich … ich war nur neugierig, Señor. Ich war auf dem Weg zum Pool und habe mich gefragt, was da die Treppen runter wohl ist. Ich habe mit Gonzalez gesprochen und plötzlich hat er mich gepackt und nach den Wachen gerufen.«

Martinez nickte. »Eine plausible Erklärung, nicht wahr, Adan? Dieser Gonzalez würde jeden beschuldigen. Wir haben schließlich schon Leute gesehen, die Schlimmeres getan haben, um ihre Haut zu retten.

Calaca sah aus, als würde er gleich explodieren. »Señor«, zischte er. »Sie sehen die Dinge nicht so, wie sie sind …«

Wieder herrschte Schweigen. Martinez sah von Zak zu Calaca und zurück. Er schien sich nicht entscheiden zu können, wem er glauben sollte.

»Bringt Gonzalez her«, befahl er schließlich.

Calaca bellte einen Befehl und zwei der Wachen verschwanden. Zak spürte, wie ihm der Schweiß den Rücken hinunterlief. Keiner sprach, und es war unmöglich, in der Miene des Drogenbarons zu lesen.

Zwei Minuten später erschienen die Wachen wieder. Sie hatten Gonzalez dabei, mit auf dem Rücken gefesselten Händen. Sie stießen ihn in den Raum hinein, bis er ein paar Meter neben Zak direkt vor Martinez' Schreibtisch stand.

Der Drogenbaron musterte sie beide.

»Es scheint, ich muss zwischen euch beiden wählen«, stellte er fest.

Er stand auf, ging um den Schreibtisch herum und stellte sich hinter die beiden Gefangenen.

»Gonzalez, Adan sagte mir, dass du ein Verräter bist und dass daran kein Zweifel besteht.«

»Nein, Señor … ich schwöre es … Ich würde es nie wagen …«

»*Ruhe!*«

Er ging hinter ihnen auf und ab.

»Und du, Harry. Gestern hast du meinem Sohn das Leben gerettet, heute hast du meine Familie gerettet, indem du uns einander nähergebracht hast. Ich habe dir viel zu verdanken.«

Zak hielt den Kopf erhoben, doch er wagte nicht, etwas dazu zu sagen.

»Und dennoch … dennoch …«, grübelte Martinez, »vielleicht hat Adan ja recht. Vielleicht bin ich dumm, wenn ich die Warnzeichen ignoriere.«

Er ging zu seinem Schreibtisch zurück, berührte leicht eine der gelben Rosen und lehnte sich vor, um daran zu riechen. »Harry, weißt du, wofür die gelbe Rose in Mexiko steht?«

Zak schüttelte den Kopf.

»Sie steht für den Tod.« Er zog einen der langen Stiele aus der Vase, setzte sich wieder und roch noch einen Augenblick mit geschlossenen Augen an der Rose. »Adan«, sagte er schließlich, »gib mir deine Pistole.«

Calaca trat zu ihm und holte die Waffe unter seinem grünen Fußballtrikot hervor. Er legte sie auf den Schreibtisch vor seinen Boss und machte dann einen Schritt zurück. Martinez legte fast zärtlich eine Hand auf die Pistole, nahm sie und zielte auf Gonzalez.

Der Gefangene begann zu zittern. »Nein, Señor«, hauchte er.

Martinez ignorierte ihn.

Dann zielte er auf Zak, der lediglich das Kinn etwas weiter vorstreckte.

»Vielleicht sollte ich euch einfach alle beide umbringen, nur um sicherzugehen.«

Er zielte erneut auf Gonzalez, dann wieder auf Zak. Schließlich legte er die Waffe zurück auf den Tisch.

Zak fühlte sich wie eine Maus, mit der eine Katze spielte. Er überlegte schon, ob er nicht einfach das Handy ziehen und die Notnummer wählen sollte. Aber das würde ihn verraten und es bestand die Gefahr, dass ihn Martinez augenblicklich erschießen würde. Nein, er musste durchhalten. Er musste seine Tarnung aufrechterhalten.

»Harry«, sagte Martinez, »ich bin ein fairer Mann. In deinem Fall entscheide ich im Zweifel für den Angeklagten.

Gonzalez Knie zitterten. »Bitte, Señor ... Meine Kinder ...«

»*Ruhe!*«, brüllte Martinez. Er holte tief Luft, um sich zu beruhigen, dann richteten sich seine Augen wieder auf Zak. »Wie ich schon sagte«, fuhr er fort. »Im Zweifel für den Angeklagten. Ich gebe dir die Gelegenheit, zu beweisen, dass du kein Verräter oder Maulwurf bist. Dass du mir und niemand andrem gegenüber loyal bist.« Sein Gesicht zuckte. »Nimm die Waffe.«

Zak sah ihn irritiert an. »Ich verstehe nicht ...«

»Es ist ganz einfach, Harry. Ich habe gesagt, du sollst die Waffe nehmen.«

Zaks Blick zuckte nervös zwischen Martinez und Calaca hin und her. Er trat zum Schreibtisch und nahm die Pistole. In seiner verschwitzten Hand fühlte sich der Griff glitschig an.

»Gut«, sagte Martinez. »Und jetzt töte Gonzalez.«

Zak blinzelte. Es war eine teuflische Wahl: einen Unschuldigen töten, um die eigene Haut zu retten.

»Vielleicht hast du mich nicht gehört, Harry. Töte ihn! Sofort!«

Gonzalez begann zu zittern. »*Bitte, Señor ...*«

Doch Martinez war taub ihm gegenüber. Seine ganze Aufmerksamkeit war auf Zak gerichtet. »Es macht dir doch nichts aus, jemanden zu töten. Das weiß ich«, schnurrte er fast. »Das hast du mir erst letztens bewiesen. Ich gebe dir jetzt die Gelegenheit, zu beweisen, dass deine Loyalität mir gegenüber nicht nur gespielt war.«

Zak leckte sich über die Lippen. Er richtete die Waffe auf Gonzalez.

»So ist es gut«, flüsterte Martinez. »Tu es. Jetzt!«

Zak war übel. Sein Gehirn arbeitete fieberhaft. Er versuchte herauszufinden, was Michael ihm raten würde. Und was würde Raf sagen? Oder Gabs? Würden sie ihm raten, diesen Mann zu töten? Seine Kinder zu Waisen und seine Frau zur Witwe zu machen?

Was würde das für einen Menschen aus ihm machen?

Gonzalez begann zu wimmern. Er hielt den Kopf gesenkt und seine Schultern bebten. Zak stellte sich vor, wie Calaca und seine Männer zu Gonzalez' Haus gingen, um seine Familie zu ermorden. Konnte er das wirklich zulassen?

Doch dann stellte er sich vor, was sie mit ihm tun würden, wenn er sich weigerte, diesen Mann zu erschießen. Er erinnerte sich an etwas, was Michael ihm vor ein paar Monaten gesagt hatte. *Da draußen spielen sehr viele Leute nicht nach den Regeln, die für normale Menschen gelten.* Genau so ein Mensch war Cesar Martinez Toledo zweifelsfrei. Seine Rache würde grausam sein …

Alle Augen waren auf ihn gerichtet. Seine Hand zitterte nicht, als er die Waffe auf Gonzalez richtete.

Er sah dem entsetzten Mann in die Augen.

Und dann senkte er die Waffe und legte sie wieder auf den Tisch. Das Spiel war aus.

»Ich werde keinen Unschuldigen töten«, erklärte er

heiser und wandte sich an Martinez. »Im Gegensatz zu Ihnen bin ich kein Mörder.«

Über Martinez' Gesicht huschte ein merkwürdiger Ausdruck: ein kurzer Moment des Schmerzes, als habe Zaks Verrat ihn wahrhaftig verletzt. Doch das währte nicht lange.

»Durchsucht ihn«, befahl er.

Calaca selbst klopfte Zak gründlich ab wie ein Sicherheitsbeamter am Flughafen. Natürlich fand er sofort das Handy und konfiszierte es, doch der kleine GPS-Chip, den er in seiner Socke verborgen hatte, entging ihm. Doch das war nur ein schwacher Trost. Da Zak seine Schutzengel nicht wissen lassen konnte, dass er in Gefahr war, würde sie der Sender lediglich zu seiner Leiche führen …

»Sperrt ihn ein«, ordnete Martinez tonlos an. »Und stellt eine Wache vor die Tür.« Sein Blick richtete sich auf Zak. »Ich habe dich wie einen Freund behandelt, Harry Gold«, flüsterte er. »Ich habe dich wie ein *Familienmitglied* behandelt. Du hast dieses Vertrauen missbraucht und wirst den Zorn von Cesar Martinez Toledo zu spüren bekommen. Wir werden bis Einbruch der Dunkelheit warten. Dann werden meine Männer dich vom Gelände schaffen und sich um dich kümmern.« Zu Calaca sagte er: »Ich will, dass *du* ihn exekutierst, Adan. Lasst seine Leiche hängen, bis die Vögel sein Fleisch von den Knochen picken. Wenn man ihn gerade noch erkennen kann, ladet ihn vor dem Haus von seinem Onkel Frank ab. Ich will, dass der alte Mann weiß, was ihn erwartet, wenn wir ihn auch töten. Meldet mir, wenn der Junge tot ist. Und jetzt schafft ihn mir aus den Augen, ich will diesen Idioten nie mehr sehen.«

Auf ein Nicken von Calaca stießen die Wachen Zak grob aus dem Büro. Im Gehen hörte er Martinez noch sagen: »Oh, und erschießt diesen Gonzalez, nur um sicherzugehen.«

»Nein!«, schrie Zak. »*Nein!*«

Doch es war zu spät. Gerade als sich die Zimmertür hinter ihm schloss, erklang ein Schuss. Ein Schuss, der ihm sagte, dass Gonzalez' Kinder gerade zu Waisen geworden waren.

Im Atrium bemerkte er Cruz, der die Treppe herunterkam, als Zak in den Keller gebracht wurde. Ihre Blicke trafen sich und Cruz starrte ihn verwirrt an, tat aber nichts. Er blieb einfach an der Treppe stehen und sah zu, wie die Wachen Zak hinunter zu der Zelle brachten.

Einer von ihnen öffnete die Zellentür, der andere warf Zak hinein. Noch bevor er auf dem Boden aufschlug, hörte er, wie die Tür verriegelt wurde. Er zuckte vor Schmerz zusammen und fragte sich, ob sein Arm gebrochen war. Aber er konnte ihn bewegen – nicht dass ihm das viel gebracht hätte, hier eingeschlossen und darauf wartend, das Calaca kam und ihn fertigmachte. Vielleicht würde er ihn zuerst verhören. Er dachte an jene Prüfung auf der Insel. Calaca, da war er sich sicher, würde nicht die gleiche Zurückhaltung üben wie seine Schutzengel. Es könnten ein paar sehr unangenehme Stunden werden – wenn er so lange durchhielt.

Doch für Selbstmitleid war jetzt keine Zeit. Er dachte an Gonzalez. Der Mann hatte ihn hereingelegt, aber daran war nicht seine Familie schuld. Zak verspürte den dringenden Wunsch, Martinez seiner gerechten Strafe zuzuführen. Er musste einfach dafür sorgen ...

Vor der Zelle stand eine Wache. Er lehnte an der gegenüberliegenden Wand und trug ein MP5. Höhnisch betrachtete er Zak, doch er sagte kein Wort.

Angst schoss durch Zaks Venen. Panik. Er hörte Gabs Stimme in seinem Kopf: *Wenn man sich eingesteht, dass man Angst hat, ist das der erste Schritt, sie zu kontrollieren. Wenn du deine Angst nicht kontrollieren kannst, dann kann sie dich daran hindern, die richtigen Entscheidungen zu treffen.*

Die Angst kontrollieren. Das musste ihm gelingen. Und solange er noch lebte, hatte er eine Chance ...

Er trat ans Gitter.

Der Wachmann stieß seine Waffe in Zaks Richtung.

»Hilf mir«, flüsterte Zak. »Ich bin reich. Hol mich hier raus und ich sorge dafür, dass du nie wieder arbeiten musst.«

Die Wangen des Wachmannes zuckten, doch er sagte nichts.

»Ich meine es ernst«, bekräftigte Zak. »Ich kann dir mehr Geld bieten, als Martinez dir je im Leben bezahlen wird. Du wärst ein reicher Mann und ich könnte dafür sorgen, dass Martinez und Calaca dich nie finden.«

Der Wachmann sah nicht einmal aus, als gerate er in Versuchung.

»Calaca findet *jeden*«, behauptete er.

»Nicht dich«, widersprach Zak. »Dafür kann ich sorgen.«

»Du weißt nicht, wovon du redest«, flüsterte die Wache und sah sich schuldbewusst um, als sei es schon ein Verbrechen, überhaupt mit Zak zu sprechen. »Sie würden mich schon allein dafür umbringen, dass ich darüber nachdenke. Behalte dein Geld. Es ist es nicht wert, dafür das Leben meiner Familie zu riskieren.«

Zak wurde klar, dass er verloren hatte. Zähneknirschend sah er zu Boden. »Werdet ihr wirklich die Frau und die Kinder von Gonzalez umbringen?« Er musste es unbedingt wissen.

Die Frage schien den Wachmann geradezu zu amüsieren. »Es ist ihnen egal, wen sie umbringen«, erwiderte er. »Je mehr, desto besser.« Wieder sah er sich um, bevor er fortfuhr: »Vor einem Jahr ging das Gerücht um, dass ein amerikanischer Journalist Beweise gegen Martinez gesammelt hatte. Weißt du, was passiert ist?«

»Was?«

»Martinez hat sich den Reiseplan des Journalisten besorgt und herausgefunden, dass er in Nigeria an einer Konferenz teilnehmen würde. Und nur um diesen einen Mann aus dem Weg zu räumen, hat er alle Gäste des Hotels umbringen lassen. Nur für *einen* Mann ...«

Zak hatte das Gefühl, als habe man ihn in den Magen getreten. Der Wachmann redete weiter, aber er hörte nicht mehr zu.

Ein Hotel in Nigeria. Alle Gäste umgebracht.

In seinem Geist tauchten die Gesichter seiner Eltern auf, und er umklammerte die Gitterstäbe so fest, dass seine Knöchel weiß hervortraten. Sein Atem ging stoßweise. Er registrierte, dass ihn die Wache merkwürdig ansah, aber es war ihm egal. In diesem Augenblick beherrschte ihn nur ein einziger Gedanke. Und dieser Gedanke war äußerst klar: Cesar Martinez Toledo hatte seine Eltern getötet. Und jetzt wollte er auch Zak töten.

Der Strick

Die Zeit vergeht schnell, wenn man auf seinen eigenen Tod wartet.

Um Mitternacht kamen sie: Calaca und drei andere. Der Einäugige hatte ein langes, starkes Seil mit einer sauber geknüpften Schlinge am Ende dabei. Sie fanden Zak in der hintersten Ecke der Zelle kauernd, die Arme um die Knie geschlungen. Und er starrte sie hasserfüllt an.

Calaca wandte sich an eine der Wachen – einen kleinen, untersetzten Mann mit kahlrasiertem Kopf und bulligen Schultern. »Carlos, fessle ihn.«

Der Wachmann, den Zak zu bestechen versucht hatte, öffnete die Tür und Carlos trat ein. Er hatte eine kleine Tasche dabei, aus der er ein paar Plastikfesseln nahm.

»Die Hände hinter den Rücken«, befahl er.

»Oder was?«, fauchte Zak.

Carlos trat Zak ohne jede Vorwarnung in den Magen und Zak schnappte keuchend nach Luft. Der untersetzte Mann beugte sich vor, zog den Jungen ohne Mühe auf die Füße und stieß ihn gegen die Wand. Er zwang ihm die Hände auf den Rücken und fesselte sie. Zak versuchte immer noch, zu Atem zu bekommen, als Carlos eine Kapuze aus der Tasche holte und sie ihm über den Kopf zog.

Sie war aus einem groben, kratzigen Material. Selbst wenn er Luft bekommen hätte, wäre ihm das Atmen dadurch schwergefallen. Doch das kümmerte niemanden. Carlos packte ihn am rechten Arm, führte ihn aus der Zelle und die Treppe hinauf. Nicht mal als Zak stolperte, wurde er langsamer, sodass sich Zak die Knie an den Stufen aufschlug, als er versuchte, wieder auf die Füße zu kommen.

Dann waren sie draußen, wo es ein wenig kühler war. Zak hörte, wie Calaca leise einen Befehl gab. Etwa zwanzig Sekunden später hörte er ein Fahrzeug herankommen. Es waren sogar mehrere, aber er konnte nicht genau sagen, wie viele. Carlos stieß ihn vorwärts. Er spürte, wie eine Hand seinen Kopf nach unten drückte, um ihn in den Kofferraum eines Wagens zu zwingen. Gleich darauf schloss sich der Deckel über ihm und er hörte ein Schloss einrasten.

Er hätte gern um Hilfe gerufen, doch er wusste, wie sinnlos das hier mitten auf dem Anwesen von Martinez wäre. *Ruhig bleiben*, befahl er sich, *einfach ruhig bleiben.*

Er überdachte seine Möglichkeiten. Calaca hatte ihm das Handy weggenommen, also konnte er nicht den Notruf wählen. Er konnte nur hoffen, dass der GPS-Sender nach wie vor seine Position übermittelte. Vorsichtig zog er sich mit dem linken Fuß den rechten Schuh aus und schaffte es, die Socke vom Fuß zu ziehen. Dann wand er sich so, dass er die Socke zu fassen bekam und den Chip herausholen konnte. Es war nicht gesagt, dass das Signal durch das Metall des Autos dringen würde, aber außerhalb des Schuhs standen die Chancen dafür jedenfalls besser. Jetzt konnte er nur noch beten, dass seine Schutzengel ihn im Auge behielten und dass er irgendwie Alarm schlagen konnte.

Bleib ruhig, wiederholte er immer wieder für sich. *Bleib ruhig ...*

Doch das war fast unmöglich im Kofferraum eines Autos, das sich jetzt in Bewegung setzte.

Und völlig unmöglich, weil er wusste, sobald sich der Kofferraumdeckel wieder öffnete, würde er wohl nur noch ein paar Sekunden von einem schrecklichen, schmerzhaften Tod entfernt sein.

In der Londoner Zentrale starrte Michael auf das Satellitenbild. Ein blinkender grüner Lichtpunkt bewegte sich auf der Straße vom Martinez-Anwesen fort. Er wandte sich an Sophie, die junge Frau, die das Gerät bediente.

»Kannst du da dichter rangehen?«, fragte er sie.

»Das Signal ist schwach«, erklärte Sophie, aber sie tippte ein paar Befehle ein und das Satellitenbild zoomte heran.

Es war dunkel und auf dem körnigen Bild konnte man nicht viel erkennen, doch Michael glaubte, drei Paar Scheinwerfer ausmachen zu können.

»Er fährt weg«, stellte Michael fest. »Drei Fahrzeuge im Konvoi. Aber wir können nicht sagen, warum oder mit wem.«

Er sah an die Wand auf eine Uhr, die die mexikanische Zeit anzeigte. Fünf Minuten nach Mitternacht. Er biss auf seine Unterlippe. Warum sollte Zak um diese Zeit das Gelände verlassen?

Michael griff zum Telefon und wählte eine Nummer. Es hatte erst ein Mal geläutet, als Gabs schon abnahm.

»Seht ihr das?«, fragte Michael.

»Natürlich.«

»Ergibt das für euch einen Sinn?«

»Nein. Mir gefällt das nicht. Wir sollten eingreifen, Michael. Wir müssen ihn da rausholen. Du hast deine Beweise. Wir sind weit genug gegangen.«

Michael dachte einen Augenblick nach. »Nein.«

»Er ist immer noch ein Junge, Michael …«

»*Nein*. Die Tatsache, dass wir sein Signal empfangen, bedeutet, dass er sein Handy noch hat. Und wenn er es hat, kann er den Notruf wählen.«

»Und wenn er es nicht ist? Wenn jemand anderes sein Handy hat?«

»Dann ist das eine Falle, in die wir nicht hineintappen werden. Wir werden seine Bewegungen sorgfältig beobachten, aber im Augenblick werden wir nichts unternehmen.«

»Aber …«

»Das ist ein Befehl, Gabriella!«

Michael legte auf und beobachtete weiter den Bildschirm.

Im Kofferraum war kaum Spielraum – schon gar nicht genug, dass Zak sich hätte hinknien können. Und jedes Mal, wenn das Auto über ein Schlagloch fuhr, hatte er das Gefühl, einen neuen blauen Flecken abzubekommen. Sein ganzer Körper schmerzte, aber das musste er ausblenden. Jederzeit konnte der Wagen anhalten, und wenn es so weit war, musste er bereit sein.

Seine Hände waren auf dem Rücken gefesselt, aber er schaffte es, an seinen Gürtel zu kommen – den, den Gabs ihm in St. Peter's Crag geschenkt hatte. Doch er musste an die Schnalle gelangen. Die zu erreichen, war schwierig, denn er musste dafür die Schnalle nach hinten ziehen. Allerdings verfing sie sich immer wieder in den Gürtelschlaufen seiner Hose und er musste sie durch jede einzelne langsam hindurchlavieren.

Nicht gerade leicht, wenn man weiß, dass einem die Zeit davonläuft.

Endlich bekamen seine Finger die Schnalle zu fassen, und er zog sie auseinander, um an die versteckte Klinge zu gelangen. Der Wagen holperte durch Schlaglöcher, während Zak versuchte, die Plastikhandschellen durchzusäbeln.

Ein gedämpftes »Autsch!« entfuhr ihm, als sich die Klinge in sein Handgelenk grub, und er spürte, wie die Wunde zu bluten begann. Doch auch das musste er ignorieren und weitermachen. Er ließ das Plastik immer wieder über die Klinge gleiten, bis es schließlich nachgab.

So schnell wie möglich steckte Zak die Klinge wieder weg, riss sich die Kapuze vom Kopf und zog die Socke und seinen Schuh wieder an. Den GPS-Chip behielt er fest in der Hand. Es war stockdunkel, aber zumindest fiel ihm jetzt das Atmen leichter. Er tastete nach dem Schließmechanismus des Kofferraums. Vielleicht konnte er ihn öffnen …

Nein. Er rührte sich nicht. Hier kam er nicht raus, bevor nicht jemand von außen aufmachte.

Wenn es so weit war, musste er bereit sein.

Zak kauerte sich so hin, dass sein Rücken zum Fahrzeuginneren zeigte. Seine Beine stemmte er angewinkelt nach oben gegen den Kofferraumdeckel. Er konnte nicht sagen, wie lange er so saß. Vielleicht zehn oder auch zwanzig Minuten.

Bald merkte er, dass das Auto langsamer wurde.

Seine Muskeln schmerzten von der unbequemen Haltung. Sein Puls beschleunigte sich und er schwitzte vor Angst. Doch all das musste er ignorieren, wenn er diese Sache überleben wollte.

Der Wagen hielt an.

Von außen erklang Calacas Stimme. »Macht das Seil fest!«

Zaks ganzer Körper spannte sich wie eine Feder.

Er steckte den GPS-Chip in die Tasche und wartete.

Vor dem Kofferraum erklangen Schritte.

Er hörte das Geräusch eines Schlüssels im Schloss.

Dann öffnete sich der Kofferraumdeckel langsam.

Licht fiel herein.

Er musste den richtigen Zeitpunkt wählen. Zu früh und es wäre wirkungslos, zu spät und er würde das Überraschungsmoment verlieren. Der Kofferraumdeckel war halb offen, als er zutrat und dem Mann, der davorstand, kräftig die Füße in den Bauch stieß. Beim Auftreffen seiner Schuhe erklang ein halblautes Stöhnen.

Zak sprang aus dem Kofferraum und sah, dass er Carlos getroffen hatte, der sich vor Schmerz zusammenkrümmte. Ohne zu zögern, hob Zak das rechte Knie und hieb es Carlos so hart wie möglich unters Kinn. Der Kopf des Mexikaners flog zurück, Zak ballte die Faust und schlug ihm ins Gesicht. Carlos ging zu Boden.

Zak sah jetzt, dass der Wachmann eine MP5 trug, entriss sie ihm und schaute sich dann kurz um. Vor ihm standen noch zwei Wagen mit je drei grellen Scheinwerfern auf dem Dach. Sie leuchteten ihn direkt an und blendeten ihn, sodass er niemanden in oder hinter den Wagen sehen konnte. Aber auch wenn er sie nicht sah, konnte er die Männer doch rufen hören.

Er blickte sich nach rechts und links um. Sie standen auf einer schmalen, geraden Straße – eigentlich eher einem Weg als einer Straße. Auf einer Seite ging es steil bergab. Wie weit, konnte Zak nicht sehen, aber es war zu steil für eine Flucht. Auf der anderen Seite begann etwa zwanzig Meter neben der Straße ein Wald, der sich, so weit er sehen konnte, erstreckte.

»*Erschießt ihn!*«

Zak erkannte Calacas Stimme sofort, doch ihm blieb keine Zeit für Panik. Ein Schuss ertönte und er spürte den Luftzug der Kugel, die an seinem Kopf vorbeisauste. Mit einem pfeifenden Laut prallte sie vom offenen Kofferraumdeckel ab.

»ERSCHIESST IHN!«

Nicht mal zum Überlegen war Zeit. Zak legte den Sicherheitshebel der MP5 um, hob sie auf Höhe der Autos und legte Sperrfeuer.

Dann rannte er los.

Er lief auf die Baumreihe zu und hörte, wie Schüsse knallten und die Geschosse nur Zentimeter neben ihm in den Boden schlugen. Starr konzentrierte er sich auf die Bäume. An einem davon sah er den Strick mit der Schlinge an einem niedrigen Ast hängen.

Noch fünfzehn Meter. Noch mehr Schüsse.

Zehn.

Fünf.

»TÖTET IHN!«, tobte Calaca, aber jetzt war Zak nur noch einen Meter von seiner Deckung entfernt. Ein Geschoss schlug vor ihm in einen Baumstamm ein und ließ ihm die Splitter um die Augen fliegen. Dann verschwand er zwischen den Bäumen. Es war dunkel und er konnte nicht sehen, wohin er trat, aber er wurde nicht langsamer.

Er durfte nicht langsamer werden.

Sein Leben hing davon ab, wie schnell er laufen konnte.

Calaca schlug hart mit der Faust gegen die Karosserie eines der Range Rover und stapfte zu Carlos hinüber, der sich gerade mühsam vom Boden in die Höhe stemmte.

»*Idiot!*«, zischte er.

»Señor Ramirez, ich …«

Aber Calaca hörte gar nicht hin. Er zog die Pistole unter dem grünen Fußballtrikot hervor, zielte auf den Kopf des Wachmanns und schoss. Blut und Gehirnmasse spritzten auf Calacas Trikots und Carlos stürzte tot zu Boden. Doch da hatte sich Calaca bereits abgewandt. Er gestikulierte mit der Waffe in Richtung der anderen Wachen – insgesamt vier –, die mit ihm gekommen waren, und drohte: »Ich bringe euch alle *und* eure Familien um, wenn ihr ihn nicht findet!«

Nervös sahen sich die Leute an.

»WORAUF WARTET IHR NOCH?«, schrie Calaca. »SUCHT IHN GEFÄLLIGST! LOS!«

Der Wald

Zak sprintete durch den Wald und versuchte, möglichst geradeaus zu laufen, sodass er wenigstens wusste, wo er war. Zweimal stolperte er und stürzte, schrammte sich die Knie und die Arme auf, zweimal rappelte er sich wieder auf und zwang sich, so schnell wie möglich weiterzurennen, obwohl seine Muskeln schmerzten und seine Lunge brannte. Doch ein paar Schmerzen waren auf jeden Fall wesentlich besser als die Alternative dazu.

Zwei Minuten vergingen.

Drei.

Plötzlich hörten die Bäume auf. Zak stand am Rand einer weiten offenen Fläche. Im hellen Mondlicht erkannte er, dass sie mit etwa brusthohen, stachelig wirkenden Büschen bedeckt war und mit Felsen, die zum Teil höher aufragten als er selbst. Der Wald erstreckte sich links und rechts von ihm, wie weit, konnte er nicht sagen.

Er rang nach Atem und nahm sich zwanzig Sekunden Zeit, sich an einen Baum gelehnt auszuruhen und zu überlegen. Blindlings weiterzulaufen wäre Selbstmord. Irgendwann würden sie ihn finden und dann …

Nein. Er musste raus aus der Reichweite der Wachen und ihrer Waffen. Und dafür brauchte er einen

Plan. Irgendwie musste er sie ablenken. Ihm kam da auch schon eine Idee. Sie war riskant, aber etwas Besseres fiel ihm nicht ein. Doch damit sie funktionierte, musste er ungefähr wissen, wo er war. Himmelsrichtung und Ort. Nicht leicht herauszufinden, hier draußen am Ende der Welt.

Er erinnerte sich an eine Nacht vor sechs Monaten auf St. Peter's Crag. Seine erste Nacht. Er sah zum Himmel auf und die Sterne blinzelten zurück. Er suchte nach vertrauten Mustern: dem pfannenartigen Großen Wagen und dem W der Kassiopeia. Zwischen den beiden strahlte hell der Polarstern – der Nordstern. Er stand direkt vor ihm, und hinter ihm lag der Wald, der sich demnach von Ost nach West erstreckte.

»Nicht schlecht, Raf«, murmelte Zak, wandte sich nach Westen und rannte an der Baumreihe entlang. Er zählte seine Schritte und nach zweihundert blieb er stehen, wartete zehn Sekunden und begann dann so laut wie möglich zu rufen: »*Hilfe! Helft mir!*«

Er hielt inne und wartete, bis sein Ruf verhallt war, dann schrie er erneut, diesmal mit mehr Panik in der Stimme: »HELFT MIR DOCH!«

Aufmerksam lauschte er. Von Calacas Leuten war nichts zu hören, doch davon durfte er sich nicht beirren lassen. Er wusste, dass sie sich schnell und leise der Stelle nähern würden, von wo sie seine Stimme gehört hatten.

Als Nächstes rannte er nach Norden, fort von den Bäumen in das mit Büschen und Felsen bestandene Gebiet, wobei er gelegentlich zum Polarstern aufsah, um seinen Kurs zu halten. Nach etwa fünfhundert Metern blieb er stehen und sah sich um. Von hier aus waren die einzelnen Bäume kaum noch zu erkennen – sie waren nur noch eine Silhouette vor dem hellen Sternenhimmel. Zak war überzeugt, dass man ihn von der Baumreihe aus nicht sehen konnte, zumal er fast völlig von dornigen Büschen und Felsen verdeckt wurde.

Wieder sah er zum Polarstern auf und wandte sich diesmal nach Osten. Rennend zählte er seine Schritte und hielt alle zwanzig Schritte an, um seinen Kurs zu überprüfen. Als er bei zweihundert angelangt war, rann ihm der Schweiß in Strömen herunter. Er wandte sich wieder nach Süden und lief zurück zum Wald. Nach seinen Berechnungen war er jetzt wieder genau dort, wo er aus dem Wald herausgekommen war. Er musste nur noch geradeaus durch den Wald laufen, dann würde er dorthin zurückkommen, wo die Autos angehalten hatten, während Calacas Männer immer noch am anderen Waldrand nach ihm suchten, wo er um Hilfe gerufen hatte. Das hoffte er wenigstens.

Zak packte die MP5 fester, holte tief Luft und stürzte sich erneut in den Wald.

»Michael, was ist da los?« Gabriella klang panisch.

Doch das wusste Michael auch nicht. Er hatte vom Kontrollraum über der Themse in London beobachtet, wie sich der grüne Punkt über den Bildschirm bewegte, synchron mit den Scheinwerfern der drei Fahrzeuge. Als der Konvoi angehalten hatte, hatte sich der grüne Punkt von der Straße entfernt. Zuerst hatte er geglaubt, Zak würde irgendwie versuchen, zu flüchten, und hatte gerade Raphael und Gabriella mit dem Team hinschicken wollen. Doch zuletzt hatte sich Zak wieder schnell auf den Konvoi zubewegt. Das ergab keinen Sinn.

»Seid ihr einsatzbereit?«

»Ich bin schon seit achtundvierzig Stunden einsatzbereit, Michael. Wann schickst du uns los?«

Michael beobachtete den grünen Punkt, der jetzt wieder die Straße erreicht hatte.

»Noch nicht«, sagte er leise und der Schweiß trat ihm auf die Stirn. »Noch nicht ...«

Während Zak durch den Wald lief, lauschte er angestrengt auf Geräusche, die nicht er selbst verursachte. Doch er hörte keine. Nach einigen Minuten sah er Lichter vor sich.

Die Autos.

Atemlos blieb er einen halben Meter hinter der letzten Baumreihe stehen. Im Hinterkopf hörte er Gabs Stimme: *Manchmal wirst du dich verstecken müssen. Dich tarnen. Entweder weil dich jemand jagt oder weil du jemanden beobachtest. Das kannst du nicht wirkungsvoll tun, wenn du nicht weißt, warum man Dinge sieht.*

Wegen ihrer Form, Silhouette, Oberfläche, ihrem Abstand, ihrer Bewegung ... Er erinnerte sich genau an das, was er gelernt hatte. Er stellte sich so hin, dass er halb von einem Baum verdeckt wurde. Er warf keinen Schatten, da kein Licht auf ihn fiel, und der Abstand war groß genug. Er stand völlig still. Er war sich sicher, dass er die Fahrzeuge beobachten konnte, ohne selbst gesehen zu werden.

Er sah Calaca. Der Einäugige stand ganz allein bei den drei Fahrzeugen. Er hatte die Pistole auf den Waldrand gerichtet und schwenkte sie suchend herum, doch es war klar, dass er Zak nicht sah.

Zak hob seine Waffe. Erst als er Calaca genau im Visier hatte, rief er: »Lassen Sie die Waffe fallen, Ramirez, oder ich erschieße Sie!«

Calaca erstarrte, senkte aber die Pistole nicht. Er spähte in die Richtung, aus der Zaks Stimme gekommen war, konnte ihn aber offenbar nicht entdecken.

»Ich meine es ernst«, wiederholte Zak. »Waffe fallen lassen! *Jetzt!*«

Calaca blieb keine andere Wahl. Er legte die Pistole auf den Boden und richtete sich auf, ging ein paar Schritte zurück und hob die Arme.

Schnell trat Zak vor, die Waffe auf seinen Feind gerichtet. Als Calaca ihn sah, verzog er höhnisch das Gesicht, ließ die Hände aber oben. Zak wies auf den hintersten Wagen zu seiner Rechten.

»Wo sind die Schlüssel?«, fragte er.

»In meiner Hosentasche«, zischte Calaca.

»Gehen Sie. Eine plötzliche Bewegung und ich schieße!«

»Das wagst du nicht!«

Zak zog eine Augenbraue hoch. »Wollen wir wetten?«

Calacas Grinsen wurde breiter, doch er antwortete

nicht. Stattdessen drehte er sich um und ging auf den Wagen zu.

Zak folgte ihm. »Tür aufmachen, offen lassen und den Motor starten.«

Calaca nahm seine rechte Hand herunter und zog aus seiner Tasche den Autoschlüssel heraus. Er lehnte sich ins Auto und gleich darauf sprang der Motor an.

»Zurücktreten!«, befahl Zak. »Gehen Sie zu den Bäumen hinüber.«

Der Einäugige drehte sich um.

Zak stand fünf Meter von ihm entfernt. »Gehen Sie bis hinter die erste Baumreihe, dann lasse ich Sie leben.«

Calacas Gesicht brannte vor Hass. »Du solltest mich lieber umbringen«, flüsterte er heiser, »solange du die Gelegenheit dazu hast.«

»Schon möglich«, gab Zak zurück. »Ist ja nicht so, als hätten Sie es nicht verdient. Aber dann wäre ich genauso wie Sie, doch ich bin etwas Besseres.«

Der ältere Mann sah aus, als denke er über eine Antwort nach, doch er sagte nichts, sondern spuckte nur vor Zak auf den Boden.

»Die Bäume«, erinnerte ihn Zak. »Gehen Sie schon!«

Eine halbe Minute später hatte Calaca den Waldrand erreicht.

»Bleiben Sie mit dem Rücken zu mir stehen«, rief Zak und trat zu dem Wagen. Calaca ging weiter und verschwand zwischen den Bäumen. Zak wollte gerade in den Wagen steigen, als er seine ausdruckslose Stimme hörte.

»Ich werde dich umbringen, Harry Gold!«

Zak kniff die Augen zusammen und murmelte: »Ach ja? Da musst du mich erst mal erwischen!«

Er sprang ins Auto, schlug die Tür zu und legte den Rückwärtsgang ein. Mit quietschenden Reifen machte er eine 180-Grad-Drehung, legte den Vorwärtsgang ein und beschleunigte in die Richtung, aus der sie gekommen waren.

Als er in den Rückspiegel blickte, sah er, wie Calaca mit dem Handy am Ohr auf die verbliebenen Fahrzeuge zulief.

Der Einäugige war in Sicherheit, und das bedeutete, dass Zak es nicht war. Noch nicht.

··· — — — ···

Zak trat das Gaspedal durch, bis der Tacho 120 Stun-
denkilometer anzeigte. Die MP5 lag gesichert neben
ihm auf dem Beifahrersitz. Mit gerunzelter Stirn konzentrierte er sich darauf, den Wagen auf der Straße zu
halten, die von den Scheinwerfern oben auf dem Dach
hell erleuchtet wurde. Das war etwas völlig anderes als
die Fahrstunden, die er mit Raf auf St. Peter's Crag genommen hatte. Sein Inneres schrie ihn an, so viel Abstand wie möglich zwischen Calaca und seine Männer
zu bringen. Sie würden ihn bald verfolgen. Doch ihm
war klar, dass er Hilfe brauchte, daher trat er nach fünf
Minuten auf die Bremse.

Die Reifen quietschten und der Wagen kam leicht
zur Seite rutschend zum Stehen. Blitzartig riss Zak die
Tür auf und schwang sich aufs Wagendach. Die drei
Scheinwerfer waren an einem Gestell montiert und
ziemlich heiß. Zak zog sich die Ärmel über die Hände
und drehte die Lampen einzeln nach oben, bis sie alle
in den Himmel gerichtet waren.

Dann schwang er sich zurück auf den Fahrersitz, ließ
den Motor an und fuhr weiter. Allerdings fuhr er langsamer, denn er musste sich jetzt noch auf etwas anderes konzentrieren. Er schaltete die Lichter aus und die
Straße vor ihm versank in Dunkelheit.

Zak warf einen Blick in den Rückspiegel. Da war nichts zu sehen, doch er wusste, es war nur eine Frage der Zeit, bevor er die Lichter von Calaca und seinen Männern hinter sich sehen würde. Und wenn es so weit war, würden sie sofort das Feuer eröffnen. Daher konnte Zak nur hoffen, dass sein Plan funktionierte …

Michael wirkte, als wäre er in der letzten Stunde um zehn Jahre gealtert. Seine Haut war grau, seine Augen blutunterlaufen. Er hielt das Telefon ans Ohr gepresst – eine Verbindung zu seinem Team in Mexiko. Seine Augen hielt er auf den Bildschirm gerichtet. Dort, auf dem Echtzeitbild der Satellitenübertragung, das nichts zeigte als das schwache Leuchten der Scheinwerfer eines einzigen Fahrzeugs, bewegte sich der grüne Punkt auf der Straße zurück.

Und dann gingen die Lichter zu seinem Entsetzen aus.

Michael starrte auf den Bildschirm.

Dreißig Sekunden vergingen. Michael kamen sie wie eine Stunde vor. Er hielt unwillkürlich den Atem an und stieß ihn erst wieder aus, als die Lichter erneut angingen – heller diesmal, als ob sie vom Dach des Wagens aus nach oben gerichtet wären.

Als wären sie direkt auf den Satelliten gerichtet, der Agent 21 verfolgte.

Und sie blinkten.

In einem Muster.

Einem Morsecode.

···————···

···————···

···————···

»SOS«, stieß er hervor und schrie ins Telefon: »Notruf! Notruf! Holt ihn da raus! Sofort, Gabriella! *Los!*«

Zak warf erneut einen Blick in den Rückspiegel. Hinter ihm tauchten Lichter auf. Das war's. Er musste aufhören, das SOS-Signal zu senden. Das hielt ihn zu sehr auf. Entweder hatten seine Schutzengel seinen Notruf erhalten oder nicht. Jetzt hatte er dafür keine Zeit mehr.

Er schaltete die Lichter ein und drückte das Gaspedal durch.

Der Wagen holperte über die unebene Straße.

80 km/h

100 km/h

120 km/h

Noch etwa eine Meile verlief die Straße geradeaus. Ein Blick in den Rückspiegel zeigte Zak, dass die anderen Autos näher kamen. Er wünschte, er wüsste, wie er den Geländewagen höher beschleunigen könnte, doch es ging nicht. Mehr schaffte er nicht.

Die Straße machte eine Linkskurve, und Zak sah mit Entsetzen, dass sich ihm aus der entgegengesetzten Richtung ebenfalls Scheinwerfer näherten.

Die Straße war zu schmal, als dass sie beide hätten aneinander vorbeifahren können, aber langsamer zu werden, wäre Selbstmord gewesen. Der andere Fahrer musste eben ausweichen.

Zak umklammerte das Lenkrad, behielt den Fuß auf dem Gas und schoss weiter die Straße entlang. Die Scheinwerfer wurden beunruhigend schnell größer und kamen direkt auf ihn zu. Sie waren nur noch fünfzig Meter entfernt und es hatte nicht den Anschein, als wollte der Fahrer ausweichen …

Vierzig Meter.

Dreißig.

Zwanzig.

Wütendes Hupen erklang, doch Zak behielt die Nerven.

Zehn Meter.

Der andere Wagen schwenkte an den Straßenrand und drehte sich im Staub. Zak sah in den Rückspiegel. Calacas Männer waren näher. Sie holten auf.

Sie waren *zu* nahe.

Plötzlich ertönte ein Knacken; Glas splitterte.

»Was war das?«, zischte Zak, doch ein rascher Blick über seine Schulter zeigte es ihm. Risse überzogen das Heckfenster wie ein Spinnennetz, mit einem Einschlagloch in der Mitte. *Sie schossen auf ihn.* Eine Kugel hatte das Fenster getroffen.

Gleich darauf knallte ein zweiter Schuss. Das Rückfenster fiel in sich zusammen. Zak duckte sich tiefer hinter das Lenkrad, um seinen Kopf zu schützen. Jetzt war das Heck des Wagens völlig offen. Wenn sie nur einen guten Schuss abgaben, war er Geschichte.

Die Straße vor ihm war wieder völlig gerade. Gerade und dunkel. Zak sehnte sich nach etwas, was auf Menschen schließen ließ – Lichter von Häusern, eine

Tankstelle, irgendetwas. Aber alles, was er sah, war die Dunkelheit vor ihm und die Lichter von Calacas Konvoi hinter ihm, kaum mehr als zwanzig Meter entfernt.

Wieder prallte eine Kugel von der Karosserie ab, und Zak spürte, wie der Wagen nach rechts ausscherte, schaffte es aber, ihn auf der Straße zu halten. Er versuchte, im Zickzack zu fahren, um nicht so ein leichtes Ziel zu bieten, doch dadurch wurde er langsamer und Calacas Männer holten weiter auf. Also raste er wieder geradeaus und zwei weitere Kugeln trafen den Wagen: Eine zerschmetterte den Außenspiegel und eine durchschlug geradewegs den Beifahrersitz und bohrte sich in das Armaturenbrett.

Das war's, dachte Zak. *Sie sind zu nah. Du kannst ihnen nicht entkommen. Gleich bekommst du eine Kugel in den Rücken …*

Und tatsächlich erklang kurz darauf ein ohrenbetäubender Schuss. Zak wappnete sich.

Dann runzelte er die Stirn.

Der Schuss war nicht von hinten gekommen, sondern von oben.

Er blickte in den Rückspiegel. Calacas Konvoi ließ sich plötzlich zurückfallen. Er bemerkte den Lichtschein eines Suchscheinwerfers rechts von sich und das tiefe Hämmern von Rotorblättern erklang.

Ein Hubschrauber.

Wieder erklangen Schüsse, und Zak wurde klar, dass ein Schütze im Hubschrauber auf Calacas Männer schoss. *Die Schutzengel. Das waren Gabs und Raf mit ihrer Einheit. Das mussten sie sein …*

Der Hubschrauber schwenkte ab und folgte der Straße, während Zak wieder aufs Gas trat. Einige hundert Meter vor ihm ging er runter und blieb im rechten Winkel zur Straße stehen.

Zak biss die Zähne zusammen und trat weiter das Gaspedal durch. Eine Kugel knallte von hinten durch den Wagen. Sie zischte nur knapp an seinem Kopf vorbei und schlug in die Windschutzscheibe ein, die splitterte und ihm die Sicht nahm. Er ließ das Seitenfenster herunter und sah hinaus. Der Hubschrauber stand vielleicht fünfhundert Meter vor ihm.

Zak trat aufs Gaspedal.

Weitere Einschläge erklangen von hinten. Der Wagen geriet ins Schleudern und Zak brachte ihn mühsam wieder unter Kontrolle.

Dreihundert Meter noch, dann war er in Sicherheit. Zweihundert Meter.

Zak trat hart auf die Bremse, als ein Schuss von Calacas Männern einen der Hinterreifen traf. Der Wagen drehte sich um neunzig Grad und einen schrecklichen Augenblick lang befürchtete Zak, dass er mit dem Hubschrauber zusammenstoßen würde. Doch er kam ein paar Meter davor schlitternd zum Stehen. Die Seitentür war offen und zwei Gestalten warteten dort auf ihn.

Zak öffnete die Fahrertür und hörte eine Stimme.

»LAUF! KOMM IN DEN HUBSCHRAUBER! LOS!«, schrie Gabs.

Das brauchte sie Zak nicht zweimal sagen. Er sprang aus dem Auto, ließ die MP5 auf dem Beifahrersitz zurück, stürzte zum Hubschrauber und hechtete hinein.

Noch bevor er ganz drin war, hob der Helikopter ab. Gabs zog ihn herein, während Raf mit einer Minigun 7,62-mm-Geschosse auf Calaca und seine Männer abfeuerte. Der Hubschrauber schwenkte scharf von der Straße weg. Aus den Augenwinkeln sah Zak zwei Männer aus dem ersten Auto springen. Es war das Letzte, was sie taten. Die Kugeln der Minigun trafen sie und ließen sie tot zu Boden sinken.

Zak lag flach auf dem Boden des Hubschraubers und versuchte zu Atem zu kommen. Um sich herum bemerkte er weitere Männer. Sie hatten alle dunkle Helme mit Aussparungen für die Ohren auf, blaue Schutzwesten an und trugen M16-Sturmgewehre.

»Zak?«, rief Gabs über den Lärm des Hubschraubers hinweg. »*Zak, alles in Ordnung?*« Mit besorgtem Gesicht kniete sie sich neben ihn.

Zak runzelte die Stirn. »Ja«, brachte er heraus, »alles klar. Aber tut mir einen Gefallen, okay?«

»Was?«

Er grinste sie matt an. »Wenn das nächste Mal jemand versucht, mich umzubringen, dann wartet bitte nicht ganz so lang, ja?«

Gabs lächelte. »Jetzt bringen wir dich erst mal in Sicherheit, Kleiner. Die Operation ist vorbei.«

Zak setzte sich auf und widersprach: »Nein, ist sie nicht.«

»Was soll das heißen?«

»Es war doch geplant, Martinez zu schnappen. Michael hat die Beweise. Ich habe sie aus einem Kokainlabor im Süden von Mexiko hochgeladen.«

»Ich weiß. Er hat sie bekommen.«

»Aber wenn wir Martinez jetzt nicht schnappen, wird er untertauchen. Er weiß, dass wir hinter ihm her sind. Das ist heute Nacht unsere einzige Chance.«

Raf hockte sich neben Gabs. »Es ist zu gefährlich, Zak. Seine Männer haben wahrscheinlich schon auf dem Anwesen Bescheid gegeben. Sie werden uns erwarten.«

»Dann müssen wir einfach klüger sein als sie, oder? Calaca ist sein Sicherheitschef. Solange er und die Männer, die er bei sich hat, nicht da sind, ist Martinez verwundbar.« Zak blickte seine beiden Schutzengel an. Sie schienen nicht überzeugt. Er senkte den Blick und fügte hinzu: »Martinez hat meine Eltern umgebracht.«

Gabs sah ihn erstaunt an. »*Was?* Woher weißt du das?«

»Ich weiß es eben, okay? Und wenn wir ihn jetzt davonkommen lassen, dann habe ich vielleicht nie wieder die Gelegenheit, ihn dafür zur Rechenschaft zu ziehen.« Er sah alle im Hubschrauber der Reihe nach an. »Das ist die beste Gelegenheit, die wir je bekommen werden. Ich *kann* ihn einfach nicht davonkommen lassen. Ihr müsst mir dabei helfen!«

Gabs war unsicher und sah Raf fragend an. »Michael will, dass wir zur Basis zurückkehren«, sagte sie.

Raf zog eine Augenbraue hoch. »Michael ist nicht hier.«

Sie schienen sich wortlos auszutauschen, schließlich nickten sie sich zu.

»Die Doppelgänger«, fragte Raf. »Glaubst du, du kannst sie unterscheiden?«

Zak dachte an die Doppelgänger – perfekte Kopien seines Feindes. Vom Original nicht zu unterscheiden. Selbst Cruz wusste gelegentlich nicht, wer wer war.

»Ja«, sagte er. »Ich denke, das kann ich.«

»Und du kennst dich auf dem Anwesen aus?«

Zak nickte.

»Na gut. Wir machen es. Aber, Zak …?«

»Was?«

»Keine Heldentaten, klar? Wir hätten dich heute fast schon einmal verloren. Lass uns das nicht wiederholen.«

Es wird laut

»*Noch drei Minuten!*«, schrie Gabs der Einheit zu. Sie reichte Zak eine Schutzweste und einen Helm. »Zieh das an.«

Während er die Schutzkleidung anlegte, sah sich Gabs etwas schuldbewusst im Hubschrauber um. Dann zog sie etwas aus ihrer schwarzen Funktionsweste. Eine kleine Pistole. »Nur zur Selbstverteidigung, okay?«

»Klar«, nickte Zak, überprüfte die Sicherung und steckte sie in seinen Gürtel.

»Okay, alle herhören!«, rief Raf über den Motorlärm. »Hört zu. Unsere Zielperson ist Cesar Martinez Toledo und wir wollen ihn lebend. Er hat fünf völlig identische Doppelgänger, daher müssen wir sicher sein, dass wir den Richtigen schnappen. Wie ihr wisst, war Agent 21 auf dem Gelände und kann uns eine Zusammenfassung geben, was uns erwartet.« Er nickte Zak zu.

»Ähm … ja«, begann Zak. »Das Anwesen ist von einer Mauer umgeben, etwa sechs Meter hoch. Es gibt nur eine Zufahrt von Norden. Zu beiden Seiten des Eingangs befinden sich Beobachtungsposten, die mit bewaffneten Wachen besetzt sind. In Abständen von etwa achtzig Metern befinden sich sieben weitere ebenfalls bemannte Beobachtungsposten an der Mauer. Von der Einfahrt führt ein etwa hundert Meter langer Weg zum Haus, das im Zentrum des Geländes liegt. Auch hier stehen bewaffnete Wachen. Hinter dem Haus befinden sich ein Swimmingpool und ein Hubschrauberlandeplatz. Oh, und ein Schießübungsplatz. Ansonsten gibt es nur Rasen und keine Möglichkeit, sich zu verstecken.«

Raf übernahm wieder. »Wir müssen das Haupttor unpassierbar machen!«, rief er. »Dann befassen wir uns mit den Beobachtungsposten. Das wird laut werden!«

»*Noch eine Minute!*«, schrie Gabs.

Raf wandte sich an Zak: »Siehst du das Netz an der Wand des Hubschraubers?«

Zak nickte.

»Halt dich daran fest. Es wird ein wenig ungemütlich werden, bevor wir landen.«

Zak rutschte zur Wand des Hubschraubers und fasste nach den kreuz und quer gespannten Seilen, die dort angebracht waren. Als er durch ein Seitenfenster einen Blick hinauswarf, konnte er in der Ferne das Martinez-Anwesen sehen: Suchscheinwerfer erstrahlten von den Beobachtungsposten und genau in der Mitte des Kreises leuchtete das Haus selbst in der Nacht.

Der Helikopter ging in einen Sturzflug über wie ein Falke, der auf seine Beute hinabsticht. Sekunden später flog er über das Haus hinweg und auf die Mauer zu. Etwa zehn Meter von einem der Beobachtungsposten entfernt eröffneten die Männer mit den Miniguns das Feuer.

Die Geschosse schlugen in der dicken Steinmauer ein, und Zak ließ unwillkürlich die Seile los und positionierte sich so, dass er durch die Frontscheibe des Hubschraubers hinaussehen konnte. Er erhaschte einen Blick auf zwei Wachen, die vom Turm aus auf den Boden des Anwesens sprangen – die einzige Möglichkeit, der vernichtenden Kraft der Miniguns zu entkommen –, bevor der Hubschrauber abdrehte und den nächsten Posten angriff.

»Zwei sind erledigt«, rief Raf. »Noch sieben. Wenn wir die Posten ausgeschaltet haben, können wir hineingehen. Halt dich fest!«

Und genau das tat Zak auch.

Cesar Martinez Toledo schreckte aus dem Schlaf hoch. Sein Handy klingelte und nur ein Mensch kannte die Telefonnummer: Calaca. Er setzte sich im dunklen Schlafzimmer auf und meldete sich: »Was gibt es, Adan?«

»Harry Gold, Señor. Er ist entkommen.«

Im Dunkeln blinzelte Martinez. »Was soll das heißen?«

»Er ist uns entwischt, Señor. Er hat Verstärkung bekommen. Von einem Hubschrauber. Wir wurden beschossen. Drei meiner Männer sind tot.«

Das war Martinez egal. »Wie konntest du das zulassen, du Idiot?«

»Sie müssen das Anwesen sofort verlassen. Sie wissen doch, unsere Quelle hat berichtet, dass die Briten versuchen werden, Sie zu entführen. Sie müssen weg. Ich informiere unsere Kontakte bei der mexikanischen Polizei und sage ihnen, sie sollen Ihnen einen Hubschrauber schicken, der sie rausfliegt.«

Martinez war bereits aus dem Bett gesprungen und zog sich an. »Tu das«, sagte er nur und legte auf, zu wütend, um länger mit seinem Sicherheitschef zu sprechen. Er eilte zur Tür und hielt nur inne, um eine geladene Pistole vom Tisch zu nehmen. Vor seiner Tür standen zwei Wachen, die bei seinem plötzlichen Erscheinen erstaunt aufsahen. »Ruft die Doppelgänger! Ins Atrium. Sofort.«

Die Wachen starrten ihn an.

»*Sofort!*«

Einer der beiden sprintete los.

»Komm mit«, befahl Martinez dem anderen und eilte den Gang hinunter zu einer anderen Tür. Ohne zu klopfen, platzte er in Cruz' Zimmer und rief: »Aufwachen!« Doch das war unnötig. Cruz saß bereits aufrecht in seinem Bett. »Zieh dich an und komm runter ins Atrium!«

»Warum, Vater?«

»Frag nicht, mach es einfach!«

Sechzig Sekunden später stand Martinez mit zwei Wachen und seinen fünf Doppelgängern im Atrium. Er deutete auf die Wachen. »Ihr zwei! Wir werden das Gelände verlassen, und zwar augenblicklich.«

»*Si*, Señor. Und wohin, Señor?«, fragte eine von ihnen.

Martinez sah rot. Er drückte dem Wachmann die Pistole an den Kopf und brüllte ihn an: »Unterbrich mich noch einmal und du bist tot!«

Der Wachmann schluckte.

Martinez wandte sich an seine Doppelgänger. »Ihr

werdet hierbleiben. Verteilt euch im Haus. Es wird mich wohl jemand suchen kommen. Wenn einer von euch verrät, dass er nicht der echte Cesar Martinez Toledo ist, werden die Familien aller hier im Raum einen langsamen und qualvollen Tod erleiden. Ist das klar?«

Die Doppelgänger sahen sich ängstlich an.

»*Ist das klar?*«

»*Sí*, Señor«, antworteten sie gleichzeitig.

Von draußen erklang ein Geräusch – erst leise, doch es wurde schnell lauter. Ein mechanisches Rattern. Wie …

»Ein Hubschrauber«, flüsterte Martinez. War das die mexikanische Polizei?

Es erklangen kurze, scharfe Gewehrfeuerstöße.

Die Vögel in der Voliere kreischten. Martinez wurde bleich. Er rannte durch den Hinterausgang des Atriums zum Swimmingpool. Dort sah er ihn, einen Black Hawk, der über seinem Anwesen schwebte und einen Beobachtungsposten an der Westseite der Grenzmauer beschoss. Wütend und geschockt verfolgte er, wie die Wachen von den Türmen sprangen, um sich zu retten, bevor der Hubschrauber den nächsten Posten anflog. Das war nicht der Polizeihubschrauber, den Calaca ihm versprochen hatte. Aber wo blieb der?

Martinez wirbelte herum. Einer seiner Wachen stand mit offenem Mund hinter ihm.

»Gib her«, verlangte Martinez und riss ihm das M16 aus den Händen, zielte auf den Hubschrauber und gab zwei Schüsse ab. Das Gewehrfeuer aus dem Helikopter verstummte einen Augenblick, dann wendete der Heli und bestrich das Gelände mit einem Kugelhagel, der einer der *La-Catrina*-Statuen am Pool den Totenschädel wegschoss und Martinez und seine Männer zwang, wieder nach drinnen zu laufen.

Dort erwartete Cruz ihn, beunruhigt, aber mit eiskaltem Blick, genau wie Raul, der völlig verängstigt wirkte. Draußen erklang wieder Gewehrfeuer entlang der Schutzmauer.

»Sie schalten alle Wachposten aus!«, rief einer der Wachen.

»Das weiß ich selbst, du Idiot. Steht ein Wagen vor der Tür?«

»Ja, Señor.«

»Geh und starte ihn.« Er wandte sich an die Doppelgänger. »Verteilt euch im Haus und denkt daran, was ich euch gesagt habe. Mit euren Kindern fange ich an!«

Die Doppelgänger folgten seinem Befehl. Zwei von ihnen rannten die Treppe hinauf, ein anderer lief in den Keller, einer in Martinez' Büro und einer ging neben dem Vogelkäfig in Deckung. Martinez selbst führte Cruz, Raul und den verbliebenen Wachmann vors Haus. Dort wartete ein schwarzer Geländewagen mit abgedunkelten Fenstern auf sie. Im Freien stellte Martinez allerdings fest, dass sie ein Problem hatten. Der Black Hawk war mit seiner Arbeit an der Grenzmauer fertig, was bedeutete, dass die Posten nicht mehr von bewaffneten Wachen besetzt waren. Und nun ließ er sich gerade vor der einzigen Zufahrt zum Gelände nieder. Wenn sie flüchten wollten, mussten sie zunächst an dem Helikopter vorbei. Und das würden sie nicht schaffen.

»Zurück!«, schrie Martinez, als zwei Schützen aus dem Black Hawk sprangen. Sie belegten sofort das Haus mit Sperrfeuer, während noch sechs bis sieben weitere Personen aus dem Hubschrauber drängten. Martinez folgte den anderen in die relative Sicherheit des Hauses.

»*Was ist los?*«, schrie Raul.

Martinez musterte seinen Neffen, der völlig außer sich war, angewidert und wandte sich lieber an Cruz.

»Versteck dich«, sagte er zu ihm. »Sie wollen mich, nicht dich.« Er machte eine alles umfassende Geste mit seinem Arm. »Wenn sie mich kriegen, dann gehört das alles dir. Das Geschäft, die Männer … alles. Enttäusch mich nicht.«

Cruz wandte sich an die Wache. »Gib mir dein Gewehr«, verlangte er.

Erschrocken, dass Cruz so mit ihm sprach, starrte die Wache ihn an.

»*Gib es mir!*«

Der Mann händigte ihm das M16 aus. Es hatte einen Schalldämpfer und Cruz hielt es fest in den Händen. Selbst Raul schien verdutzt über die plötzliche Entschlossenheit von Martinez' Sohn.

»*Ich* werde dich nicht enttäuschen, Vater«, erklärte Cruz.

Der Hubschrauber landete. Zwei Männer der Einheit sprangen hinaus und feuerten, um den anderen Deckung zu geben. Es roch nach Schießpulver.

»Bleib dicht hinter mir«, sagte Gabs zu Zak, als sie mit den anderen ausstiegen.

Zak, Raf, Gabs und die vier anderen Männer näherten sich dem Haus, indem sie abwechselnd vorrückten: Zwei von ihnen blieben stehen und gaben den anderen Deckung, während sie vorrückten. Dann deckten diese die zwei so lange, bis sie nachgerückt waren. So dauerte es etwa eine Minute, bis sie das Haus erreicht hatten. Dort betraten Zak und Gabs als Erste das Atrium, gefolgt von den anderen.

Es war verlassen. Außer dem Kreischen der Vögel im Käfig und dem entfernten Hämmern der Hubschrauberrotoren war nichts zu hören. Raf übernahm das Kommando. Er deutete auf Gabs und zwei der Männer, dann zur Treppe.

Gabs raunte Zak »Komm mit!« zu und die vier eilten die Treppe in den ersten Stock hinauf.

Einer der Männer aus der Einheit übernahm die Führung, sein Sturmgewehr fest an die Schulter gepresst. Gabs trug eine Maschinenpistole und kam als Nächste, Zak dicht neben ihr, gefolgt von dem zweiten Mann.

Die Flure oben waren verlassen, aber Zak schlug das Herz jedes Mal heftiger, wenn sie um eine Ecke bogen. Sie kamen an Zaks Zimmertür vorbei. Die beiden Männer stürmten mit erhobenen Gewehren hinein, aber es war leer. Genau wie das Zimmer daneben – es war das, in das Zak durch die Zimmerdecke eingestiegen war.

Das dritte Zimmer war das von Cruz. Hier wurden sie fündig.

Martinez – oder eine Version von ihm – versteckte sich hinter dem Bett.

»Rauskommen!«, zischte einer ihrer Männer auf Spanisch.

»Bitte!«, flehte der Doppelgänger. »Nicht schießen …!«

»Ist er das?«, wollte Gabs wissen.

Zak starrte den Mann an. Es war fast unmöglich, zu sagen, doch … »Ich denke nicht«, erklärte er.

»Bring ihn nach unten«, befahl Gabs einem der Männer.

»Verstanden.«

Sie durchsuchten solange weiter das erste Stockwerk.

Hinter der Tür eines prunkvoll eingerichteten Badezimmers fanden sie den zweiten Doppelgänger – wenn er denn einer war. Sein Gesicht war angstverzerrt, und er hob sofort die Hände, als er sie sah. Der zweite Mann aus ihrer Einheit brachte ihn nach unten, womit Gabs und Zak die Suche allein fortführten.

»Bleib dicht neben mir«, forderte Gabs, als sie weiter den Gang hinunterliefen.

Schnell und leise bewegten sie sich vorwärts, überprüften zwei weitere Zimmer und erreichten schließlich eine Ecke.

Ein kurzes Nicken und sie bogen in den nächsten Gang. Zak hatte erst ein paar Schritte gemacht, als er hinter sich zwei Schüsse hörte – gedämpfte Schüsse aus einem Schalldämpfer, so leise, als klopfe jemand an eine Tür. Die Deckenlichter zersplitterten wie Eis, und Zak spürte, wie sich etwas Kaltes, Hartes in seinen Nacken presste, zwischen den Helm und der Schutzweste.

Eine Stimme erklang.

Cruz.

»Lass die Waffe fallen, sonst erschieße ich Harry«, sagte er.

Vor sich im Halbdunkel sah Zak Gabs Gestalt. Sie wirbelte herum und hielt die Maschinenpistole vor sich.

»*Fallen lassen!*«, zischte Cruz.

Ein gefährlicher Ausdruck überzog Gabs Gesicht, doch sie senkte ihre Waffe und legte sie auf den Boden.

»Die Hände auf den Kopf, alle beide«, befahl Cruz. »Umdrehen. Wir gehen zurück ins Atrium und ihr werdet diesen Eindringlingen sagen, dass sie das Haus meines Vaters verlassen sollen. Es sei denn, ich soll Harry erschießen.«

»Cruz«, wandte Zak ein. »Du bist doch nicht in Gefahr. Du kannst mit uns kommen …«

»Halt die Klappe, Harry. Du hast heute schon für genügend Ärger gesorgt. Du wirst nirgendwohin gehen …«

»Wir haben das Gelände umstellt, Cruz. Du kannst nicht gewinnen.«

»Warst du es nicht, der mir geraten hat, ich sollte für mich selbst eintreten?«

»Cruz, ich kann dir helfen …«

»*Halt die Klappe!*«

Sie gingen hintereinander: zuerst Gabs, dann Zak und dann Cruz, der die Waffe fest in Zaks Nacken gepresst hielt. Dreißig Sekunden später kamen sie an Cruz' Zimmer vorbei, was bedeutete, dass sie gleich an der Treppe waren. Zak musste etwas unternehmen, und zwar schnell.

Er sah nach vorn. Gabs ging leicht links versetzt vor ihm. Wenn er sich bewegte, würde Cruz knapp rechts an ihr vorbeischießen …

Die Bewegung musste ganz plötzlich kommen. Nur so konnte er ihn überraschen. Zak riss den Kopf nach links. Für eine Millisekunde zielte Cruz' Waffe nicht auf seinen Nacken, sondern über seine Schulter hinweg. Zak grub seine rechte Hacke in Cruz' Schienbein. Der schlaksige Junge keuchte vor Schmerz auf und bei dem Geräusch fuhr Gabs herum. In dem Durcheinander gab Cruz einen einzelnen Schuss ab, der Gabs in die Brust traf. Der Aufprall der Kugel riss sie herum und sie fiel mit dem Gesicht auf den Boden.

»*Gabs! Nein!*«

Zak fuhr herum. Cruz hob das Gewehr, um erneut zu zielen. Zak ballte seine Hand zur Faust, holte aus und traf Cruz seitlich am Kopf. Der mexikanische Junge taumelte gegen die Wand, ließ aber sein Gewehr nicht los. Zak hob den rechten Fuß und trat damit gegen Cruz' Handgelenk. Das Sturmgewehr polterte zu Boden. Zak riss die Pistole aus seinem Gürtel und richtete sie auf Cruz.

Cruz lief Blut aus der Nase und in seinen Augen brannte Hass. »Ich dachte, du seist mein Freund«, zischte er.

»Soweit ich weiß, versuchen Freunde nicht, sich gegenseitig umzubringen«, gab Zak zurück. Er warf einen Blick auf Gabs' reglosen Körper und vor Zorn traten ihm Tränen in die Augen. »*Sie* war meine Freundin«, sagte er. Er deutete mit der Waffe in Richtung Treppe. »Beweg dich«, befahl er. »Wenn du auch nur ein Wort sagst, bist du der nächste.«

Er hatte den Spieß umgedreht. Jetzt zwang Zak Cruz, vor ihm die Treppe hinunterzugehen. Er versuchte nicht daran zu denken, was eben mit Gabs passiert war. Das hätte sie nicht gewollt. Sie hätte ihm geraten, sich auf seine Aufgabe zu konzentrieren.

Doch das war nicht leicht. Ganz und gar nicht.

Als sie die Galerie über dem Atrium erreichten, blieben sie stehen.

»Auf den Boden«, flüsterte Zak.

Cruz legte sich auf den Bauch, während Zak nachsah, was unten vor sich ging.

Im Atrium stand Raf. Von den anderen Männern der Einheit war nichts zu sehen. Vier von Martinez' Wachen lagen mit dem Gesicht nach unten auf dem Boden, die Hände auf dem Rücken gefesselt. Raul hockte wie ein verängstigtes Tier in einer Ecke und zitterte – so viel zu seinem Mut. Vor Raf standen sechs identische Männer in einer Reihe: sechs Versionen von Cesar Martinez Toledo. Nur einer von ihnen war der echte Drogenbaron.

Er wusste, dass er den echten Martinez erkennen musste, und er hatte auch einen Plan, wie. Aber er musste den richtigen Moment abpassen, daher trat er zurück und hielt sich verborgen.

Raf rief Gabs über Funk. »*Kommen, Gabs. Wir haben die Doppelgänger. Wir brauchen Agent 21.*« Er vermied es sorgfältig, Zaks Namen zu nennen.

»Hast du verstanden, Gabs? Hast du *verstanden?*«
Doch das Funkgerät schwieg.

Raf fluchte. Was war da oben los? *Was war da nur los?*

Raf wandte sich an die Reihe der Doppelgänger. Einer von ihnen war der echte Cesar Martinez Toledo. Aber nur einer. Es war unglaublich, wie sie sich glichen – bis hin zur Breite ihrer Gesichter und dem winzigen Leberfleck auf der linken Wange. Sie waren alle in Schlafanzügen und sahen alle ziemlich erschrocken aus. Raf hob das Gewehr, richtete es nacheinander auf jeden Einzelnen und sah ihnen in die Augen, in der Hoffnung, irgendetwas zu sehen, irgendeinen Hinweis.

Doch da war nichts.

Über Funk hörte er eine Stimme. Es war einer der Männer aus seiner Einheit, die er vor dem Haus postiert hatte, für den Fall, dass eine der Wachen von der Grenzmauer zu mutig wurde. »*Mexikanischer Polizeihubschrauber in Sicht. Wir müssen uns zurückziehen.*«

»Verstanden.« Raf fluchte leise. Sie hatten sich schon zu lange auf dem Anwesen aufgehalten. Er brauchte Gabs und Zak. *Wo steckten sie?*

Er konnte nicht länger auf sie warten. Die Zeit lief ihnen davon. Die mexikanische Polizei kam Martinez offensichtlich zu Hilfe, und wenn man seine eigentlich nicht existente Einheit hier antraf, würde es ziemlichen Ärger geben. Er musste Martinez selbst identifizieren. Raf musterte die identischen Männer.

»Ihr habt Angst«, sagte er schnell auf Spanisch. »Ihr glaubt, dass der echte Martinez euch und eure Familien vernichten wird, wenn ihr ihn verratet. Nun, überlegt euch das lieber noch mal. Wir werden hier nicht weggehen, bevor der echte Martinez nicht in unserer Gewalt ist. Er kann euch nicht mehr bedrohen. Ihr seid in Sicherheit.«

Die Männer starrten ihn nur ausdruckslos an.

Doch Raf gab nicht auf. Er ging an der Reihe der Doppelgänger entlang und studierte ihre Gesichter sorgfältig. »Ihr alle wollt genauso sehr wie ich, dass Martinez hinter Gittern landet. Ihr wisst, dass er ein Monster ist. Ihr wisst, dass er ein Mörder ist. Jetzt habt ihr die Gelegenheit, dafür zu sorgen, dass er für seine Verbrechen bezahlen muss.«

Immer noch keine Reaktion. Die Doppelgänger starrten nur stur geradeaus und ignorierten ihn völlig.

Nun gut, dachte Raf. Die Versprechungen hatten nichts bewirkt, der Appell hatte nichts bewirkt. Es war an der Zeit, zu den Drohungen überzugehen …

»Ihr wisst, dass er ein Monster ist. Ihr wisst, dass er ein Mörder ist. Jetzt habt ihr die Gelegenheit, dafür zu sorgen, dass er für seine Verbrechen bezahlen muss.«

In seinem Versteck auf der Galerie konnte Zak jedes Wort hören. Und er spürte auch Cruz' Zorn. Raf hatte recht, Martinez war ein Monster und ein Mörder. Das wusste Zak besser als jeder andere. Aber Cruz sah in ihm nur seinen Vater.

Von unten erklang Rafs Stimme. »Okay«, verkündete er. »Machen wir es so. Ich zähle bis drei und die falschen Martinez treten einen Schritt zurück. Ansonsten erschieße ich einfach alle, bevor wir gehen.«

Cruz entfuhr ein Zischen, und Zak beugte sich rasch zu ihm hinunter und setzte ihm die Waffe an den Kopf. »Ich meine es ernst, Cruz! Keinen Laut!«

»Eins …«, zählte Raf.

Zaks Gedanken überschlugen sich. Er wusste, welche Angst die Doppelgänger vor Martinez hatten. Sie würden ihn selbst jetzt nicht verraten.

»Zwei …«

Wenn Raf bis drei gezählt hatte, würde er alle seine Trümpfe ausgespielt haben. Der echte Martinez würde sich sicher fühlen, aber vielleicht machte ihn gerade das verwundbar.

»Drei …«

Es entstand eine Pause.

»*Verdammt, Gabs!*« Raf klang frustriert. »*Wo steckst du?*«

Jetzt war der Zeitpunkt gekommen. Zak packte Cruz an seinem Hemdkragen und zog ihn schnell auf die Füße. Er zerrte ihn die drei oder vier Meter bis zur Treppe und gab ihm einen Stoß, sodass er die Stufen hinuntertaumelte.

Raf fuhr zu ihm herum. »*Was machst du da?*«, schrie er, aber Zak ignorierte ihn.

Zak stieg die Treppe hinunter, die Waffe auf Cruz gerichtet. »Sag deinem Sohn Auf Wiedersehen!«, schrie er.

Es gab keinen Zweifel daran, wer der echte Martinez war. Es war der dritte von links, und sobald er seinen Sohn in Gefahr sah, trat er vor. Mit einer ruckartigen, harten Bewegung schlug er Raf auf die Schulter. Der Schutzengel brach zusammen und ließ die Waffe fallen, die Martinez sich nahm und mit offensichtlicher Gewandtheit geradewegs auf Zak anlegte.

Er schoss. Ein Feuerstoß und eine einzige Kugel, die Zaks rechten Arm seitlich traf. Ein roter Blitz und seine Waffe wirbelte durch die Luft. Zak brach auf der Treppe zusammen und wand sich vor Schmerz, während ihm das Blut über den Arm lief.

»Du wagst es, meinen Sohn zu bedrohen? Du wagst es, meinen Sohn zu bedrohen?«, schrie Martinez.

Alle Doppelgänger sowie Raul suchten schleunigst das Weite und ließen Martinez allein am Fuß der Treppe stehen. Raf lag bewusstlos am Boden und Cruz flüchtete sich zu seinem Vater.

Der wandte sich wieder an Zak. »Und nun, Agent 21, wer immer du auch bist, wirst du den Preis für deine Überheblichkeit bezahlen! Du wirst dafür büßen, dich mit Cesar Martinez Toledo angelegt zu haben!«

Martinez fixierte Zak mit seinem irren Blick. Dann presste er das Sturmgewehr an seine Schulter und machte sich bereit.

Doch das Geräusch, das das Atrium erfüllte, war kein Feuerstoß aus einem Automatikgewehr. Es war ein satter, hölzerner Knall – ein einzelner Schuss aus einer schallgedämpften Waffe – und er stammte aus dem ersten Stock. Die Kugel traf Martinez in die Brust und ließ ihn rücklings zu Boden gehen.

Zak sah auf. Dort stand Gabs. Sie hatte Cruz' M16 in der Hand und ihre blauen Augen blitzten zornig.

»*Vater!*« Cruz kniete neben Martinez Körper nieder und legte ihm zwei Finger an die Halsschlagader.

Schweigen legte sich über den Raum.

Blut durchtränkte Martinez' Hemd und vor seinem Mund stand roter Schaum. Es war ein schrecklicher Anblick, und doch verspürte Zak unwillkürlich ein wildes Triumphgefühl darüber, dass der Mann, der den Tod seiner Eltern befohlen hatte, nun den Preis für seine Verbrechen bezahlt hatte. Bedauerte er es vielleicht sogar ein wenig, dass der tödliche Schuss nicht aus seiner eigenen Waffe gekommen war? Doch diesen Gedanken verdrängte er. Es gab so viele andere Dinge, an die er jetzt denken musste …

Cruz ließ den Kopf hängen. »Du hast meinen Vater getötet!«, schrie er. »*Du hast meinen Vater getötet!*« Er streckte die Hand nach dem Gewehr aus, das Martinez hatte fallen lassen.

»Denk nicht mal dran, Cruz!«, rief Gabs. »Ich wollte deinen Vater nicht töten, aber ich war bereit dazu und ich bin auch bereit, dich zu töten!«

Cruz wich zurück.

Kurz darauf stand Gabs neben Zak und untersuchte seine Wunde. »Kannst du laufen?«, fragte sie.

»Ich glaube schon. Verdammt, Gabs, ich dachte, du wärst tot!«

»Schutzweste, Kleiner. Aber tu mir einen Gefallen und spar dir die Wiedersehensfreude für später auf, ja?«

Zak nickte. »Die mexikanische Polizei ist im Anflug. Martinez hat sie in der Tasche …«

»Wir müssen hier weg. Cruz, Hände hinter den Kopf und leg dich auf den Boden.«

Martinez Sohn gehorchte und Zak und Gabs liefen die Stufen hinunter ins Atrium. Zak hielt sich den Arm mit der unverletzten Hand, aber das Blut, das ihm zwischen den Fingern hindurchlief, konnte er nicht stoppen.

»Wir müssen Raf zum Hubschrauber bringen«, rief Gabs. »Kannst du mir helfen, ihn zu tragen?«

Zak nickte. »Gib mir nur einen Augenblick«, bat er und ging zu Cruz hinüber, wobei er eine dünne Blutspur auf dem Boden hinter sich herzog. Er stellte sich über ihn und erklärte: »Ich hätte nie auf dich geschossen, weißt du das?« Aus irgendeinem Grund war es ihm wichtig, das zu sagen.

Cruz wandte den Kopf und antwortete mit hass- und tränenerstickter Stimme: »Hättest du besser.«

»Ich habe auch meinen Vater verloren, Cruz. Ich weiß, wie du dich fühlst.«

»Du wirst *nie* wissen, wie ich mich fühle. Du solltest mich jetzt töten, denn *du* bist für den Tod meines Vaters verantwortlich, Harry Gold. Und ich schwöre, solange ich lebe, werde ich nicht ruhen, bis ich dich gefunden und umgebracht habe!«

Zak sah auf ihn hinunter. »Spar dir die Mühe«, meinte er. »Du findest mich nie.«

»Glaub, was du willst«, erwiderte Cruz und spuckte Zak vor die Füße.

»Wir müssen hier weg!«, rief Gabs. Sie beugte sich zu Raf hinunter und legte sich einen seiner Arme um die Schulter. »Hilf mir!«

Zak nickte. Er nahm das Sturmgewehr an sich, damit Cruz es nicht in die Finger bekam. Dann legte er sich Rafs anderen Arm um die Schulter, wobei er seine eigene schmerzende Wunde zu ignorieren versuchte, und zusammen zerrten sie ihn auf die Füße und schleiften ihn zum Ausgang. Zak sah sich noch einmal um. Cruz lag immer noch am Boden neben seinem toten Vater, die Hände auf dem Kopf.

Er verdrängte den Gedanken an Cruz. Sie mussten sich darauf konzentrieren, zum Hubschrauber zu gelangen. Doch als sie hinauskamen, wurde klar, dass das ein Problem werden würde.

Die vier Männer ihres Trupps knieten vor dem Haus in Schussposition und der Black Hawk wartete immer noch am Haupttor auf sie. Doch zwischen ihnen und dem Hubschrauber befand sich der mexikanische Polizeihubschrauber. Er schwebte zwanzig Meter über dem Boden und strahlte sie mit seinem Suchscheinwerfer an. Zak konnte die Polizeischarfschützen sehen, die sich aus den Fenstern lehnten, und er hörte über den Lärm der Rotorblätter hinweg eine Lautsprecheransage auf Spanisch: »WAFFEN FALLEN LASSEN! WENN SIE DIE WAFFEN NICHT FALLEN LASSEN, WERDEN WIR DAS FEUER ERÖFFNEN …«

»Was machen wir jetzt?«, schrie Zak. Seine Wunde brannte jetzt höllisch und er spürte, wie er immer schwächer wurde. »Das ist die Polizei – wir können doch nicht auf sie schießen!«

Gabs Augen waren weit aufgerissen und sie sah sich verzweifelt um. »Wir brauchen einen anderen Ausweg.«

»Es gibt keinen!«

Gabs rief einen Befehl in ihr Funkgerät: »Brauchen sofortige Evakuierung! *Jetzt!*«

Weitere Anweisungen waren nicht nötig. Der Black Hawk stieg augenblicklich in die Luft. Er erhob sich über die Höhe der Außenmauer und schwenkte vor den größeren Hubschrauber. Nase an Nase schwebten sie voreinander.

Einen Augenblick lang herrschte eine Art Pattsituation.

»WAFFEN FALLEN LASSEN! WENN SIE DIE WAFFEN NICHT FALLEN LASSEN, WERDEN WIR DAS FEUER ERÖFFNEN …«

Der Black Hawk antwortete mit den Miniguns, die die beiden noch im Hubschrauber verbliebenen Männer bedienten. Sie gaben einen Feuerstoß ab – nicht direkt auf den Polizeihubschrauber, sondern knapp darunter. Grellorange Leuchtspuren schlugen wie winzige Meteoriten in den Boden ein und lautes metallisches Hämmern erfüllte die Luft. Der Pilot des Polizeihubschraubers verstand die Botschaft: Die Miniguns hatten sie absichtlich verfehlt. Das nächste Mal würden sie nicht so viel Glück haben. Er schwenkte ab und zog sich aus der Schusslinie des Black Hawk zurück.

Der Helikopter der Spezialeinheit zögerte nicht. Er landete direkt vor dem Haus.

Einer der Männer rief: »*Los, los, los!*«

Zak und Gabs schleiften Raf die Außentreppe hinunter, und die vier Männer der Einheit bildeten eine Art Schutzkorridor für sie, während sie zum Black Hawk rannten. Zak fühlte sich geschwächt vom Blutverlust. Als sie am Helikopter ankamen, musste er seine letzten Kraftreserven mobilisieren, um den Bewusstlosen in den Hubschrauber zu hieven. Seine Knie drohten bei der Anstrengung nachzugeben, aber er schaffte es.

Von Übelkeit und Schwäche fast übermannt, zwang Zak sich so gerade noch in den Helikopter. Die vier anderen Männer sprangen hinterher, und Gabs zog bereits ihre Jacke aus und band sie Zak um den Arm, um die Blutung zu stoppen.

Abrupt hoben sie ab und um Zak begann sich alles zu drehen.

»*Bleib bei mir!*«, hörte er Gabs rufen. »*Bleib bei mir!*«

Doch er wusste, dass er dabei war, das Bewusstsein zu verlieren, und sein Kopf sank nach vorn. Er warf noch einen letzten Blick seitlich aus dem Black Hawk. Unter ihnen stand eine magere, schlaksige Gestalt auf der Treppe des Hauses.

Selbst in seinem benommenen Zustand erkannte Zak Cruz. Sein angeblicher Freund blickte zu ihnen herauf und sah dem Black Hawk nach, der Zak von dem Ort fortbrachte, an dem Cruz' toter Vater lag.

Es war das Letzte, was Agent 21 sah, bevor er das Bewusstsein verlor, hoch am nächtlichen Himmel von Zentralmexiko, während der Black Hawk und seine Schutzengel ihn in Sicherheit brachten.

Epilog

Zwei Tage später

Zak Darke erwachte von dem Geruch von Kirschtabak.

Er befand sich in einem hell erleuchteten Raum. Keine Fenster, keine Möbel. Nur ein Bett und ein Infusionsständer mit einem Beutel, aus dem durch einen Schlauch und eine Nadel in seinem Handrücken eine Kochsalzlösung tropfte. Die Wunde an seinem Arm war sorgfältig verbunden. Er sah noch etwas verschwommen und es dauerte einen Moment, bis er feststellte, dass er nicht allein war. Es befanden sich noch drei weitere Menschen im Zimmer.

»Schön, dass du dich zu uns gesellst, Kleiner«, sagte Gabs. »Wir dachten schon, du wolltest die ganze Woche verschlafen.« Sie trat zu seinem Bett und legte ihm sanft die Hand auf die Schulter.

»Wo bin ich?«, krächzte er heiser.

»London. Wir haben dich vor zwei Tagen hergebracht. Du kannst dich glücklich schätzen – nicht viele Menschen bekommen einen Privatflug in einer C-17 Globemaster.«

»Wo ist Raf? Geht es ihm gut?«, fragte Zak.

»Mir geht es blendend, Zak.« Zaks Sicht wurde langsam klarer und er erkannte Rafs markante Züge mit der flachen Nase. »Aber wenn du das nächste Mal so einen Trick abziehen willst, könntest du mich bitte ein paar Sekunden vorher warnen?« Vielleicht war er auch noch zu benommen, aber Zak hätte schwören können, dass er *fast* so etwas wie ein Lächeln auf Rafs Gesicht gesehen hatte.

Damit blieb noch eine Person übrig. Sie stand am Fußende des Bettes und hielt einen dünnen schwarzen Zigarillo in den Fingern.

»Ich dachte, in Krankenhäusern dürfe man nicht rauchen«, sagte Zak.

Michael neigte den Kopf. »Stimmt schon. Aber das hier ist kein normales Krankenhaus.«

»Was bedeutet das?«

»Sagen wir es mal so: Es ist nicht die öffentliche Gesundheitsfürsorge, die sich hier um dich kümmert.« Michael wandte sich an Gabs und Raf. »Gabriella, Raphael, ich weiß, ihr freut euch ebenso wie ich, dass Zak wach ist, aber würdet ihr uns entschuldigen. Zak und ich haben einige Dinge zu besprechen.«

Gabs verdrehte die Augen. »Immer diese Geheimnisse! Was soll man davon nur halten?« Doch sie zog sich mit Raf rasch zurück.

»Du hast ein ziemliches Loch in deinem Arm«, stellte Michael fest.

»M16 scheinen wohl eine derartige Wirkung zu haben.«

»Stimmt. Doch du wirst dich freuen zu hören, dass die Ärzte deinen Arm retten konnten. Raphael und Gabriella haben mir erzählt, was auf dem Martinez-Anwesen passiert ist. Es war eine gute Idee von dir, Cruz zu bedrohen, um Martinez zu zwingen, aus der Deckung zu kommen. Aber du hättest es zuerst mit ihnen absprechen sollen.«

»Soweit ich mich erinnern kann, hatten wir nicht wirklich Zeit, uns zu unterhalten«, erwiderte Zak, während er an die Ereignisse jener Nacht zurückdachte. Er lehnte sich zurück, schloss die Augen und schwieg kurz. Dann sagte er: »Sie wussten es die ganze Zeit über, nicht wahr? Das mit Martinez und meinen Eltern.«

»Natürlich.«

»Warum haben Sie es mir dann nicht gesagt?«

Michael sog an seinem Zigarillo. »Wenn du die Wahrheit gewusst hättest, glaubst du, du hättest Martinez wirklich in die Augen sehen und so tun können, als seist du Harry Gold?«

Zak dachte darüber nach. »Wahrscheinlich nicht.«

»Aufgrund einer glücklichen Fügung glaubte ich das auch nicht.«

Nach einem weiteren kurzen Schweigen ging Zak ein Licht auf. »Sie wollten Martinez nicht wirklich deshalb, weil er ein Drogenbaron ist, nicht wahr?«

In Michaels Blick lag Anerkennung, als er antwortete: »Stimmt, Zak, da hast du recht.«

»Weshalb wollten Sie ihn dann?«

Der alte Mann ging im Zimmer auf und ab. »Es begann alles vor einem Jahr in einem Hotel in Lagos. Ich muss dir nicht erst sagen, was damals passiert ist. Bei diesem Angriff wurden mehrere britische Staatsbürger getötet. Dreizehn insgesamt, von denen deine

Eltern zwei waren. Wir wussten, dass Martinez dafür verantwortlich war, aber wir konnten es nicht beweisen. Natürlich konnten wir den Mörder dieser dreizehn Menschen nicht ungestraft davonkommen lassen, aber wir brauchten einen Vorwand, unter dem wir Martinez festnehmen konnten. Deshalb waren die Beweise so wichtig, die du besorgt hast. Doch auch wenn Martinez tot ist, sind diese Beweise trotzdem wertvoll. Wir werden sie den mexikanischen Behörden übergeben. Ich bin sicher, dass die kleine Fabrik innerhalb der nächsten Wochen dem Erdboden gleichgemacht wird.«

»Hatte Gabs den Befehl, ihn zu töten?«, fragte Zak.

Michael sah ehrlich überrascht aus. »Natürlich nicht. Sie hat nur geschossen, um dich zu schützen. Ich habe den Eindruck, unsere liebe Gabriella würde so ziemlich alles tun, um dich zu beschützen. Da sind sich Raphael und sie nicht ganz unähnlich. Nein, wir wollten Martinez lieber lebend, auch wenn es wohl eine Menge Leute gibt, die seinen Tod nicht gerade bedauern wird.«

Zak dachte an Cruz, der neben der Leiche seines Vaters kniete, und erwiderte stirnrunzelnd: »Manche schon.«

»Was ist los?«, forschte Michael nach.

»Ich weiß es nicht«, erklärte Zak. »Es ist wohl nur … Als meine Eltern gestorben sind, wusste ich, dass es keine Lebensmittelvergiftung war, wie uns mitgeteilt wurde. Ich habe mich manchmal gefragt, ob sie ermordet wurden, und ich habe davon geträumt, mich an demjenigen zu rächen, der dafür verantwortlich war. Und jetzt …« Er brach ab.

»Und jetzt«, beendete Michael den Satz für ihn, »ist es nicht ganz das Gefühl, das du erwartet hast.«

Zak nickte.

»Rache fühlt sich nie gut an«, erklärte Michael. »Die Leute meinen immer, damit wären alle Probleme gelöst, aber das Leben ist komplizierter.« Er blickte Zak ernst an. »Ich hatte gehofft, ich könnte es dir leichter machen.«

»Inwiefern?«

»Ich hatte gehofft, ich könnte dir die Wahrheit sagen, wenn wir Martinez mithilfe deiner Beweise hinter Gitter gebracht hätten. Ich hatte vor, dir die Gelegenheit zu verschaffen, deine Eltern dadurch zu rächen, dass du Martinez vor Gericht bringst. Du hast alle Eigenschaften eines ausgezeichneten Agenten, Zak. Und im Laufe der Zeit wirst du immer besser und besser werden. Ich hätte dich nicht daran hindern können, den Mörder deiner Eltern selbst zu verfolgen, aber du bist noch ein wenig zu jung, um Blut an deinen Händen zu haben, meinst du nicht auch?«

Zak dachte an das kurze Triumphgefühl, das er beim Anblick von Martinez' Leiche verspürt hatte, und nickte.

»Ich denke, ich habe dir schon einmal gesagt, dass zu viel Wissen manchmal gefährlich sein kann. Ich hoffe, du verstehst das jetzt. Vielleicht bist du sauer auf mich, dass die Sache so ausgegangen ist, aber ich werde mich nicht dafür entschuldigen, dass ich versucht habe, dich zu beschützen. In Zukunft wirst du dich daran gewöhnen müssen, nicht die ganze Geschichte zu kennen.«

Einen Augenblick sah er zu Boden, dann fuhr er fort: »Vorausgesetzt, es gibt eine Zukunft für Agent 21.«

Ein langes Schweigen folgte.

»Gibt es eine?«, fragte Michael nach.

Zak schloss die Augen. Er dachte über die letzten sechs Monate nach. Über Raf und Gabs und seine Ausbildung. Über die Martinez-Mission. Darüber, wie sehr sich sein Leben in den letzten Monaten verändert hatte … Dann sagte er: »Ja, ich glaube, die gibt es.«

Michael lächelte. »Ich habe gehofft, dass du das sagst. Und wenn du mich jetzt entschuldigen würdest, ich habe mich noch um ein paar Angelegenheiten zu kümmern.« Er war schon auf dem Weg zur Tür, drehte sich jedoch noch einmal um und sagte: »Oh, und Zak, gut gemacht! Du hast deine Sache weit besser gemacht, als selbst ich es erwartet habe.« Michael zwinkerte ihm zu, ging hinaus und schloss leise die Tür hinter sich.

Sechstausend Meilen entfernt saß ein junger Mann am Schreibtisch seines Vaters. Er war dünn und schlaksig, aber in den letzten beiden Tagen hatte er einen stahlharten Blick entwickelt.

Auf der anderen Seite des Schreibtisches stand ein einäugiger Mann, der ein grünes Fußballtrikot trug. Er sah nicht so aus, als würde er von diesem jungen Mann gern Befehle entgegennehmen, aber er sah auch so aus, als hätte er kaum eine andere Wahl.

»Wie viel hat mein Vater Ihnen bezahlt, Adan?«, fragte Cruz Martinez.

Calaca sagte es ihm.

»Von heute an bekommen Sie das Doppelte.«

Calaca wirkte überrascht. »Das ist sehr großzügig, Señor.«

»Das hat nichts mit Großzügigkeit zu tun«, erwiderte Cruz. »Ich kaufe mir damit Ihre Loyalität. Wenn ich das Gefühl habe, dafür nicht genug zurückzubekommen, werde ich mehr als mein Geld zurückfordern. Sie werden mir dienen wie meinem Vater, ist das klar?«

»Ja, Señor.«

»Wissen die anderen Kartelle schon über seinen Tod Bescheid?«

»Mittlerweile weiß es ganz Mexiko, Señor. Ihre Position ist gefährdet. Die anderen Kartelle werden sich sehr schnell auf Ihr Geschäft stürzen, noch schneller als die Behörden, die die Anlage zerstören werden, zu der Ihr Vater den Jungen mitgenommen hat.«

Cruz dachte einen Augenblick nach. »Die Bestechungsgelder für alle Regierungsangestellten und Polizeibeamten werden ebenfalls verdoppelt.«

»Jawohl, Señor. Aber Sie werden mehr als das tun müssen. Sie werden beweisen müssen, dass Sie den Mumm haben, sich gegen Ihre Feinde zu behaupten und sie, wenn nötig, zu vernichten.«

Cruz nickte nachdenklich. »Haben Sie Raul noch in Gewahrsam?«

»Wie Sie befohlen haben, Señor.«

»Gut. Bringen Sie ihn weg und töten Sie ihn. Legen Sie seine Leiche vor einer Polizeiwache ab und lassen Sie alle wissen, dass er ein Problem damit hatte, dass ich die Familiengeschäfte übernehme. Das wird allen zeigen, dass mit mir nicht zu spaßen ist.«

Über Calacas Gesicht huschte ein unangenehmes Grinsen, als ob ihm diese Idee ausgezeichnet gefiele. »Jawohl, Señor.« Er wandte sich zum Gehen.

»Noch eine Sache, bevor Sie gehen, Adan.« Calaca wandte sich um und Cruz sah ihn ausdruckslos an. »Harry Gold. Agent 21. Wie auch immer Sie ihn nennen wollen. Finden Sie heraus, *wer* er ist. Finden Sie heraus, *wo* er ist. Finden Sie heraus, für *wen* er arbeitet. Dann finden Sie *ihn!* Und wenn Sie ihn gefunden haben, bringen Sie ihn zu mir.«

»Tot oder lebendig, Sir?«

Cruz hob eine Augenbraue. »Lebendig, Adan. Sehr lebendig. Denn wenn Agent 21 vor mir steht, will ich selbst das Vergnügen haben, ihn zu töten. Haben Sie verstanden?«

»Jawohl, Señor Cruz. Ich habe verstanden.«

Damit verließ Adan Ramirez das Büro, schloss die Tür hinter sich und überließ seinen neuen Boss seinen Gedanken.